Burg Krimi

Burg Verlag, Hanns E. Findeiß
Burgstr. 12, D-95111 Rehau
Tel.: +49 (0) 9283 / 81095
Fax: +49 (0) 9283 / 81096
mailto: info@burg-verlag.com
www.burg-verlag.com

© Burg Verlag, Rehau
Alle Rechte vorbehalten,
auch die des auszugsweisen Nachdrucks,
der fotomechanischen Wiedergabe
sowie Speicherung und Verarbeitung
in elektronischen Systemen.

Lektorat: Marianne Glaßer
Umschlaggestaltung: Birgit König
Druck:

ISBN:
Buch: 978-3-944370-45-3 - Erstausgabe Juni 2016
eBook: 978-3-944370-46-0 - Erstausgabe Juni 2016

Rainer und Birgit König

WILDES KRISTALL

Krals fünfter Fall

Über die Autoren:

Rainer König, Jahrgang 1943, ist in Mittelfranken aufgewachsen. Nach sechs Jahren Seefahrt bei der Handelsmarine holte er das Abitur nach und studierte in Erlangen Germanistik, Geschichte und Geografie. Als Gymnasiallehrer kam er nach Selb, wo er seit 1978 lebt. Er ist verheiratet und hat zwei Kinder.

Tochter **Birgit König** ist 1979 in Selb geboren. Nach dem Abitur ging sie zum Zoll. Seit 2003 arbeitet sie in Frankfurt am Main im Ermittlungsdienst. Sie ist verheiratet, hat zwei Kinder und lebt bei Gelnhausen.

Die Königs haben inzwischen **sechs Romane** vorgelegt:
- **Wilder Mann**, 2008
- **Wilde Grenze**, 2010
    In Tschechien unter dem Titel **Divocá hranice** erschienen
- **Wildes Erwachen**, 2012
- **Wilde Visionen**, 2014
- **Limes – Zeit der Abrechnung**, 2014
- **Wildes Kristall**, 2016

Mehr über die Autoren:

www.rabiko-autoren.de

Die Handlung ist - fast - frei erfunden.
Ähnlichkeiten mit lebenden Personen
sind rein zufällig.

Prolog

Kopfschmerzen quälten ihn, sein Mund war völlig ausgetrocknet und er hatte das Gefühl, er müsse jeden Moment loskotzen. Er versuchte sich aufzurichten, aber der einsetzende Schwindel ließ seinen Kopf wieder auf das nassgeschwitzte Kissen sinken. Nichts hören, nichts sehen, nur schlafen! Wenn nur dieser verdammte Brand nicht wäre!

Er schob den linken Arm über die Matratze, um den Fußboden zu erreichen. Da musste doch eine Flasche Mineralwasser stehen! Die Hand tastete sich suchend voran. Was war das? Ein Schuh? Ein komischer Schuh! Wie festgenagelt auf dem Boden! Er drehte sich nach links, um einen Blick auf den Teppich zu werfen. Schemenhaft erfasste er seine Umgebung. Wichtiger als dieser komische Schuh war zunächst die Flasche. Verdammt, wo ist dieses beschissene Wasser?

Aber sein verschwommener Blick traf nur ein Paar Schuhe, zu denen Beine gehörten, zwei Beine in einer Jeans. Bin ich jetzt schon hirngefickt?, dachte er und fuhr sich mit der Hand über das Gesicht. Doch da stand tatsächlich eine Gestalt, die ihm riesengroß erschien.

Das musste diese deutsche Sau sein, Ludmilas neuer Stecher, mit dem sie ihm gedroht hatte. Er ließ sich auf das Kissen zurücksinken und schloss die Augen. Nur kein Zoff jetzt! »Ich gähä«, brabbelte er, »gib mir halbä Stundä, dann ich wäg.«

»*Ahoj, Marek, du gehst, wenn wir das sagen!*« Die Ansprache auf Tschechisch irritierte ihn und brachte ihn ein Stück näher an die Wirklichkeit. Er raffte sich auf, um die Besucher genauer in Augenschein zu nehmen: Den Kerl, der ihn angesprochen hatte, kannte er nicht. Aber das Schlitzauge, das neben ihm stand, versetzte ihn in Panik: Der sah aus wie dieser vietnamesische Wurzelzwerg, dem Pavel mit seinem Schlagring ein Ding verpasst hatte, um an den Stoff zu kommen. Klar, das war er! Wie wäre der sonst an die dicke Lippe gekommen?

Cool bleiben! Aber wie denn, du Idiot? Die merken doch, dass dir der Arsch auf Grundeis geht: Du schwitzt wie ein Schwein und kannst kaum sprechen, weil dir die Zunge im Mund festklebt.

»*Was wollt ihr?*«, stammelte er krächzend.

Die Antwort kam von dem Vietnamesen: »*Nur das Scheinchen, das uns zu unserem Eigentum führt. Wir wissen genau, dass du es hast. Deine beiden Kumpels haben kräftig gesungen.*«

Eigentlich wollte er die verächtliche Tour probieren, etwa so: »*Die haben euch ganz schön verarscht!*«, aber ihm gelang nur ein heftiges Kopfschütteln und die eher gelallte Versicherung, er habe nichts versteckt.

Das Lachen der beiden zeigte ihm, dass sie ihm das nicht abnahmen. Er ließ sich zurücksinken. Verdammt, ich muss denen was anbieten! Lügen, was das Zeug hält! Nur was? Was? Aber schon merkte er, dass ihm keine Zeit mehr blieb: Das Schlitzauge ging zu seiner Linken auf die Knie und ein dreckiger Lappen näherte sich seinem Mund. Der glatzköpfige Riese zur Rechten hantierte mit einer Zange und griff nach seiner linken Hand.

Er hatte von der Prozedur gehört: Ausreißen der Fingernägel, wahlweise als Bestrafung oder als Mittel, ein Geständnis zu erzwingen. Die Augen weit aufgerissen, setzte er zu einem herausgeschrienen Geständnis an. Doch der Vietnamese hatte ihm schon den Lappen in den Mund gestopft.

Er spürte den kalten Stahl an seiner Hand. Seine Panik erfuhr jetzt eine weitere Steigerung, denn er verspürte einen höllischen Schmerz in der Brust. Ihm war, als bohre sich die Pranke des Schlächters in seinen Brustkorb, um dann zu heftigen Drehbewegungen anzusetzen. Sein Aufbäumen war ein verzweifelter Versuch, Luft in die Lunge zu bekommen. Aber so schnell der Schmerz gekommen war, so schnell nahm er auch sein Ende. Zu dem warmen Gefühl zwischen den Oberschenkeln kam jetzt auch eine tiefe Zufriedenheit: Sie geben mir noch eine Chance!

»Verdammt, hör auf! Siehst du denn nicht, dass der uns abnippelt!«

»Schauspielerei! Ich hab noch nicht einmal den einen Nagel richtig raus!«

»Schluss, sag ich! Schau doch selbst! Der atmet doch nicht mehr! Außerdem fühle ich keinen Puls!«

»Scheiße! Was jetzt?«

»Na, den Zettel suchen!«

»Und dann?«

»Uns wird schon was einfallen!«

1

Kral hatte sich für die „Vasa" entschieden. Natürlich hätte er sich auch den Hafenschlepper „Greif", den Fischkutter „Möwe" oder die „Gorch Fock", das Segelschulschiff der Bundesmarine, vornehmen können.

Die schwedische Galeone war unzweifelhaft eins der prächtigsten Kriegsschiffe, das je eine Werft verlassen hatte. Dass der Kahn schon kurz nach dem Stapellauf am 10. August 1628 den Kriegsdienst verweigerte, indem er sich stark zur Seite neigte und kurz darauf in der Bucht von Stockholm versank, war wenig erfreulich, schadete aber in keinster Weise seiner Verehrung als maritimes Weltwunder. Wie sonst wäre die „Vasa" zum großen Verkaufsschlager des Modellschiffbaus aufgestiegen.

Diese Wertschätzung spielte für Kral absolut keine Rolle. Für ihn war entscheidend, dass der Bausatz im Maßstab 1:150 aus Plastik war und sein Zusammenbau kein allzu großes handwerkliches Geschick verlangte. Außerdem hatte diese Variante den Vorteil, dass schon vor Jahren gewisse Vorarbeiten geleistet worden waren. Die mochten gut und gerne zehn oder fünfzehn Jahre zurückliegen. Damals hatte er sich meistens vor den Weihnachtsferien ein Schiffsmodell zugelegt, um sich in der „staden Zeit" quasi spielerisch in längst vergangene Seefahrtszeiten zu versetzen. Er hatte allerdings einige

Jahre gebraucht, um einzusehen, dass ihm fast alle Voraussetzungen zum erfolgreichen Modellbauer fehlten, nämlich das passende Handwerkszeug, Geschick, Geduld und vor allem Zeit, denn so ein Modell lässt sich eben nicht in gerade mal vierzehn Tagen zusammenzaubern.

Eigentlich war Kral der Meinung gewesen, dass Eva diese in verschiedenen Pappkartons gelagerten Schiffs-Einzelteile schon längst entsorgt hatte. Aber kurz nach seiner Pensionierung fanden sich die Bausätze auf dem Esstisch des Wohnzimmers, allerdings in einem Zustand, der mit dem Prädikat „sehr ungeordnet" treffend beschrieben war. Evas Botschaft: »Ich hab dir mal die Dinger vom Dachboden geholt«, interpretierte Kral als fürsorgliche Maßnahme, denn er verfügte ja nach seinem Ausscheiden aus dem Schuldienst, womit auch die Abordnung an das Gemeinsame Polizei- und Zollzentrum ihr Ende fand, über gewaltige Zeitreserven, die verbraucht werden wollten. Gewiss, er hatte beschlossen, wieder mehr zu lesen und ausgedehnte Spaziergänge zu unternehmen. Aber Eva hatte eben einen Schritt weiter gedacht, indem sie der Meinung war, dass im Ruhestand auch ein kreatives Hobby nicht fehlen sollte. Dass für Kral allerdings der Modellbau nicht in Frage kommen würde, hätte sie aber ahnen können, denn ihr war bekannt, dass ihr Mann mit zwei linken Händen gesegnet war.

Kral war gerade dabei, den Inhalt des „Vasa"-Kartons genauer unter die Lupe zu nehmen, um die noch ausstehenden Arbeitsschritte zu planen. Schließlich hatte er vor, zumindest dieses Modell fertigzustellen. Die anderen unvollendeten Werke konnte er dann irgendwann wieder auf dem Dachboden verschwinden lassen.

Das Klingeln des Telefons unterbrach sein eher lustloses Tun. Erster Hauptkommissar Schuster war am Apparat. Nach einem kurzen »Grüß dich!« kam er sofort zum Thema: »Mir homm a Leich, dou in Söll!« Diese fast überfallartige Eröffnung, verbunden mit der Verwendung des Dialekts, zeigte, dass der Hofer Polizist, der allerdings im benachbarten Schönwald sein Zuhause hatte, nicht gut drauf war.

Was geht das mich an, dachte Kral, wenn dem eine Laus über die Leber gelaufen ist? Ein bisschen verbindlicher könnte er sich schon zeigen! Seine eigene Reaktion fiel dann auch nicht gerade freundlich aus: »Karl, ich weiß jetzt nicht, ob ich dir mein Beileid aussprechen oder ob ich dich beglückwünschen soll. Aber abgesehen davon: Dir sollte bekannt sein, dass ich vor ein paar Tagen in den Ruhestand gegangen bin und damit auch nicht mehr im GPZ mitspielen darf. Abordnung geht ja jetzt nicht mehr.«

»Scho, owwer«, Schuster stockte und bequemte sich, ins Hochdeutsche zu wechseln: »Wir haben da ein Problem.«

»Welcher Art?«

Kral erfuhr, dass bei dem aufgefundenen Toten keinerlei Unterlagen gefunden worden seien, die auf seine Identität verwiesen. Bloß auf einen Zettel in tschechischer Sprache sei man gestoßen, »klar erkennbar das Logo einer Firma, eine Art Seriennummer, ein Datum und die Ortsangabe ‚Cheb'. Vielleicht hat der Mann etwas in die Reparatur gegeben und es ist so etwas wie ein Abholschein.«

»Karl, darf ich dich auf den kurzen Dienstweg verweisen? Ich ahne zwar, dass das ein gewisser Politiker gar nicht gerne sieht. Aber der Josef könnte doch mal ganz zufällig einen Blick auf deinen Zettel werfen.«

Die Antwort »Du auch!« kam ziemlich trotzig daher.

Kral gab sich zögerlich: »Ich weiß jetzt nicht so recht, ob ich mich da ...«

Schuster fiel ihm hart ins Wort: »Kinnst etz her odder niat?«

Eigentlich unverschämt, dachte Kral, mich so anzuraunzen! Aber irgendwie sah er auch sich selbst in der Verantwortung: Ein bisschen kooperativer hätte ich mich schon zeigen können! Er entschied sich für Deeskalation: »Ich komme! Wo treffen wir uns?«

»‚Hoferdeck' oder offiziell ‚Hafendecke'. Du fährst über den ...«

»Kenne ich, gleich daneben ist doch auch die Feuerwehr.«

»Also dann, bis gleich!«

»Langsam reiten, Karl! Meine Frau ist noch fest im Arbeitsleben verankert, wie du vielleicht weißt. Und damit verfüge ich im Moment über kein Auto.«

Zehn Minuten später stand ein Streifenwagen vor seinem Haus, der ihn in das Stadtviertel transportierte, wo einst diverse Hinterlassenschaften der Porzellanindustrie entsorgt worden waren. Die Selber, bekannt für ihre griffigen Wortfindungen, hatten den durchaus ansehnlichen Hügel auf den Namen „Schermhaff'm", also Scherbenhaufen, getauft.

Obwohl bereits einige Ermittler ihre Arbeit beendet hatten, war ein gutes Dutzend Zuschauer noch nicht bereit, das Feld zu räumen, denn jetzt war ein Vorgang zu beobachten, der noch einmal geeignet war, die Sensationslust zu bedienen: Die beiden Angestellten eines

Beerdigungsunternehmens waren damit beschäftigt, den Sarg mit dem Opfer in Richtung des Leichenwagens zu tragen, um ihn dann in seinem Inneren zu verstauen.

Als Schuster den Lehrer wahrnahm, stapfte er, finster blickend, auf ihn zu.

»Hallo, Karl«, begrüßte ihn Kral, »warum schaust du denn gar so verdrießlich drein?«

Schuster zuckte mit den Schultern. »Ach, Jan, wenn du wüsstest! Morgen will ich in Urlaub gehen und jetzt habe ich einen Toten an der Backe, der sich nicht identifizieren lässt. Und dann gibt es auch noch eine Spur in die Tschechei!«

»Nach Tschechien!«, verbesserte ihn Kral.

»Wenn'sd moinst! Aber das macht die Sache auch nicht besser. Das zieht sich doch wieder!«

»Aber du kannst den Fall doch sicher abgeben?«, spekulierte Kral.

Schuster zwang sich einen verächtlichen Lacher ab: »Schön wär's! Hätte ich eine Flugreise gebucht, dann wär das vielleicht machbar. Aber mein Chef weiß leider, dass ich nicht wegfahre! Und was das heißt, könntest du eigentlich ahnen. Aber kommen wir zum Fall!« Er holte eine gefaltete Plastikfolie aus seiner Jackentasche. »Also: Die Todesursache ist nicht eindeutig festzustellen: Wir wissen nur mit Sicherheit, dass man dem Mann einen Fingernagel ausgerissen hat. Und die Spurenlage zeigt, dass man ihn hier, wahrscheinlich nach seinem Tod, entsorgt hat. Der oder die Täter haben wahrscheinlich damit gerechnet, dass ihn auf diesem Scherbenhaufen so schnell niemand findet. Man wird also von gewissen Ortskenntnissen ausgehen können. Dass da ein Dackel den richtigen Riecher haben könnte, das kam ihnen wohl nicht in den Sinn. Wie gesagt, keine Papiere!« Jetzt überreichte er Kral die Folie: »Den Zettel hat das Opfer, wie ich annehme, gut versteckt, nämlich in dem kleinen aufgenähten Täschchen in der rechten Seitentasche seiner Jeans. Du weißt, was ich da meine?«

Kral nickte und nahm sich die Folie vor, in der gut sichtbar ein Zettel steckte, der einige Male gefaltet gewesen sein musste. »Aber Karl!«, lachte er, »das Logo solltest du schon kennen, außerdem steht da doch auch klar und deutlich ‚České dráhy', was nichts anderes heißt als ‚Tschechische Bahnen'.«

Schuster zuckte leicht verschämt mit den Schultern, zeigte sich dann aber doch störrisch: »Trotzdem weiß ich jetzt noch immer nicht, was da sonst noch draufsteht.«

»Also«, begann Kral, »das ist ein Gepäckaufbewahrungsschein, ausgegeben vom Bahnhof Eger, und zwar am Samstag, dem 28. Juli, also vor acht Tagen. So«, Kral wandte sich der Rückseite zu, »schauen wir mal, was da noch so alles steht: ‚Verwahrung für längstens vierzig Tage' und dann«, er überlas den Text, »noch was ganz Wichtiges: ‚Der ausgebende Mitarbeiter der' – blabla – ‚ist nicht verpflichtet zu prüfen, ob die Person, die den Schein vorlegt, zur Übernahme des' – bla-bla – ‚Gepäckstückes berechtigt ist.'«

»Interessant!«, reagierte Schuster, »hätte nicht gedacht, dass es drüben noch so was gibt!« Jetzt grinste er spitzbübisch: »Heißt doch, dass wir das Teil abholen könnten und dann vielleicht wissen ...«

»Hallo, Herr Schuster!«, dämpfte Kral den Eifer des Hofer Kommissars. »Jetzt begeben Sie sich aber auf dünnes Eis. Ich habe zwar mit Staunen festgestellt, dass du in den letzten Jahren mit zunehmender Energie auf

Dienstvorschriften pfeifst, aber jetzt gehst du doch ein bisschen zu weit! Ich denke, es ist an der Zeit, die Sache mit dem Josef zu besprechen.«

»Kein schlechter Vorschlag! Aber«, Schusters sattes Grinsen leitete die deftige Gegenrede ein, »du gäihst irr! Dir sollte nämlich bekannt sein, dass unser tschechischer Freund demnächst in Pension geht und zurzeit seinen Resturlaub nimmt!«

»Gut, das mit der Pension war mir bekannt, aber ...«

»Obber etz woist des!«

Kral nahm den Anpfiff sportlich, beide Kontrahenten hatten ihr Fett abbekommen. Aber das war für ihn kein Grund, jetzt in der Defensive zu verharren: »Aber du weißt, dass er eine Nachfolgerin haben wird, mit der man auch sprechen kann.«

»Du meinst die Frau Dings, die ...« – »... die Aneta Kučerová, richtig!«

Allein die Miene, die Schuster jetzt aufsetzte, zeigte, dass er von der zukünftigen Chefin der Egerer Kripo nicht viel zu halten schien.

»Was hast du gegen die Frau?«, tastete Kral sich an seine Vermutung heran.

»Nichts. Aber ich glaube, die mag mich nicht, außerdem wirkt sie auf mich irgendwie arrogant.«

»Pff, arrogant!« Kral schüttelte lachend den Kopf: »Die Frau ist kein bisschen arrogant, die hat nur ein ausgeprägtes Selbstbewusstsein.« Und jetzt stach ihn wieder der Hafer: »Kann es sein, dass du solche Frauen nicht magst?«

Schuster funkelte ihn verärgert an und reagierte situationsgerecht: »Oarsch!« Dann folgte, ganz entspannt vorgetragen, die Feststellung: »Du rufst deine Aneta an und teilst mir dann mit, was bei eurem Gespräch rausgekommen ist. Und verschone mich jetzt bitte mit irgendwelchen Ausflüchten!«

Aber Kral hatte gar nicht vor, Gegenrede zu führen, denn schließlich hatte er nun einen triftigen Grund, die Frau zu kontaktieren, die er bewunderte und verehrte.

Bei der Verabschiedung kam natürlich zur Sprache, dass es höchste Zeit sei, sich wieder mal mit Brückner beim Dämmerschoppen zu treffen.

»Aber wir sehen uns ja bald in Eger bei Josefs Verabschiedung«, vertröstete ihn Schuster, »und da wird sich schon die Gelegenheit zu einem zünftigen Umtrunk ergeben.«

Was blieb Kral anderes übrig, als dem Kommissar doch noch einen schönen Urlaub zu wünschen und sich dann wieder nach Hause chauffieren zu lassen.

Noch lagen die zwei Briefe und diverse Werbesendungen, die Kral am Morgen dem Postkasten entnommen hatte, auf dem Küchentisch. Er überließ die Sichtung des eingegangenen Materials in der Regel seiner Frau, denn sie war zuständig für den Schriftkram, der die Familie betraf, und außerdem unterzog sie auch die Werbung einer groben Durchsicht.

Aber der Brief, der obenauf lag, weckte sein Interesse, denn er war in Tschechien, und zwar in Asch, aufgegeben worden. Komisch, dachte er, wer mir von drüben etwas zu sagen hat, der ruft mich doch an! Der Absender lautete: *„Detektivní služby s.r.o."*. Was will denn ein tschechisches Detektivbüro von mir? Er öffnete den Brief. Der Text erheiterte ihn, denn das Institut warb mit aufgeblasener Lobhudelei für seine Dienste:

„Das Unternehmen *Detektivní služby s.r.o.* ist spezialisiert auf die Gewinnung komplexer Informationen und zeichnet sich durch eine hohe Erfolgsquote aus. Die Mitarbeiter verfügen über ausgefeilte rhetorische Fähigkeiten und solide psychologische Kenntnisse, um bei Befragungen und anderen Recherchen ein Höchstmaß an verwertbaren Erkenntnissen zu gewinnen. Die Auftraggeber können versichert sein, dass alle eingeleiteten Maßnahmen jeder juristischen Überprüfung standhalten."

Dass für dieses Machwerk sein tschechischer Kumpel verantwortlich sein sollte, mochte Kral zunächst nicht so recht glauben. Aber es hatte nun mal ein „Josef Brückner" unterschrieben, der sich den Titel *„ředitel* (Direktor)" zugelegt hatte. Zwar war der Polizist immer für eine Überraschung gut, aber dass sich der Mann einmal als klinkenputzender Privatermittler betätigen würde, hätte Kral nie und nimmer für möglich gehalten. Außerdem hielt er diese unpersönliche Kontaktaufnahme für unpassend: Ein paar persönliche Zeilen hätte ich ihm schon wert sein können!

Einfach so wegstecken oder Protest einlegen, lautete jetzt die Frage. Nachdem er sich eine Kanne Kaffee zubereitet hatte, machte er sich an die „Vasa". Aber sein Hantieren hatte weder Hand noch Fuß, denn Brückners Brief ging ihm nicht aus dem Kopf. Schließlich erhob er sich und griff kurzentschlossen zum Telefon: Der Freund hatte schließlich Anspruch auf eine Reaktion! Klar, Kritik am Inhalt des Briefes war nicht angebracht. Da würde er aggressiv reagieren. Aber Josef sollte schon wissen, dass ihm dieses Procedere nicht gefiel.

Brückner zeigte sich zunächst überrascht, er wisse auch nicht so recht, wie seine Adresse in den Verteiler gekommen sei. »Dou is wos falsch gloff'n«, betonte er, »obber sunst passt's doch?«, lautete die tastende Nachfrage. »Ich moin des Schreim, des wou ich dou assagloua ho.«

»Na ja«, reagierte Kral vorsichtig taktierend, »ich hätte das zwar etwas anders gemacht, aber das muss dich nicht jucken. Hauptsache, das Schreiben erfüllt seinen Zweck!«

Schließlich habe er sich einer professionellen Werbeagentur anvertraut, betonte Brückner, die sich auch um den deutschen Markt kümmere, »und dou ho ii halt glabbt, dass däi des scho richtig machen kenna.«

Stutzig machte Kral, dass sich der Major ihm gegenüber des Ascher Dialekts bediente, den er von seinem deutschen Vater übernommen hatte. Dafür hatte es in der Vergangenheit eigentlich nur zwei Gründe gegeben: den Wutausbruch oder, eher selten, den emotionalen Durchhänger. Und Brückner schien wirklich nicht gut drauf zu sein: Er wirkte irgendwie gedrückt, außerdem war ihm seine humorige Art abhandengekommen.

Kral glaubte auch die Gründe zu kennen: Der hoch motivierte Polizist, der viel Herzblut für seine Arbeit hingegeben hatte, wurde aufs Altenteil geschickt. Und jetzt war er gezwungen, seine im Vergleich zu deutschen Beamten kärgliche Rente aufzubessern. Gut, er hatte alle Voraussetzungen für einen Privatermittler. Aber er hatte auch nie ein Hehl daraus gemacht, dass ihm die Gilde zutiefst zuwider war.

Krals Hinweis, dass er ja mal die Absicht geäußert habe, im Ruhestand eine Kneipe aufzumachen, war jetzt eher als Auflockerung gedacht.

Aber Brücker schmetterte den Impuls ziemlich störrisch ab: »Wos intressiert mi mei G'schmarri vo gestern!«

Dem Versuch, den Noch-Chef der Egerer Kripo wieder mal zu einem gemeinsamen Dämmerschoppen mit Schuster in Wernersreuth zu verleiten, war natürlich auch kein Erfolg beschieden: Im Moment fehle ihm einfach die Zeit für solche Sachen.

Und nun folgte ein Hinweis, der Kral aufs Höchste beunruhigte: Man sehe sich ja bei seiner Verabschiedung und anlässlich dieses „Auftriebs" müsse man sich einmal zusammensetzen. »Ich ho dou a Scheiß-Problem«, fügte er hinzu.

Kral hatte sich wieder der „Vasa" zugewandt, aber auch diesmal kam er nicht zu Potte. Das Rätselraten brachte ihn auch nicht recht weiter: Welches Problem konnte denn ein knapp 60-Jähriger schon haben? Er ging die verdächtigen Positionen der Reihe nach durch: Schulden, Ehekrise, Depression oder Krebs. Außerdem war bei Brückner auch noch mit dem Einwirken der internen Ermittlung zu rechnen. Schließlich war er vor ein paar Jahren schon mal für eine gewisse Zeit suspendiert worden. Aber gegen diese Annahme sprach, dass in einem solchen Fall nie und nimmer eine offizielle Verabschiedung vorbereitet würde, von der Schuster ja gesprochen hatte. Der Rest war zwar nicht auszuschließen, nur: Stolz und Eigensinn eines Brückner erlaubten es eigentlich nicht, sich eines Beichtvaters zu bedienen.

Der fällige Kontakt mit Frau Kučerová am Nachmittag ergab sich über einen Umweg: In Ermangelung der Durchwahl wandte er sich an die Zentrale der Egerer Staatspolizei und wurde nach der Nennung seines Namens sofort, ohne auch nur im Ansatz sein Anliegen an den Mann bringen zu können, mit Leutnant Pospíšil verbunden, der vermutlich der Offizier vom Dienst war. Der zeigte sich angenehm überrascht und präsentierte die für ihn typische überschwängliche Begrüßung:

»Große Freidä! Der Känig von Deitschland! Ich hoffe, dass sich Hoheit in angenähme Gesundheit befindet! Was gibt mir Ähre?«

Den Hinweis, dass er eigentlich mit Frau Kučerová sprechen wolle, nahm Pospíšil mit einiger Enttäuschung zur Kenntnis: »Sähr schadä! War bei mir Hoffnung, dass Sie wieder machen Kontakt mit Cheb.«

»Na, es wird sich doch ein Ersatz für mich gefunden haben«, gab sich Kral ahnungslos, obwohl er die Information hatte, dass dem GPZ eine Beamtin zugeteilt worden war, die, so war es ihm von Dr. Wohlfahrt vermittelt worden, »eine blendende Beurteilung vorweisen kann und sehr gut tschechisch spricht«.

»Ja, natierlich! Aber ist schwär mit neier Dame, sie bohrt in Knie und spricht tschechisch wie Papagei.«

Kral konnte kaum das Lachen halten, denn er war sich ziemlich sicher, dass Pospíšil diese verunglückte Wendung mit dem Knie nur von Brückner haben konnte, der übereifrige Kollegen gerne als »Knäibohrer« bezeichnete. Und der Vergleich mit dem Papagei schien ihm nicht gerade treffend zu sein.

»Aber Herr Leutnant!«

»Obbrleitnant!«

»Ich bitte um Entschuldigung. Erlauben Sie mir, dass ich zur Beförderung gratuliere?«

»Genähmigt!«

»Also zunächst spricht doch nichts dagegen, wenn eine Beamtin eifrig ist, und das mit ihrem Tschechisch – wo liegt das Problem, wo Sie doch ohnehin so gut deutsch sprechen?«

Das Kichern des Spaßvogels war nicht zu überhören. »No, aber ich sprächä mit ihr nicht deitsch!«

Die muss ihn ganz schön genervt haben, dachte Kral, der Rest ist klar: Man hat nichts gegen Ausländer, aber wenn sie arrogant und überheblich auftreten, dann streikt die tschechische Seele. Trotzdem war ein Tadel angebracht: »Aber Herr Pospíšil! Was machen Sie denn für Sachen!«

»Das ist klare Sache: Sie muss lernen viele Ding-gä, bis ich spreche ihre Sprache!«

Kral hatte nicht vor, weiter auf Pospíšils Befindlichkeiten einzugehen, und verwies auf Brückners Verabschiedung, bei der sich ja die Gelegenheit biete, »das eine oder andere Wort zu wechseln«.

»Wird nätig sein! Aber jetzt Gespräch mit Prinzessin! Ahoj! Ich verbindä!«

Eigentlich hätte er gerne gefragt, wie er diesen Vergleich zu verstehen habe, aber das Schlitzohr hätte ihn doch nur mit irgendwelchen vagen Anspielungen bedient.

Komisch!, dachte er, denn ihm schien, Aneta habe seinen Anruf schon erwartet: »Schön, dass du anrufst, ich kann mir schon denken, was dich drückt.«

Sollte Schuster doch ...? Das konnte er sich nicht vorstellen. »Du scheinst mir inzwischen auch im

Hellsehen geübt, liebe Aneta, denn was mich drückt, kannst du eigentlich gar nicht wissen.«

»Schieß los!«

Kral berichtete von dem Selber Leichenfund und kam dann ohne Umschweife auf Schusters Anliegen zu sprechen: Ob man sich vielleicht unter Umgehung des umständlichen Dienstweges den direkten Zugriff auf das aufbewahrte Gut verschaffen könne, um so vielleicht die Identität des Getöteten zu klären.

»Gut, ich sehe da kein Problem. Aber die Frage sei mir erlaubt, warum wendet sich der Schuster nicht direkt an mich?«

»Ach, Aneta, ich sag's mal so: Der Schuster ist nun mal auf den Josef fixiert, und wenn es um dich geht, scheint er mir ein wenig zu fremdeln.«

»Verstehe, ich hatte schon immer den Eindruck, dass er mich für arrogant hält. Dabei habe ich ihn nie merken lassen, dass er mir ein bisschen verklemmt vorkommt. Trotzdem: Sage ihm, dass er mich anrufen soll. Dann lassen wir die Aktion über die Bühne gehen. Aber jetzt zu der Sache, von der ich dachte, dass ... na du weißt schon!«

»Ich höre.«

»Dir ist doch bekannt, dass Brückners Verabschiedung ansteht: Sie wird am Freitag, dem 24. August, stattfinden!«

»Schön, das zu wissen!«

»Schön aber nicht das, was ich gestern auf den Schreibtisch bekommen habe!«

»Du machst mich neugierig.«

»Also, es ist die Liste mit den Gästen aus Deutschland, die bei der Verabschiedung anwesend sein werden. Absender euer GPZ in Selb, unterzeichnet von Polizeioberrat Dürrmoser. Und jetzt kommt's: Da stehst weder du noch der Schuster drauf!«

»Nicht schön!«

Jetzt folgte ein Donnerwetter, das er der tschechischen Polizistin eigentlich nicht zugetraut hätte: »Von wegen nicht schön! Das ist eine ganz große Sauerei! Du gehörst da hin und Schuster ebenso! Wenn ich das dem Josef erzähle, dann lässt der doch die ganze Chose platzen. Aber ich ahne, wer dahintersteckt. Das kann nur diese verdammte Ratte sein, die sich Wohlfahrt nennt. Wenn ich mich recht entsinne, ist der Staatssekretär.«

»Falsch, er hat es inzwischen zum bayerischen Innenminister gebracht.«

»Noch schlimmer! Ich habe immer gedacht, dass man nur bei uns Versager ins Kabinett schickt. Dieser eitle Fratz will euch nicht dabeihaben, weil ihr mit seinem Intimfeind Brückner zusammengearbeitet habt. Ich frage mich nur, warum er sich auf die Liste hat setzen lassen.«

»Das weißt du, das weiß ich: Er wird sich als Förderer der deutsch-tschechischen Freundschaft präsentieren. Man könnte auch sagen, er will in seiner Selbstgefälligkeit baden.«

»Das hast du jetzt aber sehr schön gesagt!«, reagierte Aneta lachend. »Allerdings könnte es sein, dass ihm der Josef den Stöpsel aus der Wanne zieht.«

»Ich kann mir sogar vorstellen, wie er das macht!«, feixte Kral.

Er war beeindruckt: Da war er gerade sogar ein bisschen poetisch geworden und die Dame stand ihm in nichts nach. Wie kann eine Frau, überlegte er, die sich mit Ende zwanzig noch radebrechend an die deutsche Sprache herangetastet hatte, so sicher über diese Fremdsprache verfügen? Und das auch noch absolut akzentfrei!

Er war noch dabei, ein entsprechendes Lob vorzubereiten, aber Aneta war schon einen Schritt weiter:

»Also, pass mal auf, Jan!«, teilte sie ihm mit. »Spätestens übermorgen hast du eine Einladung der Bezirksdirektion Karlsbad auf dem Tisch. Gleiches gilt für Schuster. Dann wollen wir doch mal auf das dumme Gesicht dieses Komikers gespannt sein.«

Jetzt noch auf Brückners Brief einzugehen, erschien Kral reichlich unpassend.

Er bedankte sich bei Aneta für ihr „segensreiches Wirken" und zeigte sich erfreut darüber, dass man in absehbarer Zeit mal wieder zusammentreffen werde.

Der nächste Anruf galt Schuster: »Karl, Auftrag erfüllt! Jetzt bist du dran. Die Dame freut sich schon auf den Kontakt mit dir.«

Der Kommissar gab sich zunächst ziemlich schroff: »Verarschen kann ich mich selbst.« Aber er schien auch ein bisschen erleichtert, als er sich bedankte und versprach, er werde sich melden, wenn es Neuigkeiten geben werde.

2

Am nächsten Tag konfrontierte der Hofer Hauptkommissar Kral telefonisch mit der Bitte, ihn nach Eger zu begleiten. Seine Begründung klang schlüssig: Er habe einen Brief von Brückner bekommen, über den man sich mal unterhalten müsse. Außerdem biete sich während der Fahrt die Möglichkeit, über den aktuellen Stand der Ermittlungen in Sachen Selber Leiche zu sprechen. Er habe inzwischen den Befund der Pathologie auf dem Schreibtisch liegen »und ich gehe davon aus, dass dich das interessieren wird.«

Kral war eigentlich der Meinung, auch darüber könne man sich am Telefon austauschen, aber er zeigte sich dann doch einverstanden, am folgenden Tag mit nach Eger zu fahren, denn die Aussicht auf ein Zusammentreffen mit Aneta Kučerová schien ihm gar zu verlockend.

Schuster hatte ihn kurz nach halb eins von zu Hause abgeholt. Noch bevor sie die Ascher Umgehung erreicht hatten, war der Brief schon abgehandelt. Schuster sah das auch an ihn gerichtete Schreiben des Detektivbüros als eine Taktlosigkeit, die man guten Kumpels eigentlich nicht zumuten sollte. Kral konnte in gewisser Weise mit Aufklärung dienen, indem er auf Brückners Entschuldigung verwies, da sei etwas schiefgelaufen. Was da sonst noch besprochen worden war, behielt er für sich, denn er wollte sich nicht über den gemeinsamen Freund auslassen, der im Moment nicht gut drauf war.

Schuster kam dann auf den Leichenfund zu sprechen: Noch waren Identität und Herkunft des Mannes nicht bekannt. »Aber die Todesursache ist geklärt: Der Mann ist an Herzversagen gestorben«, erfuhr Kral, »sehr wahrscheinlich ausgelöst durch eine beträchtliche Menge Methamphetamin im Blut und das Auftreten eines Schocks, der durch das Ausreißen des Fingernagels provoziert worden sein könnte. Der Tod ist nach Aussage der Spezialisten am frühen Morgen zwischen fünf und sieben Uhr eingetreten.«

»Und wo ist der Mann gestorben?«, wollte Kral wissen.

»Das wissen wir nicht. Fest steht, dass er, ob nun schon tot oder noch am Leben, von zwei Personen auf dem Scherbenhaufen abgelegt worden ist. Die Spurenlage ist da ganz klar.«

»Und du glaubst jetzt, dass wir über das im Bahnhof aufbewahrte Teil an die Identität des Mannes kommen?«, fragte Kral.

»Ich hoffe es«, reagierte Schuster schulterzuckend, »wenn das nichts bringt, müssen wir uns eben über die Presse mit einem Bild an die Öffentlichkeit wenden.«

Aneta Kučerová hatte mit ihm auch über die Einladung gesprochen, die ihm demnächst aus Karlsbad zukommen werde: Er sah es als Skandal, dass Kral und er, also Leute, die mit Brückner eng und vertrauensvoll zusammengearbeitet hätten, sich nicht auf der Liste des GPZ fänden. »Aber glaube mir«, schloss er seine Klage reichlich sarkastisch, »ich sehe es inzwischen als hohe

Ehre, dass ich nicht mehr zu den Freunden des Mannes gehöre, der uns das eingebrockt hat.«

Man hatte sich inzwischen dem Zentrum der westböhmischen Stadt genähert. Es war jetzt kurz nach eins und Kral glaubte sich zu erinnern, dass am Vortag die Rede von zwei Uhr war, als es um das Zusammentreffen mit Aneta ging.

»Wenn ich das recht sehe, haben wir noch genügend Zeit für einen Kaffee«, schlug er Schuster vor. Der war einverstanden und wenig später saßen die beiden in dem Straßencafé beim »Stöckl« und schlürften ihren Cappuccino.

Strahlender Sonnenschein und die vielen Touristen, die sich auf dem Marktplatz der historischen Altstadt tummelten, versetzten Schuster in eine wehmütige Stimmung: »Jetzt Urlaub! Schau dir die Leute an! Die bummeln durch die Gegend, dann setzen sie sich ganz gemütlich in ein Café und freuen sich ihres Lebens. Wahrscheinlich überlegen sie schon, wo und was sie zu Abend speisen werden. So hab ich mir das vorgestellt: ein bisschen Werkeln zu Hause und dann immer wieder mal eine Tagestour! Es gibt so schöne Ecken in unserer Umgebung. Da brauche ich keine Alpen, kein Meer und keinen Strand!«

»Sehe ich ähnlich«, kommentierte Kral, obwohl er sich mit Arbeiten am Haus oder im Garten, die Schuster als „Werkeln" bezeichnete, nicht so recht anfreunden mochte. Aber dann reagierte er reichlich amüsiert, denn Schuster hatte in sein Schwärmen, geschickt kaschiert, wieder mal das hohe Lied von Verzicht und Pflichterfüllung einfließen lassen: »Erzähle mir jetzt bitte nicht, dass du wegen der Selber Leiche völlig auf dein

Urlaubsvergnügen verzichten musst. Du hast die Ermittlungen angeleiert. Und wenn du, wie ich hoffe, heute noch deine Leiche identifiziert hast, dann wird dich niemand daran hindern, den wohlverdienten Urlaub anzutreten.«

Schuster beließ es bei einem mürrischen Schulterzucken, das wohl signalisieren sollte, es mache doch eh keinen Sinn, mit einem Lehrer über die besondere Verantwortung eines Ersten Hautkommissars zu diskutieren.

Kral interessierte sich jetzt dafür, wie denn die Aktion im Bahnhof ablaufen werde. »Ganz einfach!«, hob Schuster leicht gelangweilt an. »Wir holen uns das Teil und die Leute von der hiesigen Kripo halten die Augen offen.«

»Einfacher wär's«, gab Kral zu bedenken, »die Aneta geht an den Schalter und lässt sich das Ding aushändigen. Dann bräuchten wir doch gar nicht mit zum Bahnhof.«

»Zu kurz gedacht, Herr Lehrer!«, triumphierte Schuster. »Wir müssen schließlich davon ausgehen, dass der Zettel und damit auch das hinterlegte Teil einen nicht geringen Wert für bestimmte Leute hat. Warum sonst hätten die unseren Mann in Selb derart heftig in die Mangel genommen! Wenn's die Typen auf den Gepäckschein abgesehen haben, werden sie den Schalter beobachten! Und wenn die Kučerová ...«

»Frau Kučerová!«

»Meinetwegen auch Frau! Also, wenn die dort auftaucht, gibt's wohl kaum eine Chance, an die Leute ranzukommen.«

Schusters hämisches Grinsen transportierte eine klare Botschaft: Jetzt hab ich's dir aber mal gezeigt, du Klugscheißer!

Gut, soll er doch sein Erfolgserlebnis haben, dachte Kral, schließlich hat er sich doch ganz erstaunlich entwickelt. Er stellte sich vor, wie der Hofer Kommissar noch vor ein paar Jahren reagiert hätte: ein dienstlicher Auftritt im Nachbarland ohne das Okay des Vorgesetzten – unmöglich! Die Zusammenarbeit mit dem schlitzohrigen Brückner hat also doch deutliche Spuren hinterlassen, dachte er.

Da Schuster nun schon einmal Oberwasser hatte, unternahm er einen weiteren Vorstoß, Kral in die Defensive zu drängen. Ganz den fürsorglichen Freund mimend, fragte er scheinbar beiläufig: »Jan, jetzt sag mir doch mal, welchen Narren du an der Frau Kučerová gefressen hast! Ja gut, hübsch is' sie, vielleicht auch selbstbewusst. Aber die Frau ist gut und gerne dreißig Jahre jünger als du! Glaubst du wirklich, ich habe nicht bemerkt, dass du für die schwärmst?«

Die Absicht war klar: Schuster hatte den Seitenhieb auf sein verstaubtes Frauenbild nicht vergessen und wollte sich jetzt revanchieren, indem er den streng auf die siebzig zugehenden Kral der Lächerlichkeit preisgab und ihn in eine Verlegenheit stürzen wollte.

Soll er doch glauben, dass er mich am Haken hat, dachte Kral, ich hab ihn in letzter Zeit oft genug geärgert. »Ooch Karl, was du da wieder siehst!«, verteidigte er sich ziemlich ungeschickt. »Schwärmen! – Ich glaub, ich spinne! Die Frau ist mir sympathisch. Mehr ist da wirklich nicht!«

Schuster grinste zufrieden in sich hinein. Er konnte allerdings nicht ahnen, dass er Kral doch vor ein Problem gestellt hatte: Welchen Narren hatte er wirklich an Aneta gefressen? Die Nähe eines Sprachgenies, das zudem außerordentlich intelligent war, konnte er als Grund ausschließen. Eher reizte ihn Anetas wohltuende Offenheit. Aber damit war noch lange nicht dieses angenehme Prickeln erklärt, das ihm ihre Gegenwart verschaffte. Also doch mehr! Aber wieder auch weniger, denn mit Blindheit, die gewöhnliche Folge der Liebe oder des Begehrens, waren weder er noch Aneta geschlagen. Es waren einfach nur neckische Spielchen, die da zwischen ihr und ihm abliefen, mehr nicht! Und Spiele haben immer ein Ende. Aber das Träumen, lieber Karl, kannst du mir nicht verbieten.

»Jan, träumst du? Wir müssen!«

Die Anrede riss Kral aus seinem Sinnieren und er fand auch gleich die treffende Antwort: »Ja, sicher, Karl, und du magst es ahnen, aber nicht vom Urlaub.«

Schuster hatte schon bezahlt und die beiden machten sich auf den Weg in die Valdštejnova zur Staatspolizei.

Sie trafen auf eine Aneta Kučerová, die sie wie zwei vertraute Freunde empfing, und dazu gehörte bei ihr nun mal das Ritual der engen Begrüßung mit dem gehauchten Kuss auf die Wange. Sie hätte eigentlich ahnen müssen, dass der bodenständige Schuster so viel Nähe schwer ertragen und wahrscheinlich die Mitarbeit verweigern würde. Tatsächlich: Sein unterer Bewegungsapparat erstarrte, der Oberkörper suchte die Distanz und die nach oben abgewinkelten Arme hatten wahrscheinlich den Befehl erhalten, jede Berührung zu vermeiden.

Kral konnte kaum das Lachen halten, hatte aber auch Verständnis für Schusters komische Verrenkungen. Schließlich war auch er kein Freund des gehauchten Küsschens, wenn die vertraute Nähe fehlte.

Aber schnell merkte er, dass Aneta nicht die Absicht hatte, den aus ihrer Sicht „ein bisschen verklemmten" deutschen Kommissar vorzuführen. Sie gab sich freundlich und charmant und behandelte Schuster wie einen Kollegen, mit dem man gerne zusammenarbeitet.

Schuster überreichte ihr ein Bild des Toten, den man in Selb aufgefunden hatte. Ihre Reaktion überraschte die beiden Besucher aus Deutschland, denn sie schüttelte betroffen den Kopf und stellte fest: »Identität geklärt! Einsatz überflüssig!«

»Heißt das, Sie kennen den Mann?«, fragte Schuster erstaunt.

»Zu gut, würde ich jetzt mal sagen: Marek Horák, wohnhaft in Asch, dreiundzwanzig Jahre alt. Der ist so was wie ein Dauerkunde bei uns: Drogendealerei, Diebstahl, Körperverletzung, Fahren ohne Führerschein und und und! Wahrscheinlich selbst drogenabhängig. Ich glaube gehört zu haben, dass er sich nach dem letzten Knastaufenthalt zu seiner tschechischen Freundin nach Selb abgesetzt hat.«

»Aber das mit dem ‚überflüssig' hast du doch nicht ernst gemeint?«, forschte Kral zaghaft nach.

»Aber Jan! Ein Spaß wird mir doch auch einmal erlaubt sein! Nur: Jetzt wird die Sache kompliziert. Zu dem Tötungsdelikt in Deutschland kommt jetzt wohl ein Verstoß gegen die tschechischen Drogengesetze, denn ich bin mir fast sicher, dass im Bahnhof Drogen geparkt werden.«

»Hört sich nicht sehr kompliziert an«, reagierte Kral.

»Für dich nicht, aber für mich! Denn streng genommen bin ich jetzt nicht mehr zuständig. Drogendelikte verfolgt hier bei uns die *Národní protidrogová centrála,* Sitz in Prag, Zweigstellen in Pilsen und Karlsbad.«

»Ich bitte um Aufklärung!«, meldete sich Schuster leicht verärgert zu Wort.

»Ich bitte um Verzeihung! Das ist die staatliche Antidrogenzentrale«, klärte ihn Aneta Kučerová auf, »also eine Sondereinheit, die aus der Staatspolizei ausgegliedert ist. Und die Herren – Frauen scheinen mir da unerwünscht zu sein – kennen überhaupt keinen Spaß, wenn ihnen jemand ins Handwerk pfuscht. Diese Lichtgestalten sehen sich als Elite. Aus deren Sicht sind wir kleinen Polizisten nichts als eine Anhäufung korrupter Gestalten.«

Die Polizistin hatte sich in Rage geredet und biss sich auf die Lippen. »Sch... 'Tschuldigung! Noch bin ich nur Leiterin der Kripo auf Probe«, polterte sie los, »und schon mache ich nichts wie Bockmist! Da lasse ich mich auf den kurzen Dienstweg ein und dann lege ich mich auch gleich noch mit der NPC an!«

»Aber Aneta!«, beschwichtigte Kral. »Noch ist rein gar nichts passiert! Unser Besuch bei dir ist rein informativer Natur. Stimmt doch, Karl?«, wandte er sich grinsend an Schuster.

Der konnte mit Krals Ironie überhaupt nichts anfangen und gab sich betroffen: »Also Frau Kučerová, wenn ich Sie da in Schwierigkeiten gebracht habe, dann bitte ich Sie vielmals um Entschuldigung. Tja«, sein Blick signalisierte Aufbruch, »ich denke, wir hätten's dann!«

Die Angesprochene lehnte sich nachdenklich zurück und ihr bedächtiges Kopfnicken schien ebenfalls den Rückzug anzukündigen. Aber ihre Botschaft ging dann in eine ganz andere Richtung: »Verzeihen Sie, Herr Schuster, wenn ich jetzt überheblich wirke! Wir sind hier nicht in Deutschland, wo eine Vorschrift so etwas wie eine heilige Kuh ist. Ihr mögt uns Tschechen einiges vorwerfen, ich denke da vor allem an Schludrigkeit und Unzuverlässigkeit. Aber merken Sie sich das eine: Wenn es um Zivilcourage geht, lassen wir uns von euch nichts vormachen!«

Kral grinste in sich hinein: Kompliment, Aneta! Knapp, pointiert und treffend! Was in Schusters Hirn vorging, war nur im Ansatz zu erschließen. Sein offener Mund zeigte lediglich, dass ihn die Dame mächtig beeindruckte. Sein Staunen hielt an, als sie energisch fortfuhr: »Will sagen, Herr Schuster, wir hätten's dann – nicht!«

Jetzt fand der Mann wieder zur Sprache, allerdings knapp und unsicher: »Also, dann doch Bahnhof, oder?«

Frau Kučerová nickte: »Die Sache wird jetzt durchgezogen! Ich leiste hier nur Amtshilfe. Wer kann schon ahnen, dass da Rauschgift im Spiel ist!« In knappen Zügen skizzierte sie die Einsatzplanung.

Der Hinweis, dass sie Schuster als Abholer auserkoren hatte, kam für Kral ziemlich überraschend, denn eigentlich hatte er damit gerechnet, dass diese Aufgabe ihm zufallen würde.

Schusters säuerliches Dreinblicken zeigte dann auch, dass er doch lieber als Beobachter agiert hätte. Einen Einwand wagte er nicht, denn Aneta begründete die Aufgabenverteilung beim Einsatz mit absolut überzeugender Schlüssigkeit. Die abschließende Frage »So weit alles klar, die Herren?« war eher rhetorischer Natur, denn die Polizistin war schon auf dem Weg zur Tür: »Wir treffen uns auf dem Parkplatz, ich gebe nur kurz meinen Kollegen Bescheid.«

Für Kral war eigentlich nur klar, dass er schon wieder einmal dabei war, Grenzen zu überschreiten: Du Trottel bist hier nur noch Privatmann. Lass das die Leute machen, zu deren Job das gehört! Aber wieder siegte das Gefühl, das ihn schon oft genug in seinem Leben erfasst hatte: der Wunsch, dem gewohnten Trott zu entgehen und in Nervenkitzlig-Neues vorzustoßen.

Auch Schusters Gesicht zeigte, dass er mit sich nicht im Reinen war: Er schien wohl einzusehen, dass er sich in dieser Sache von Anfang an viel zu weit aus dem Fenster gelehnt hatte. Aber Kral ahnte auch, dass er einer tschechischen Polizistin unbedingt beweisen wollte, dass auch ein deutscher Beamter über Zivilcourage verfügte.

Kral saß auf der Rückbank von Schusters Dienstwagen, der auf dem Parkplatz des Bahnhofs parkte. Er war mit einem Handfunkgerät ausgerüstet, über das er den Kontakt mit Aneta halten sollte. Es ermöglichte ihm aber auch das Hineinhören in den gesamten Funkverkehr, der über den eingestellten Kanal abgewickelt wurde. Im Moment waren das Botschaften, die zwischen der Zentrale und den eingesetzten Streifenwagen ausgetauscht wurden.

Nach etwa zehn Minuten meldete sich Aneta:

»Adler 1 an alle: Funkstille auf Kanal 21! Einsatz am Bahnhof!«

Das konnte nur bedeuten, dass Schusters Auftritt am Gepäckschalter beobachtet worden war. Kurz darauf wurde er angerufen:

»*Kral für Adler 1!*«

»*Kral hört!*«

»*Schuster augenscheinlich unter Beobachtung einer männlichen Person: circa 1,90 groß, kräftig, Glatze, schwarze Jeans, schwarze kurze Lederjacke. Wir bleiben dran!*«

»*Verstanden!*«

Wenig später verließ Schuster die Bahnhofshalle über den Hauptausgang und strebte dem silberfarbenen BMW zu. Bei sich hatte er eine braune Aktentasche. Kral war von Aneta aufgefordert worden, sich im Falle der Verfolgung unsichtbar zu machen. »Der oder die Verfolger sollen glauben, dass nur eine Person im Wagen sitzt«, hatte sie erklärt. Er war gerade dabei, sich auf dem Rücksitz in eine liegende Position zu bringen, als die linke hintere Tür geöffnet wurde und die Tasche auf seinen Beinen landete.

»Und?«, fragte Schuster, als er hinter dem Lenkrad Platz genommen hatte.

»Du bist beobachtet worden und wir müssen mit einer Verfolgung rechnen.«

»Mist! Was ...« Er wurde von Anetas Funkspruch unterbrochen:

»*Kral für Adler 1!*«

»*Hört!*«

»*Verfolger besteigt schwarzes Motorrad mit Karlsbader Zulassung und ... warte, ja, jetzt klar, und trägt nun einen roten Helm. Ihr fahrt in Richtung Innenstadt! Beim Erreichen der Evropská melden!*«

»Verdammt! Warum spricht die nicht deutsch?«, erregte sich Schuster.

Kral schrieb die reichlich dumme Frage der Aufregung des Begleiters zu, konnte sich aber eine schnoddrige Antwort nicht verkneifen: »Karl, denk nach, das weißt du selbst!«

»Tout mer leid, iich wois!«

Natürlich wusste der Polizist, dass mit Anetas Botschaft auch die in der Nähe befindlichen Streifenwagen informiert werden sollten.

»So, jetzt schau mal, ob du im Rückspiegel einen Motorradfahrer ausmachen kannst, der einen roten Helm trägt!«, wies er Schuster an.

»Klar und deutlich!«

Kral setzte ein Meldung ab: »*Adler 1 von Kral!*

»Hört!«

»Evropská erreicht! Verfolger hinter uns!«

»Verstanden!«

Die weiteren Schritte folgten ziemlich genau der Planung Anetas: Schuster bog nach rechts ab und verwandelte sich in einen deutschen Verkehrsrowdy: Mit Tempo 90 düste er über die Europastraße in Richtung Kreisverkehr.

Dass dann die tschechische Polizei den Motorradfahrer aus dem Verkehr ziehen wollte, der natürlich auch seine Geschwindigkeit erhöht hatte, widersprach gängiger Praxis, denn in vergleichbaren Fällen wurden doch eher die deutschen Fahrer zur Kasse gebeten. Es war nun mal das Dilemma der Deutschen: Ihrem Wunsch, von aller Welt geliebt werden, kamen die Tschechen nur sehr zögerlich nach. Zwar gab es diesbezüglich deutliche Anzeichen der Besserung in den letzten Jahren.

Aber wenn zum BMW, für Tschechen ein Zeichen großen Wohlstands, auch noch fehlende Disziplin kam, erfolgte im Kopf der Amtsperson automatisch die Strafversetzung des deutschen Fahrers auf die hinteren Plätze der Beliebtheitsskala.

Kral, von Schuster auf dem Laufenden gehalten, war gerade dabei, sich in die aufrechte Lage zu bringen, denn der Verfolger würde sich jetzt kaum noch für den BMW interessieren.

Was nun geschah, registrierte Kral mit ungläubigem Staunen, denn es widersprach seiner Erwartung: Warum fluchte jetzt Schuster laut: »Scheiße!« und zog den Wagen abrupt nach rechts? Der spinnt doch, dachte er, denn rechts neben dem Wagen war ein Schatten aufgetaucht und sofort darauf ertönte ein dumpfer Schlag. Kral brauchte einige Zeit, um die Abläufe für sich zu sortieren: Eine Streife hatte versucht, den Verfolger aus dem Verkehr zu ziehen, aber der war nach rechts ausgewichen und wollte den vor ihm fahrenden BMW auf der falschen Seite überholen. Das wäre ihm auch gelungen, wenn ihn Schuster nicht behindert und so seinen Sturz provoziert hätte.

Nun hatte der Hofer Hauptkommissar den Salat: Leichenblass saß er hinter dem Steuer und haderte mit seinem Schicksal, denn er hatte sich einiges vorzuwerfen: selbst verschuldeter Unfall mit dem Dienstwagen im Ausland! Außerdem bestand die Gefahr, dass jetzt der Motorradfahrer erfahren würde, wen er da verfolgt hatte.

»So ein verdammter Mist!«, fluchte Schuster und bearbeitete das Lenkrad mit seinen Fäusten. »Aber warum muss dieser verdammte Kerl versuchen abzuhauen!«

Seinen Vorwurf »Aber Karl, die hätten den Mann auch ohne deine Mithilfe erwischt!« hätte sich Kral lieber ersparen sollen, denn er traf auf eine Wunde, die ohnehin schmerzlich genug war. Entsprechend deftig fiel der erste Teil der Antwort aus:

»So blöd kann nur ein kopfgesteuerter Lehrer daherreden!« Aber dann folgte doch so etwas wie eine sachliche Begründung: »Mensch, Jan, das war ein Reflex, da überlegst du nicht lange!«

Kral zeigte Einsicht und verwies tröstend auf die einheimische Polizistin, der schon etwas einfallen würde. Er griff zum Funkgerät: »*Adler 1 für Kral!*«

Das „*Hört*" kam aber nicht aus dem Gerät, sondern direkt von Aneta, die neben der Fahrertür aufgetaucht war. »Oberleutnant Kučerová, Staatspolizei Eger«, stellte sie sich lachend vor. »Ab die Post zum Präsidium!«, forderte sie Schuster auf. »Ich regle das hier. Der Kerl ist zum Glück heil geblieben!« Sie deutete auf die andere Seite, wo einige Uniformierte dabei waren, dem Motorradfahrer auf die Füße helfen.

Nach der Begutachtung des Wagens auf dem Parkplatz der Polizei war bei Schuster eine gewisse Erleichterung festzustellen, denn der Schaden, ein beschädigter Seitenspiegel, eine kleine Delle und ein paar Kratzer, hielt sich in Grenzen. Sein Problem veränderte das allerdings nur unwesentlich: »Wie erklär ich das meinem Vorgesetzten?« Aber Kral zeigte sich überzeugt, dass Aneta schon eine Lösung finden würde.

Beim Zusammentreffen mit der Frau Oberleutnant war die allerdings zunächst damit beschäftigt, ihre Frisur zu ordnen. »Na, Herr Schuster«, fragte sie lachend, »haben Sie mich im Bahnhof erkannt?«

»Wenn Sie die Dame mit dem Hut und der riesigen Sonnenbrille waren«, grinste Schuster, »dann würde ich sagen, ich hab's geahnt. Aber ich muss zugeben, die Auswahl an jungen Damen war in der Bahnhofshalle nicht allzu groß.«

»Ich hasse Hüte!«, reagierte sie mit gespieltem Zorn. »Jetzt werde ich doch tatsächlich zum Friseur gehen müssen.«

Schuster gab sich charmant: »Hat mir sehr gefallen, das Teil. Und an Ihrer Frisur gibt es rein gar nichts zu kritisieren!«

Der Kommissar empfing ein dankbares Lächeln: »Sie schmeicheln mir, aber«, ihre Miene zeigte, dass jetzt Unerfreuliches zur Sprache kommen würde: »Nicht schön, die Sache mit dem Zusammenstoß.«

»Ich weiß, aber ...«

»Das ist kein Vorwurf«, unterbrach sie ihn, »ich hätte wahrscheinlich nicht anders reagiert. Aber wir haben Glück gehabt: Es gibt keine Zeugen und dem Mann haben wir klargemacht, dass Sie das Auftauchen der Polizei auf sich bezogen haben und sich nach rechts orientiert haben, um anzuhalten. Als er gemerkt hat, dass er wegen überhöhter Geschwindigkeit angehalten werden sollte, hat er das gefressen und auch die Schuld an dem Zusammenstoß auf sich genommen. Die Regelung mit seiner Versicherung übernehme ich. Die Details regeln wir per Mail.«

Schuster schien irritiert: »Schön, dass Sie mir da helfen wollen, aber mir scheint, Sie haben den Mann nicht festgenommen!«

»Warum sollte ich?«

Der Kommissar schüttelte den Kopf und rang zunächst nach Worten: »Das, das ist ... das versteh ich nicht.« Jetzt wurde er laut: »Der Mann ist aus meiner

Sicht des Totschlags oder sogar des Mordes verdächtigt. Und Sie sollten ihn ...«

»Sachte, Herr Schuster! Ihn festzunehmen, wäre doch Schwachsinn gewesen. Wir haben ihn identifiziert und ab jetzt steht er unter Beobachtung.«

Sie griff zum Telefon: »Dann wollen wir mal hören, was die Kollegen in der Tasche entdeckt haben!« Als sie den Hörer wieder aufgelegt hatte, nickte sie: »Wie erwartet, zwei Kilogramm Pervitin. Wenn ich mich recht erinnere, nennt ihr das Crystal-Meth. Für mich ziemlich überraschend: als Milchpulver deklariert! Und: Verpackung professionell erstellt!«

»Eindeutig Profis am Werk!«, stellte Schuster fest, »aber«, er schüttelte zweifelnd den Kopf, »das geht doch nicht mit unserem Toten in Selb zusammen. Der war doch nur ein kleiner Dealer, zudem noch selbst abhängig.«

Die zukünftige Leiterin der Kripo Eger nickte und versicherte, deshalb werde man den Mann und sein Umfeld eng überwachen, »denn wir wollen an die Hintermänner. Allerdings«, fuhr sie fort, »das sollten Sie wissen, ab jetzt ist da vor allem die Drogenfahndung am Drücker. Aber wenn's was Konkretes gibt, melde ich mich bei Ihnen. Und noch etwas: Natürlich werden wir seine mögliche Täterschaft in Selb im Auge behalten und ich werde mit Sicherheit auch feststellen, wo euer Toter in Selb gewohnt hat. Zufrieden?«

Schusters dankbares Lächeln zeigte, dass er in der Tat sehr zufrieden war, denn er hatte Fortschritte in seinem Fall gemacht: Der Tote war identifiziert und in Kürze würde man auch den Zugriff auf die Wohnung bekommen, wo der sich aufgehalten hatte. Vielleicht gab es auch die

Möglichkeit, über die Freundin etwas über die Besucher zu erfahren.

»Sieht gut aus«, eröffnete Kral das Gespräch, als man auf dem Weg zu Schusters Dienstwagen war.

»Sehr gut, würde ich mal sagen«, antwortete der Kommissar grinsend, »jetzt habe ich auch eine schöne Erklärung für die Fahrt nach Eger: Hab ich nicht von Anfang an den Verdacht gehabt, dass unser Toter ein Tscheche ist?«

»Stimmt zwar nicht, du Gauner, aber niemand kann dir das Gegenteil beweisen«, kommentierte Kral trocken.

Der »Gauner« schien gut angekommen zu sein, denn Schuster grinste zufrieden in sich hinein. Auf der Fahrt nach Selb präsentierte sich der sonst eher ruhige Vertreter als gut gelaunte Plaudertasche. Als man schon auf Haslau zusteuerte, brachte er Aneta Kučerová ins Spiel:

»Jetzt verstehe ich dich, Jan.«

»Bitte Klartext, Karl!«

»Na ja, halt, wie soll ich sagen, dass du die Dame ...«

»Schon gut!«, unterbrach ihn Kral. »Spar dir deine Verrenkungen! Ich weiß, was du meinst. Aber ich denke auch, dass du geschnallt hast, dass man diese Frau einfach mögen muss und einem dabei der Schnabel sauber bleiben kann.«

»Is scha gout!«, reagierte Schuster mit einem süffisanten Grinsen. Das zeigte zunächst einmal, dass Aneta auch ihn in ihren Bann gezogen hatte. Wie er damit umzugehen gedachte, würde sein Geheimnis bleiben.

3

Den nächsten Kontakt mit Schuster gab es einen Tag vor Brückners Verabschiedung. Das Angebot des Hauptkommissars stand: »Wenn du willst, holen wir dich ab.« Natürlich wollte Kral, denn seine Frau stand nicht für den Fahrdienst zur Verfügung. Und sich selbst ans Steuer zu setzen, kam für ihn nicht in Frage, denn ein Josef Brückner würde ihm bei diesem Anlass den Griff zum Mineralwasser nie verzeihen.

Als dann Schusters privater Mercedes, gesteuert von seiner Frau, gegen neun vor seinem Haus auftauchte, war Kral doch überrascht, denn er hatte angenommen, dass der Leitende Hauptkommissar mit dem Dienstwagen, eventuell begleitet von einem Fahrer oder einer Fahrerin, unterwegs sein würde.

Frau Schuster schien Ähnliches erwartet zu haben, denn die ausgesprochen kommunikative Dame hielt nicht zurück mit der Kritik an ihrem Ehemann: »Ich fohr ja gern, ower warum er dou niet sei Uniform ohat und niat mi'n Dienstwoong fährt, des verstäih iich niat. Dou is er do sunst ganz scharf draaf.«

»Ower Erika, etz übertreibst a weng!«, tadelte sie ihr Mann.

»Wos wouer is, mou wouer blei'm!", beharrte die Ehefrau.

»Und warum der zivile Auftritt?«, erkundigte sich jetzt Kral.

»Das sollte dir eigentlich bekannt sein!«, knurrte Schuster. »Von unserer Seite bin ich nicht delegiert worden, also tauche ich dort als Privatmann auf. Schluss, aus, Amen!«

»Eigentlich egal!«, reagierte Kral. »Ich denke, der Josef freut sich, und wenn der Giftzwerg sich ärgert, kann uns das egal sein.« Er brachte das Gespräch auf den toten Dealer: »Neuigkeiten in Sachen Scherbenhaufen?«

»Wenig! Wir kennen jetzt die Wohnung, wo sich der Mann aufgehalten hat. Ansonsten wenig Neues! Ich hoffe ja, dass die Tschechen mal in die Gänge kommen mit dem Motorradfahrer!«

»Vielleicht hat die Aneta ja was für dich«, spekulierte Kral.

Die Nennung des Vornamens machte Frau Schuster hellhörig, sie wollte jetzt von ihrem Mann wissen, wer denn diese Aneta sei.

Kral sprang in die Bresche: »Verzeihen Sie, ich meinte natürlich die zukünftige Leiterin der Egerer Kripo, Frau Kučerová. Ich habe das Vergnügen, mich mit ihr zu duzen.« Obwohl er das „Ich" deutlich hervorgehoben hatte, reagierte die Dame doch reichlich skeptisch mit einem bedeutungsschwangeren »Ahaa!«.

Am Ziel angekommen, verabschiedete sich die Frau des Hauptkommissars mit den üblichen Ermahnungen von ihrem Mann: »Schau, dass niat gouer su lang dauert, und tou a weng langsam mi'n ... du woißt scha!«

Auch die Antwort war Kral zur Genüge bekannt: »Is scha gout!«

Krals nächste Fehleinschätzung ließ nicht lange auf sich warten: Die fünf oder sechs Bistro-Tische im ersten Stock des Polizeipräsidiums verwiesen auf die Kategorie Stehempfang im eher kleinen Kreis. Er hatte in seinem Beamtenleben schon an vielen Verabschiedungen teilgenommen. Ihr Standard reichte von der improvisierten Feier am Arbeitsplatz des Ausscheiders bis hin zur pompösen Veranstaltung mit musikalischer Begleitung in einer repräsentativen Räumlichkeit. Die Regel war ganz einfach: Der Platz in der Hierarchie bestimmte den Aufwand. Das war in Tschechien nicht anders als in Deutschland.

Was soll das denn?, dachte Kral, der im Blick auf Brückners Stellung und Verdienste schon mit einem Hauch von Glanz und Gloria gerechnet hatte. Gewiss, der Vorsaal der Führungsebene war ein bisschen aufgepeppt mit Blumen und den Farben von Stadt, Bezirk und Republik. Außerdem hatte sich ein Fernsehteam in Stellung gebracht. Aber irgendwie machte sich doch die nüchterne Zweckhaftigkeit eines Treppenhauses bemerkbar. Sollte der gute Josef doch irgendwelchen Dreck am Stecken haben und man war darauf aus, ihn jetzt möglichst unauffällig abzuservieren? Der Blick auf Schuster zeigte, dass den ähnliche Gedanken bewegten.

Der Leiter der Dienststelle, Oberst Kupec, und Frau Oberleutnant Kučerová begrüßten die Gäste. Brückner war noch nicht auf der Bildfläche erschienen. Kral kam mit einer Schnellzählung auf etwa fünfundzwanzig Besucher, neben einigen Zivilpersonen vorwiegend Männer und nur wenige Frauen im Blau der Staatspolizei.

Noch fehlten die „grünen" Vertreter aus Bayern und ihr Anführer, der Staatsminister Dr. Wohlfahrt. Dass mit dessen Kommen auf jeden Fall zu rechnen war, machte Kral an den Fernsehleuten fest, die er inzwischen als Vertreter von Oberfranken-TV identifiziert hatte.

Was jetzt geschah, war mit Sicherheit reiner Zufall und konnte nur von einem Mann als infame Strategie interpretiert werden: In dem Moment, als Dr. Wohlfahrt, flankiert von einer Polizistin und dem Leiter des Gemeinsamen Polizei- und Zollzentrums, über die Treppe den ersten Stock erreicht hatte, brandete Beifall auf, den der bayerische Politiker mit sichtlichem Wohlgefallen zunächst einmal auf seine Person bezog. Die herbe Enttäuschung folgte auf dem Fuß, denn der Applaus galt Brückner, der aus dem Gang hervortrat, der von den Büroräumen zur Treppe führte. Dr. Wohlfahrt, schon die Hände erhoben, um mit bescheidener Geste die gedachte Huldigung seiner Person zu dämpfen, schaffte es in kürzester Zeit, seine Fassungslosigkeit in ein mildes Lächeln übergehen zu lassen, um sich dann dem Beifall anzuschließen.

Kral staunte nicht schlecht, denn der Mann, der dem französischen Komiker Louis de Funès so verdammt ähnlich sah, hatte in der Vergangenheit eher ziemlich lange gebraucht, um Niederlagen aus dem Gesicht zu bekommen. Wahrscheinlich hat ihn Ministerpräsident Teichhofer zu einem Crash-Kurs in Frustabbau verdonnert, als seine Ernennung zum Minister anstand, dachte Kral und grinste belustigt in sich hinein.

Oberst Kupec hielt eine kurze Rede, die Kral sehr gut gefiel, weil er auf die üblichen Lobhudeleien verzichtete. Er brachte Brückners Stärken zur Sprache, ohne dabei dessen Marotten unter den Teppich zu kehren. »Dieser Mann der Tat«, betonte er abschließend, habe zu seinem großen Bedauern ausdrücklich darauf bestanden, dass diese Verabschiedung »schnell, schmerzlos und ohne großes Tamtam über die Bühne gebracht« werde. Also doch kein Dreck am Stecken!, stellte Kral erleichtert fest.

Er stieß Schuster sanft in die Seite und flüsterte ihm zu: »Steht dem Josef eigentlich gut, der Anzug!«

»Als Zuhälter kann er heute wirklich nicht auftreten!«, gab sein Begleiter grinsend zurück und bezog sich damit auf Brückners gewöhnliches Outfit mit der abgewetzten Lederjacke und dem weit nach oben hin geöffneten weißen Hemd, das den Blick auf eine protzige Halskette erlaubte.

Es schlossen sich die Reden des Egerer Bürgermeisters und des Personalratsvorsitzenden der Polizei an. Dann war Dr. Wohlfahrt an der Reihe. Mit Sicherheit hätte Brückner diesen Mann gerne von der Rednerliste gestrichen, aber er hatte sich wohl den Zwängen zwischenstaatlicher Rücksichtnahme beugen müssen.

Ziemlich elegant schaffte es der bayerische Innenminister, auf sein hohes Amt hinzuweisen, indem er an die Anwesenden appellierte, man möge ihn an diesem Tag nicht als Minister, sondern nur als „schlichten Wahlkreisabgeordneten aus Selb" sehen, für den es eine Herzensangelegenheit sei, bei der Verabschiedung eines verdienten Polizisten der tschechischen Freunde anwesend zu sein.

Mit der Wahrheit steht er immer noch auf Kriegsfuß, dachte Kral, war dann aber doch überrascht, denn der ehemalige Staatssekretär hatte kräftig dazugelernt:

Ganz seinem Förderer Teichhofer folgend, übte er sich im weiteren Verlauf seiner Rede in Demut und Bescheidenheit. So sprach er im Blick auf die deutsch-tschechische Zusammenarbeit von anfänglichen falschen Erwartungen und Fehleinschätzungen. »Und ich sage das hier in aller Offenheit«, gestand er, »ich schließe da auch meine Person nicht aus.«

Zwar ein bisschen arg dick aufgetragen, aber zu meckern gibt's da wirklich nichts, lieber Josef!, war Krals Einschätzung.

Nachdem Aneta die Reden in tschechischer Sprache ins Deutsche übersetzt hatte, war bei Dr. Wohlfahrt die Polizistin als Dolmetscherin an der Reihe, also die Dame, die Krals Nachfolge im GPZ angetreten hatte. Sie machte ihre Sache ganz ordentlich, was aber keinen großen Aufwand erforderte, denn sie hatte Wohlfahrts Rede in der tschechischen Version auf dem Blatt und brauchte nur abzulesen. Pospíšils Vorwurf, sie spreche wie ein Papagei, hob wohl auf ihre Aussprache ab, die gnadenlos den deutschen Klangmustern folgte.

Gut, lieber Pospíšil, das klingt zwar etwas komisch, war Krals Gedanke, aber da wird sie mit der Zeit schon besser werden. Zu früh gelobt! Jetzt wollte der Minister Brückner ganz spontan noch ein paar Streicheleinheiten zukommen lassen, die sich allerdings nicht im Konzept fanden. Außerdem machte er es der Übersetzerin verdammt schwer, indem er sich an Schachtelsätzen probierte, die mit reichlich Ironie versehen waren. Er hatte gerade Brücken zwischen Karl Valentin, der Romanfigur Josef Schwejk und Josef Brückner geschlagen und blickte dann auf die Polizistin. Aber die blieb stumm und blätterte verzweifelt in ihren Unterlagen.

»Bitte, Frau Oberkommissarin, Ihre Übersetzung!«, reagierte der Minister ungeduldig.

»Gleich, verzeihen Sie, aber ...«, wieder begab sie sich auf die Suche in ihrem Konzept.

Warum übersetzt sie nicht einfach?, mochten die meisten der Anwesenden denken. Nicht so Kral, denn ihr Problem stand ihr im Gesicht geschrieben: Sie war auf Wiedergabe gepolt und hatte quasi ihren kreativen Verstand abgeschaltet. Dazu mochte kommen, dass sie, wie von Pospíšil festgestellt, wirklich noch so ihre Schwierigkeiten mit dieser Sprache hatte, die dem Lernenden hohe Hürden in den Weg stellt. Die Folge war so etwas wie eine Blockade. Eigentlich hätte sie jetzt Dr. Wohlfahrt bitten müssen, seine Worte noch einmal zu wiederholen. Aber dazu fehlte ihr wahrscheinlich der Mut.

Ihm war klar, dass der Dame geholfen werden musste. Kurz entschlossen sprang er in die Bresche: Er transportierte Wohlfahrts Sprachkünste ins Tschechische, um dann Verständnis für die Frau zu erbitten: »Verzeihen Sie, Herr Minister, Sie haben da eben doch einige sehr anspruchsvolle Formulierungen gebraucht, deren Übertragung auch mir nicht leichtfiel. Seien Sie bitte nicht so streng mit der Kollegin, sie hat ihre Sache ansonsten sehr gut gemacht.«

Er hatte sich bemüht, seine Intervention mit der Wärme eines Seelsorgers an den Mann zu bringen, und stellte mit Erleichterung fest, dass ihm ein gewisser Erfolg beschieden war: Wohlfahrt schien der Hinweis auf seine Redekunst zu gefallen und die anwesenden Tschechen waren höflich genug, der Dame die kleine Schwäche zu verzeihen, indem sie ihr reichlich Beifall spendeten.

Die Veranstaltung nahm ihren weiteren Verlauf: Brückner bedankte sich artig und ein bisschen unbeholfen für die „schönen Worte" und eröffnete das kalte Buffet. Schnell kam es dann zur üblichen Grüppchenbildung, natürlich unter einer gewissen Berücksichtigung der vorherrschenden Rangordnung. So suchte Dr. Wohlfahrt, bei sich Polizeioberrat Dürrmoser, die Nähe des Bürgermeisters, der wiederum Oberst Kupec an seiner Seite hatte.

Dass er die Übersetzerin einfach sich selbst überließ, war kein schöner Zug, aber auch kein Zufall, denn sie hatte nicht ganz seiner Erwartung entsprochen. Kral blieb nur die Hoffnung, dass die fällige Abstrafung nicht allzu heftig ausfallen würde.

Man hätte die junge Frau hübsch nennen können, wenn sie nicht diese Unnahbarkeit ausgestrahlt hätte. Ihr strenger Blick, unterstützt von einer unvorteilhaften Frisur mit dem altmodischen Dutt, gab ihr das Aussehen einer frustrierten Betschwester.

Verlassen von ihren Oberen, stand sie jetzt etwas abseits und schien sich nicht recht wohl zu fühlen, denn keiner der sonst noch Anwesenden zeigte die Bereitschaft, sie in ein Gespräch zu ziehen. Irgendwann bemerkte sie Krals prüfende Blicke und reagierte mit einem unsicheren Lächeln, das Kral natürlich eine Reaktion abverlangte. Es war eine Gemengelage aus Mitleid, Höflichkeit und Neugier, die ihn veranlasste, ihr zu signalisieren, sie möge sich doch dem Kreis mit Kučerová, Schuster, Pospíšil und ihm selbst anschließen, der sich um einen der Tische versammelt hatte.

Wenig später stieß auch Brückner auf die Runde und machte den Vorschlag, man könne sich ja noch zu einem kurzen Umtrunk im „*Špaliček*" zusammensetzen, »hier ist es mir doch ein bisschen zu ungemütlich«, stellte er lachend fest, »außerdem, schaut euch um, die meisten haben doch schon die Flucht ergriffen.«

Dass jetzt Pospíšil die Polizeioberkommissarin, die mit der etwas gewöhnungsbedürftigen Namenskombination Carmen Zieglschmied gesegnet war, zur Seite nahm und auf sie einredete, kam Kral reichlich seltsam vor. Wenn er sich nicht täuschte, forderte der Oberleutnant die Dame auf, sich dem Umzug anzuschließen. Und tatsächlich: Sie steuerte auf ihren Vorgesetzten zu und schien ihm mitzuteilen, sie habe vor, die Rückfahrt mit Schuster anzutreten.

Erst lässt er kein gutes Haar an ihr und dann kann er sich nicht von ihr trennen, dachte Kral, jetzt bin ich schon gespannt, was das Schlitzohr im Schilde führt.

Beim „*Špaliček*" angekommen, nahm man im Biergarten Platz. Aber Brückner wollte nicht auf die Bedienung warten und bedeutete Kral und Schuster, ihm in das Lokal zu folgen. »*Notfall!*«, wandte er sich an den Mann am Zapfhahn. »*Drei ganz schnelle Helle, wir sind am Verdursten!*« Natürlich war der Major in dem Wirtshaus kein Unbekannter und der Wunsch wurde prompt erfüllt.

Nachdem er seinen Begleitern zugeprostet und einen tiefen Schluck genommen hatte, kam er gleich zur Sache: »Erstens«, begann er sichtlich angespannt, »die Sache mit dem Brief war eine beschissene Aktion, aber sie ist nun mal passiert.« Er war schon beim »Zweitens«, als Schuster Redebedarf anmeldete.

»Was denn jetzt, Karl?«, raunzte er den Hofer Kommissar an.

»Nichts für ungut«, begann der zögerlich, »aber mir will nicht so recht eingehen, wie du auf die Idee gekommen bist, eine Detektei zu betreiben.«

Brückners Gesicht ließ Kral ahnen, was jetzt kommen würde: »Korl, du moggst a weng a ...« Diese Art der Eröffnung kündigte eine Beschimpfung an, die sich gewaschen hatte. Aber Brückner legte noch rechtzeitig die Bremse ein, was ihm sicherlich nicht leichtfiel. »Karl«, setzte er erneut an, jetzt aber im Ton des väterlichen Freundes, »so fragt ein deutscher Beamter, dem sie auch im Ruhestand Kohle ohne Ende in den Arsch schieben. Weißt du eigentlich, was ich im nächsten Monat auf meinem Konto finden werde?«

Schuster, der schon längst kapiert hatte, dass er sich verhoben hatte, schaffte nur ein müdes »Iich ho halt denkt!«, verbunden mit einem hilflosen Schulterzucken.

Brückner nickte gnädig und entließ den Hauptkommissar mit der Bemerkung, er möge sich mit der Kollegin Kučerová austauschen, »denn in eurem Mordfall gibt's Neuigkeiten.«

»So«, wandte er sich dann an Kral, »jetzt zu dir. Ich habe dir gesagt, dass es etwas zu besprechen gibt.« Kral, ziemlich gespannt darauf, welche Last sich Brückner von der Seele reden wollte, reagierte dann schon mit einer gewissen Enttäuschung, als er erfuhr, dass den Major ein banales Erziehungsproblem drückte: Seine Frau und er hätten die 15-jährige Jana bei sich aufgenommen. Ihre Mutter, seine Schwester, sei vor zwei Monaten gestorben, und da weder der Vater noch andere Verwandte die Bereitschaft zeigten, für das Kind zu sorgen, habe man sich zu diesem Schritt entschlossen. »So weit, so gut! Warum erzähle ich dir das?«, fuhr er fort. »Die Dame verarscht uns, sie macht, was sie will. Sie schwänzt die Schule, kommt und geht, wann sie will. Wir erreichen sie einfach nicht. Wir können uns den Mund fransig reden, sie hört uns gar nicht zu. Und jetzt habe ich gedacht, du als Pädagoge könntest mir einen Rat geben.«

Kral schüttelte lachend den Kopf: »Josef, dein Vertrauen ehrt mich! Aber wenn du wüsstest, wie wenig Ahnung bayerische Gymnasiallehrer von Pädagogik und Psychologie haben, dann ...«

»Hast du, glaub ich, schon einmal gesagt. Dann eben gesunder Menschenverstand, Jan!«

»Josef, ich kenne das Mädchen nicht. Da könnten viele Faktoren im Spiel sein: In dem Alter haben die meisten Kinder gewisse Schwierigkeiten mit ihren Eltern. Und jetzt muss sich das Mädchen auch noch an ein völlig neues Umfeld gewöhnen. Vielleicht fühlt sie sich abgeschoben.«

Brückner nickte: »Gut, so weit war ich auch schon. Trotzdem noch eine Frage: Was hältst du davon, sie für einige Zeit rüber zu euch als Gastschülerin zu schicken? Ich denke, die Möglichkeit gibt es. Außerdem spricht sie ziemlich gut deutsch.«

»Die gibt es auf jeden Fall, kenne ich vom Gymnasium. Find ich gut, Josef. Eine neue Umgebung, vielleicht auch ein neuer Freundeskreis könnten sich positiv auswirken. Ich werde mal mit dem Direktor reden. Ein Problem könnte allerdings sein, dass sie sich wieder nur abgeschoben fühlt und noch störrischer wird. Ich würde sie einfach mal fragen, was sie von der Idee hält.«

»Klar! Ich biete ihr das einfach mal an. Mal sehen, wie sie reagiert. Auf jeden Fall danke ich dir schon mal.«

Er deutete nach draußen: »Gut, dann hätten wir das! Lass uns rausgehen, damit die uns nicht einschlafen.«

Von diesem Zustand konnte keine Rede sein: Schuster war dabei, sich mit Aneta auszutauschen, und wenn Kral sich nicht täuschte, hatte sie dem Kommissar positive Nachrichten übermittelt, denn der Mann war in bester Stimmung.

Das andere Pärchen war auf eine Art aneinanderoder, besser, ineinandergeraten, die man gewöhnlich als Flirt bezeichnete. Leicht daran zu erkennen, dass Frau Zieglschmied ihre langen schwarzen Haare von dem hässlichen Knoten befreit hatte und beide Spaß am Tausch der Uniformmützen gefunden hatten, denn Pospíšil hatte gerade das grüne Teil aus Bayern auf dem Kopf und übte sich in komischen Posen.

Als Frau Schuster in Eger zur Abholung bereitstand, traf sie auf ein „reichlich angestochenes Häufchen", denn Brückner hatte doch eine ganze Reihe von Schnapsrunden auffahren lassen und dabei immer Wert auf Vollzug gelegt.

Schuster, der neben seiner Frau saß, war schon beim Überfahren der Stadtgrenze in einen von gelegentlichen Schnachern begleiteten Schlaf verfallen, was seine Frau kopfschüttelnd kommentierte: »Immer des Gleiche mit den Moa! Wenn er ner amol merkert, dass er nix verträggt!«

»Ach, Frau Schuster«, reagierte Kral, »so schlimm war's auch wieder nicht. Es war nun mal ein anstrengender Tag.«

»Is scho rächt!«, reagierte die Fahrerin mit einiger Verärgerung auf sein nichtssagendes Statement und überließ die beiden Fahrgäste auf der Rückbank sich selbst.

Frau Zieglschmied war ziemlich aufgekratzt und erlaubte Kral diesen oder jenen Einblick in ihren Gemütszustand: Er erfuhr, dass sie auf einem „Bauernzeug" in Kothigenbibersbach bei Thiersheim aufgewachsen sei und eigentlich den Hof übernehmen sollte. Aber ihr Berufsziel sei nun mal Polizistin gewesen. Sie habe es schwer gehabt in der Schule, denn immer habe sie auch bestimmte Arbeiten auf dem Hof übernehmen müssen. Über die Realschule und die Fachoberschule sei ihr dank sehr guter Noten der Sprung in den gehobenen Polizeidienst gelungen. Aber ihr Problem sei immer gewesen, dass man sie als „Bauerntrampel" behandelt habe.

»Verstehe«, reagierte Kral, »Sie haben das mit noch mehr Fleiß und, ich sage jetzt mal, Unnahbarkeit kompensiert, richtig?«

Sie blickte ihn mit großen Augen an: »Sind Sie Psychologe?«

»Nein, Lehrer, aber ich habe einmal mit Pospíšil über Sie gesprochen, denn Sie sind ja quasi meine Nachfolgerin beim GPZ.«

Die Erwähnung des Oberleutnants brachte ein verklärtes Leuchten in ihre Augen: »Ach, jetzt verstehe ich! Der konnte mich zunächst ja gar nicht leiden. Aber«, sie kicherte verlegen, »der Kryštof ist wirklich ein ganz Süßer!«

»Dann fragen Sie sich mal, warum der Sie zunächst nicht leiden konnte!«

Was Kral jetzt zu hören bekam, hatte er in gewisser Weise geahnt, aber die Infamie, die da am Werke war, hatte er so nicht für möglich gehalten: Dr. Wohlfahrt habe sie anlässlich ihrer Bestellung ausdrücklich davor gewarnt, persönliche Kontakte zu den tschechischen Beamten aufzunehmen. »Der hat den Brückner, die Kučerová, den Pospíšil, aber auch Sie und den Schuster als korrupte Bande bezeichnet, die ständig Verbrüderungsorgien feiert und sich laufend über Recht und Ordnung hinwegsetzt. Und da hat das gehorsame Bauernmädchen halt entsprechend reagiert.«

»Bei der letzten Orgie war das Mädchen aber persönlich anwesend«, lachte Kral.

»Und das ganz ohne schlechtes Gewissen«, konterte sie, »ich lass mir doch nicht von dem Lackaffen verbieten, mit wem ich Umgang pflege. Das, was der heute veranstaltet hat, ist mir ganz schön auf die Nerven gegangen. Ich hab ihm ausdrücklich gesagt, dass ich noch nicht so weit bin, um die freie Rede zu übersetzen. Und was macht er? Haut mir ein Kauderwelsch um die Ohren, das ich nicht mal richtig auf Deutsch verstanden habe! Wenn Sie nicht gewesen wären, hätte ich doch noch viel dümmer ausgesehen. Dafür danke ich Ihnen.«

»Keine Ursache! Könnte es sein, dass Sie jetzt einen Lehrer haben, der bereit ist, Ihr Tschechisch auf Vordermann zu bringen?«

»Ich denke schon, ausgemacht haben wir's.«

Mein lieber Wohlfahrt, dachte Kral, da hast du dir aber ein schönes Ei ins Nest gelegt.

Innerlich zog er den Hut vor der jungen Frau, die sich ihre Position hart erkämpft hatte und nun auf dem besten Weg war, sich von der Rolle der pflegeleichten Jasagerin zu verabschieden.

4

Einige Tage vor dem Ende der Sommerferien veränderte ein Anruf aus dem Walter-Gropius-Gymnasium Krals Ruhestandspläne. Der Direktor der Anstalt, Herr Fürholzer, richtete sich an ihn mit der Frage, ob er Lust verspüre, im nächsten Halbjahr zwei Erdkundeklassen mit je zwei Unterrichtsstunden zu übernehmen. Eine Kollegin werde für längere Zeit krankheitshalber ausfallen und vom Ministerium sei ihm kein Ersatz avisiert worden.

Kral war freudig überrascht. Er hatte sich zwar auf seine Pensionierung gefreut, aber die Vorstellung, quasi auf Sparflamme seinem Beruf noch für eine gewisse Zeit verbunden zu bleiben, gefiel ihm sehr gut. Sehr entgegen kam ihm auch die Tatsache, dass er Erdkunde unterrichten würde, eben das Fach, das ihm am meisten Spaß bereitete. Kral gab sich dem Direktor gegenüber aber zögerlich-zurückhaltend, denn es sollte nicht der Eindruck entstehen, er habe auf ein solches Angebot gewartet und giere geradezu nach einer Weiterbeschäftigung, weil er nicht loslassen könne oder gar auf die Aufbesserung seiner Pension angewiesen sei. Man einigte sich darauf, dass er in den nächsten Tagen seine Entscheidung verkünden werde. Dass er dann schon gut eine Stunde später zum Telefon griff und seine Zusage ablieferte, hatte einen guten Grund: Lasse ich den zappeln, dachte Kral, dann sucht er sich vielleicht eine andere Aushilfskraft und ich schaue in die Röhre. Sein Einverständnis geriet zu einem salbungsvollen Statement, das von reiflicher Überlegung handelte und nach einem zweimaligen »Obwohl«, quasi als Höhepunkt, die kollegiale Solidarität bemühte.

Die Folgen: Die „Vasa" war zunächst einmal vom Tisch. Jetzt galt es, den Lehrplan zu studieren, um dann Unterrichtseinheiten zu entwickeln, die methodisch auf dem neuesten Stand waren. Die Kolleginnen und Kollegen sollten schon sehen, was so ein alter Knacker noch so alles draufhat!

Kral hatte ein neues Stadium seines Lehrerdaseins erreicht, das versprach, außerordentlich komfortabel zu werden: Ihm waren zwei Erdkundeklassen mit je zwei Stunden Unterricht pro Woche zugeteilt worden, und zwar eine fünfte und eine zehnte Klasse.

In einer zehnten Klasse war es nicht immer ganz einfach, den Stoff eines sogenannten Nebenfaches an den Mann respektive die Frau zu bringen, denn die Schüler dieser Altersstufe sind schon ziemlich weit entfernt von dem Wissensdurst der Fünftklässler. Angesichts dieser Ausgangslage bestand die Gefahr, dass Kral zum einsamen Alleinunterhalter wurde, dem man kaum zuhörte und der mit erheblichen Störungen zu rechnen hatte. Aber nach etwa vierzehn Tagen war klar, dass Kral einen Status erreicht hatte, den man mit wohlwollender Duldung umschreiben konnte. Ihm gereichte zum Vorteil, dass er sie fast alle kannte, die Mädchen und Jungen aus der 10 a, denn irgendwann waren sie in den letzten Jahren schon einmal vor ihm gesessen. Das war nicht ungewöhnlich bei einer Lehrkraft, die gleich drei Fächer unterrichtet hatte, darunter Deutsch als Hauptfach.

Er konnte vor allem davon ausgehen, dass bestimmte „Spielchen" ausblieben, die das Ziel hatten, Stärken und Schwächen der neuen Lehrkraft auszuloten. Aber er hatte damit zu rechnen, dass auch sie ihn kannten und ihnen nicht verborgen geblieben war, dass er, besonders im Erdkundeunterricht, mit geschickten Fragen nach seiner seefahrenden Vergangenheit ziemlich leicht vom klaren Kurs abzulenken war. Kral setzte dann schon mal eine „Story" ab, die manchmal auch mit ein bisschen Seemannsgarn garniert sein konnte.

Brückners Nichte Jana hatte das Angebot ihres Onkels tatsächlich angenommen und man hatte sie zusammen mit einem ihr bekannten Mädchen aus Asch in ebendieser 10 a untergebracht. Aus Krals Sicht war das eine gute Lösung, denn so würde sich Jana nicht ganz verlassen in der neuen Umgebung vorkommen.

Das Thema in der Klasse war zunächst die „Entstehung der Anden", ein Teilbereich der Unterrichtseinheit „Geodynamische Vorgänge im pazifischen Raum".

Und da stand sie nun eines Tages im Raum, die Frage, abgesetzt vom sympathischen Schlitzohr Alex, dessen schelmisches Dauerlachen Kral schon in der 5. Klasse beeindruckt hatte: »Waren Sie eigentlich schon mal in Südamerika?«

Kral, nicht ahnend, wohin die Reise ging, schöpfte jetzt aus dem Vollen: »Natürlich, ich war oft genug auf Linien eingesetzt, die entweder die Ost- oder die Westküste bedienten. Einmal sind wir sogar auf dem Amazonas bis nach Manaus hochgefahren und haben Eisenbahnschwellen geladen.«

Aber seltsam: Es hätte jetzt doch keiner weiteren Fragen bedurft und Kral wäre im Erzählmodus gewesen, aber Alex' jetzt doch ziemlich ernster Blick, verbunden mit einem angedeuteten Kopfschütteln und dem Heben der Hand, signalisierte, dass er eine andere Absicht verfolgte.

»In Südamerika haben Sie doch sicher auch mal irgendeinen Kontakt mit Rauschgift gehabt?«, lautete die folgende Frage, die Kral gnädig zugelassen hatte.

Das der Wahrheit entsprechende »Nein«, so sah das Kral, würde jetzt nicht gut ankommen, denn dem Beruf des Seemanns haftet schließlich eine gewisse Verruchtheit an, die es zu pflegen galt, auch wenn der Eindruck einer längst vergangenen Zeit entstammte.

Seine Einlassung »Ja, in gewisser Weise hat man da Erfahrungen gemacht« war zwar reichlich vage und leider auch falsch, denn Drogen, natürlich abgesehen vom Alkohol, spielten bei deutschen Seeleuten in den 60er und 70er Jahren überhaupt keine Rolle.

Eigentlich hätte der erfahrene Pädagoge schon längst ahnen müssen, dass er einem peinlichen Verhör unterzogen werden sollte, aber noch glaubte er, die Sache im Griff zu haben. Die nächsten Fragen des Schülers zeigten ihm, dass das eine grobe Fehleinschätzung war:

»Und was halten Sie von dem Terror an der Grenze?«

»Was für ein Terror? Die Grenze ist doch offen!«

»Aber Sie wissen schon, dass da dauernd die Bullen lauern und jeden, der auch nur ein Gramm Stoff von drüben mitgebracht hat, vor den Richter zerren?«

Jetzt steckte Kral gewaltig in der Klemme: Natürlich wusste er, dass es im Grenzbereich die sogenannte Schleierfahndung gab. Und er war ziemlich gut über den Schmuggel mit Crystal-Meth und Cannabis informiert, nicht zuletzt durch seinen Besuch mit Schuster in Eger. Bekannt waren ihm auch die Berichte über die zerstörerische Droge Crystal. Aber er neigte nun mal zu der Meinung, dass man den Besitz von kleinen Drogenmengen zum Eigenverbrauch, vergleichbar der niederländischen und der tschechischen Regelung, nicht unter Strafe stellen sollte.

Diese Position durfte er aber auf keinen Fall als Lehrer einer bayerischen Schule vor Schülern vertreten, schon gar nicht als Aushilfskraft. Höchste Zeit, kräftig auf die Bremse zu treten: Kral erklärte sich für nicht zuständig, diese Problematik zu diskutieren, und verwies auf die Lehrkraft, die an der Schule für das Thema Drogen zuständig war.

Er wusste nicht so recht, wie er jetzt das folgende Gelächter der Klasse zu deuten hatte: Stand er nun als „Schlaffi" da oder hielt man die oder den Drogenbeauftragte/n nicht für kompetent?

Am Ende der Stunde war Krals Einsatz für diesen Dienstag schon beendet. Auf dem Gang ins Lehrerzimmer, wo es galt, sich am schwarzen Brett über alle möglichen Ankündigungen und Hinweise kundig zu machen, wurde er vom Direktor abgefangen und in dessen Büro gebeten.

Der Nachfolger Dr. Hermanns, selbst lange Jahre Sport- und Erdkundelehrer an der Schule, war so etwas wie ein Gegenentwurf zu seinem etwas steifen und förmlichen Vorgänger: eher ein Kumpeltyp, den man schon mal auf dem Fußballplatz treffen konnte und der sich auch in geselliger Biertischrunde sichtlich wohl fühlte.

Jetzt, als er Kral aufforderte, am Besprechungstisch Platz zu nehmen, zeigte er sich ziemlich ernst. Gerade habe ihm Frau Müller, die Mutter von Andreas Müller aus der 10 a, einen Besuch abgestattet, so Fürholzer. »Die hat Rotz und Wasser geheult, weil sie den Andreas mit Crystal an der Grenze erwischt haben.«

Kral wurde sofort klar, dass ihn Alex mit seiner komischen Fragerei genau auf dieses Problem hatte hinführen wollen. Einerseits gefiel es ihm, dass man ihn ins Vertrauen hatte ziehen wollen. Aber er war auch sauer auf Alex: Hätte der Klartext gesprochen, dann hätte ich doch ganz anders reagiert!

»Warum erzählst du das gerade mir?«
»Ich denke, du hast gute Beziehungen zur Polizei.«
»Gehabt!«

Der Direktor zuckte resignierend mit den Schultern: »Ja, dann!«

Kral grinste: »Zum Glück reichen die Kralschen Beziehungsgeflechte über die Polizei hinaus. Bringen wir mal die Frau Kral in Spiel: Wie du vielleicht weißt, ist sie beim Landratsamt beschäftigt, und zwar beim Jugendamt. Und wie es der Zufall so will, ist sie mit einer ihrer Kolleginnen freundschaftlich verbunden. Es kann sogar sein, dass es Andreas, wenn er denn vor Gericht erscheinen muss, mit besagter Dame zu tun bekommen wird, denn sie ist für die sogenannte Jugendgerichtshilfe zuständig. Ich werde mit ihr mal Kontakt aufnehmen. Und wenn du es mir erlaubst, werde ich auch mit Andreas sprechen, um Genaueres zu erfahren.«

»Klar, mach das, für heute ist er entschuldigt, ich denke, morgen ist er wieder im Unterricht.«

Bei der Verabschiedung zeigte sich der Direktor erleichtert und er mochte froh sein, dass er Kral den Aushilfsjob angeboten hatte. Kral fühlte sich durchaus wohl in seiner Rolle: Als Nothelfer war er angetreten und jetzt fiel ihm eine schon fast tragende Rolle zu. Hätte er geahnt, in welchem Schlamassel er landen würde, dann hätte er sich mit Sicherheit nicht als Vermittler ins Spiel gebracht.

Sie musste auf ihn gewartet haben: Als er gegen halb acht die Pausenhalle betrat, kam sie sofort auf ihn zu: »Herr Professor, kann ich sprechen mit Sie?«, fragte sie leise.

»Na klar, was hast du denn auf dem Herzen?«

Er kannte sie aus dem Unterricht. Das zierliche Persönchen meldete sich zwar sehr selten und schien gelegentlich nicht richtig ausgeschlafen. Es gab aber auch die Phasen des interessierten Beobachtens. Dass sie dabei manchmal mit einer Mischung aus Staunen und Belustigung reagierte, schob Kral auf den Umstand, dass ihr das Unterrichtsgeschehen des Nachbarlandes irgendwie fremd vorkam.

Jetzt blickte er in ein bleiches Gesicht, das auf großen Kummer verwies. »Ich habe gemacht großes Problem«, gab sie ihm zur Antwort. Kral überlegte: Hier inmitten lärmender Schüler, die auf das erste Klingelzeichen warteten, wollte er mit einer Schülerin nicht über ein Problem reden, das für ihn noch keine Konturen angenommen hatte. Er lotste das Mädchen in das Elternsprechzimmer im ersten Stock.

»So, jetzt der Reihe nach!«, begann er, als man sich gegenübersaß. »du sprichst zwar ziemlich gut deutsch, aber ich schlage vor, wir sprechen tschechisch. In Ordnung?« Ein dankbares Lächeln huschte über ihr Gesicht. »Ich denke auch, ist besser.«

Nun bekam Kral Einblick in eine aufkeimende Liebesbeziehung, die irgendwie aus dem Ruder gelaufen war: Jana Hornová aus Asch und Andreas Müller fanden sich sympathisch. Man ging ein paarmal zusammen ein Eis essen und machte auch den einen oder anderen Spaziergang. Jana lächelte: »*Wir haben sogar auch einmal ein bisschen geknutscht. Mehr war nicht. Sie müssen wissen, Andreas ist sehr schüchtern.*«

»*Okay, Jana, ich sehe da im Moment überhaupt noch kein Problem.*«

»*Kommt gleich! Ich habe ihm erzählt, dass ich meine Mutter verloren habe und sehr traurig bin, dass ich schlecht schlafen kann und mich manchmal nicht konzentrieren kann.*«

Fräuleinchen, du solltest endlich auf den Punkt kommen, dachte Kral, denn gleich würde sein Unterricht beginnen. Aber der „Punkt" tat seine Wirkung und schnell war die 5 a vergessen. Wahrscheinlich suchte jetzt eine der Sekretärinnen verzweifelt nach einem Lehrer, der unter Zeugen die Schule betreten hatte, aber einfach nicht in seiner Klasse auftauchen wollte.

Jana gestand ihm, sie habe Andreas dazu gebracht, „Stoff" vom Ascher Asia-Markt zu besorgen.

»*Hast du ihn aufgefordert?*«

»*Nicht direkt!*« Noch hätte sie sich aus der Verantwortung stehlen können, aber sie zeigte klare Kante: »*Aber eher schon. Er hat das ja nur gemacht, weil er mir helfen wollte.*«

»*Er hat also den Helden gespielt, um dir zu imponieren?*«

Sie nickte.

»*Jana, bitte eine ehrliche Antwort! Bist du süchtig?*«

Sie zuckte mit den Schultern: »*Iwo, ich habe das Zeug ein paarmal genommen. Ein geiles Gefühl! Da bist du hellwach.*«

»*Hat Andreas auch was genommen?*«

»*Ja, aber das hat nicht funktioniert. Wir haben den Stoff geraucht und er ist fast erstickt an seiner Husterei.*«

»*Weiß dein Onkel von deiner S... ich meine, von deinen Versuchen?*«

Sie reagierte fast belustigt: »*Der doch nicht! Der hätte mich doch erschlagen!*«

Diese Reaktion bereitete Kral Kopfschmerzen, denn er kannte Brückner sehr gut: Der „Schwejk", wie man das Schlitzohr gelegentlich bezeichnete, mutierte schnell zum tobenden Rumpelstilzchen, wenn er mit schlechten Nachrichten konfrontiert wurde.

Kral erhob sich und blickte auf seine Uhr. »*Jetzt muss ich ganz schnell in meine Klasse!*« Aber es bedurfte noch aufmunternder Worte: »*Jana, ich rechne dir hoch an, dass du Andreas helfen willst. Wir bekommen das schon auf die Reihe!*« Der zögerlich nachgeschobene Zusatz »*Auch mit deinem Onkel!*« war nicht mehr als ein frommer Wunsch.

Er empfing ein dankbares Lächeln. Jetzt hastete er ins Sekretariat, wo man ihn kopfschüttelnd empfing. »Na, dann gehen Sie mal in Ihre Klasse!«, fertigte ihn eine der Sekretärinnen reichlich respektlos ab, »da können Sie ja dem Chef erklären, was Sie getrieben haben. Der vertritt Sie nämlich.«

»Sehr gut!«, reagierte Kral lachend und machte sich auf den Weg in den ersten Stock. »Der spinnt doch!«, mochten die anwesenden Damen denken.

Im Gespräch mit Andreas, das er in der großen Pause führte, erfuhr er wenig Neues. Der Junge bestätigte im Wesentlichen die Version, die auch Jana vorgetragen hatte. Auch er zeigte nicht die Neigung, seine Verantwortung kleinzureden: »Ich habe Mist gebaut«, beschied er Kral, »Jana hat damit nichts zu tun.«

Kral war beeindruckt, denn Belastungen dieser Art hatten schon ganz andere Beziehungen zum Scheitern gebracht. Ihm schien es, als seien die beiden jungen Menschen in dieser Situation auf dem besten Weg, sich nur noch fester zu binden.

Schweißgebadet wälzte er sich in seinem Bett. Zwei- oder dreimal mochte er eingeschlafen sein, um dann irgendwann wieder aufzuschrecken, weil er von schlitzäugigen Monstern träumte, die ihn massakrieren wollten. Gegen drei machte er dem Spuk ein Ende, indem er sich nebenan auf der Couch niederließ und den Fernsehapparat einschaltete.

Aber auch jetzt ließ sich das Grübeln nicht abschalten: Ly Minh meldete sich nicht und er wusste nicht, wo und wie er das Schlitzauge erreichen konnte. Die übliche Kontaktaufnahme über das Handy funktionierte nicht, denn die ihm bekannte Nummer war angeblich nicht vergeben. Natürlich blieb auch die Kohle aus, die er so dringend brauchte. Minh hätte ihn doch mindestens fragen müssen, ob jemand den Stoff aus dem Bahnhof geholt hatte. Nichts dergleichen! Absolute Funkstille! Wenn sie mitbekommen hatten, dass ihn die Polizei in der Mangel hatte, konnte das verdammt ungemütlich für ihn werden, vor allem dann, wenn sie davon ausgingen, dass er gesungen hatte.

Was machen, Vojtěch? Untertauchen! Schön und gut, wenn er nur genug Kohle hätte. Abhauen nach Deutschland! Möglich! Aber leider hatte er nichts gelernt und sprach kaum ein Wort Deutsch. Polizei? Ziemlich schräger Gedanke! Aber in den amerikanischen Fernsehkrimis, die er sich massenweise reinzog, tauchten immer mal wieder wichtige Zeugen auf, denen die Bullen einen neuen Namen verpassten, um sie dann irgendwo sicher zu verstecken.

Gut, er brauchte sich ja nicht gleich zu entscheiden. Aber er musste ihnen eine Geschichte anbieten, die Hand und Fuß hatte. Über seine eigenen Aktionen sollten sie allerdings nicht allzu viel erfahren. Gut, ein Plan für alle Fälle, dachte er. Zufrieden ließ er sich zurücksinken. Gegen sechs wachte er auf, weil sein rechter Fuß völlig taub war und höllisch schmerzte. Halb liegen, halb sitzen, dachte er, funktioniert einfach nicht!

Kral hatte Frau Marker von der Jugendgerichtshilfe am Telefon. Von Eva war ihm bekannt, dass sie das klare Wort bevorzugte. Nachdem er kurz berichtet hatte, fragte sie: »Ein Gramm Crystal, sagest du?«

»Richtig!«

Jetzt spulte die Dame knapp, aber präzise das wahrscheinliche Vorgehen der Staatsmacht ab: »Anzeige in jedem Fall! Dann: Die Staatsanwaltschaft erhebt Anklage mit der Folge einer Verhandlung vor dem Jugendgericht. Der Junge ist Selber, was heißt, dass das Amtsgericht Wunsiedel zuständig ist. Sobald ich die Anklageschrift bei mir auf dem Tisch habe, lade ich den Jungen und die Sorgeberechtigten zu einem Gespräch ein.«

»Womit hat er zu rechnen? Geldstrafe oder sogar mehr?«

»Quatsch! Geldstrafe gibt es nur bei Erwachsenen. Ich gehe von dreißig bis vierzig Sozialstunden aus. Vielleicht auch die Auflage, dass er sich noch eine Zeitlang auf Drogen überprüfen lassen muss.«

»Und was machen wir mit dem Mädchen?«, wollte Kral wissen.

»Natürlich nix!«

»Aber wie habe ich das ...«

»Na so, wie ich's gesagt habe!«, unterbrach sie ihn resolut. »Die halten wir komplett raus! Erstens: Dem Jungen hilft's nicht weiter. Und zweitens: Der Bub soll mal schön lernen, die Konsequenzen seines Handelns selbst zu tragen. Das Einzige, was ihm jetzt was bringt, ist ein schneller Kontakt mit mir.« Zum Schluss kam sie auf das Mädchen zu sprechen: »Du sagtest, dass sie Tschechin ist. Eigentlich nicht unsere Zuständigkeit! Aber wenn sie sich beraten lassen will, gerne. Ich stehe zur Verfügung! Sag ihr das!«

Wahrlich Klartext!, dachte Kral. Hoffentlich macht sich der Junge nicht vor Angst in die Hose, wenn er bei ihr antanzt.

Jetzt hatte er den Salat! Brückner war am Telefon: »Warum erfahr ich nicht, was da in Selb gelaufen ist?«, polterte er los, ohne sich mit irgendwelchen Begrüßungsformeln abzugeben.

»Was meinst ...?«

»Hör auf, Jan!«, fuhr er dazwischen. »Du hast mit Jana gesprochen und mir pfeifst du nichts! Eine ganz große Sauerei ist das!«

Blöde Situation! Da hatte er einfach noch ein paar Tage warten wollen, um dann mit Brückner über das Mädchen zu reden. Und jetzt hatte es der Mann doch tatsächlich geschafft, ihm ein schlechtes Gewissen zu verschaffen. Jetzt mit „ich wollte" oder „ich hätte doch" zu kommen, würde ihm nichts bringen. Er entschied sich für eine andere Strategie: »Halt mal die Luft an, Josef!«, blaffte er zurück. »Das musst du schon mir überlassen, wann ich dich informiere. Angerufen hätte ich dich auf jeden Fall. Aber ich wollte halt zunächst mal mit dem Jugendamt sprechen.«

Er hatte richtig reagiert, denn Brückner schaltete ein paar Gänge zurück: »Is scha gout!«

Dann erfuhr Kral, dass Jana bei ihrem Pflegevater eine umfassende Beichte abgelegt hatte.

»Und?«, reagierte er.

»Ich hör's ganz deutlich«, kam Brückner sarkastisch daher, »jetzt entsorgen die Tschechen ihre Junkies schon in Deutschland. Natürlich nehm ich sie vom Selber Gymnasium.«

»Unsinn, Josef!«, erregte sich Kral. »Erstens: Jana ist hier überhaupt kein Thema. Außerdem solltest du stolz auf das Mädchen sein. Sie hätte sich nämlich ganz elegant aus der Sache heraushalten können. Aber sie hat Klartext gesprochen und dann hat sie auch noch den Mut gehabt, mit dir zu sprechen. Weißt du, was sie zu mir gesagt hat: ‚Der erschlägt mich doch, wenn er das erfährt!' Josef, da hat sie dich gemeint!«

Kral war mit sich zufrieden, denn jetzt hatte er es geschafft, den Ascher Polizisten in Gewissensnöte zu bringen: Der sagte zunächst mal gar nichts, um dann zögerlich nachzufragen: »Wirklich, das hat sie gesagt?«

»So und nichts anderes!«

»Ja, und was machen wir jetzt?«

Einiger Lärm um nichts, dachte Kral, als das Gespräch beendet war: Jana würde auch weiterhin bei ihrer Gastfamilie in Selb wohnen und auch dort zur Schule gehen. Allerdings sollte sie mit der Dame des Jugendamtes über ihren Drogenkonsum sprechen.

Am nächsten Tag erreichte Kral per Telefon eine Einladung in das Wernersreuther Wirtshaus, und zwar wie in alten Zeiten über Schuster.

»Wurde auch Zeit«, knurrte er, »dass der Josef mal wieder einen Dämmerschoppen auf die Reihe bringt.«

»Von wegen Josef!«, lachte Schuster. »Eingeladen hat deine Freundin Aneta.«

»Das glaub ich jetzt nicht«, reagierte Kral verblüfft, »die hat sich doch immer geweigert, diesen Schuppen zu betreten. Das sei ‚eine üble Spelunke, wo die Besoffenen irgendwann braun eingefärbte Lieder grölen', hat sie behauptet.«

»Na ja, ich seh's mal so: Sie will dem Josef eine Freude machen. Und ich denke, das ist ihr gelungen. Außerdem sieht das Ganze eher nach einem Kaffeekränzchen aus, denn wir sollen schon um vier antanzen.«

»Da könntest du Recht haben«, stimmte Kral zu, um dann noch nachzufragen, ob die Fahrerei schon geregelt sei.

»Diesmal fährt Oberkommissarin Zieglschmied vom GPZ.«

»Wie das?«

Schuster kicherte: »Auch die ist eingeladen. Und wer noch? Jetzt darfst du raten.«

Kral erlaubte sich ein Späßchen: »Wohlfahrt!«

»Oarsch! Natürlich der Pospíšil! Hast du in Eger nicht mitgekriegt, wie die beiden ...?«

»Natürlich habe ich das geschnallt! Aber ich habe nicht geahnt, dass sich die Aneta als Kupplerin betätigt.«

Als Kral aufgelegt hatte, erfasste ihn eine wehmütige Stimmung: Das war's dann wohl! Die sogenannten Dämmerschoppen in dem Wernersreuther Wirtshaus, zu denen Brückner in der Regel Schuster und ihn eingeladen hatte, würde es wohl nicht mehr geben, denn es hatte sich ja immer auch um informelle Dienstveranstaltungen gehandelt. Nötig waren sie vor allem deshalb gewesen, weil der offizielle Dienstweg zwischen den beiden Staaten noch lange nach der Grenzöffnung mit Haken und Ösen versehen war, obwohl die staatlichen Stellen nicht müde wurden, die grenzüberschreitende Zusammenarbeit in den höchsten Tönen zu loben.

Aber die Zusammenkünfte mündeten irgendwann in einen gemütlichen Teil, wo man sich dann häufiger zuprostete und auch die eine oder andere Schnapsrunde fällig war. Und in gewisser Weise hatte Aneta sogar Recht: Manchmal ging bei den meist deutschen Gästen die Post ab und es wurde volkstümliches Liedgut geschmettert, nicht selten sogar die Ballade vom Polenmädchen.

Das war ein Zustand, den auch Kral schwer ertragen konnte. Trotzdem liebte er die Kneipe, was vor allem daran lag, dass sie ihn an seine Kindheit in einem mittelfränkischen Dorf erinnerte. Auch dort hatte es so ein Wirtshaus gegeben mit geölten Bodendielen, blank gescheuerten Tischen, dunkler Holzvertäfelung und allen möglichen Attributen des Jagens, wie röhrende Hirsche in

Öl und Geweihe erlegter Rehe. Manchmal glaubte er in Wernersreuth sogar Gerüche einer längst vergangenen Zeit in der Nase zu haben.

Einer dieser Gerüche entzog sich allerdings seiner nostalgischen Verklärung und war zugleich der Grund dafür, dass sich seine Frau immer beharrlich geweigert hatte, ihn in das Dorfgasthaus bei Asch zu begleiten. Es war nicht das Ambiente, das sie störte, nein, sie wollte auf keinen Fall ein Klo aufsuchen, »wo nebenan Schweine geschlachtet werden, wo du noch auf dem Donnerbalken sitzt und dir der penetrante Jauchegestank den Atem nimmt.« Auch Kral mied dieses außen liegende Häuschen, das die Tschechen als „haizl" bezeichneten. Aber er hatte nun mal die Möglichkeit, sein „kleines Geschäft" hinter irgendwelchen Büschen zu erledigen.

5

Der Kraftprotz mit dem rasierten Schädel, der sich da vor ihrem Schreibtisch niedergelassen hatte, gab sich cool: Die Arme waren vor der Brust verschränkt. Im Mund hatte er einen Kaugummi, den er heftig bearbeitete.

Sie kannte den Mann: Den Typ hatte Schuster auf der Europastraße vom Motorrad geholt. Zweifellos hatte er etwas mit dem Drogenkartell zu tun, dem zwei Kilogramm Pervitin abhandengekommen waren.

»*Was führt Sie zu mir, Herr Novák?*«, eröffnete sie das Gespräch.

Selbstgefällig grinsend näherte er sich seinem Anliegen: »*Ich hab da eine Frage, aber ziemlich kompliziert, wenn Sie verstehen, was ich meine.*«

Sein Macho-Gehabe, das er wohl als Eröffnung eines Flirts deutete, ging ihr mächtig auf den Geist und sie beschloss, ihm einen Schuss vor den Bug zu setzen: Sie kramte aus ihrer Handtasche ein Papiertaschentuch und überreichte es ihm.

Das brachte ihn jetzt doch etwas aus der Fassung: »*Ja und, was soll ich …?*«

»*Sie sollen Ihren verdammten Kaugummi verschwinden lassen und dann meine Frage beantworten!*«, unterbrach sie ihn.

Der Aktion war eher ein mäßiger Erfolg beschieden: Er nahm die Masse des Anstoßes aus dem Mund. *»Is eh am Ende!«*, meinte er grinsend. *»Danke für das Taschentuch!«* Ich lass mich doch nicht von der Tussi verarschen, mochte er wohl denken und nahm wieder eine Haltung an, die nur so vor Selbstbewusstsein strotzte. *»Also mir geht es um Zeugenschutz«*, verkündete er mit fester Stimme.

»Versteh ich nicht! Sie haben einen Unfall verursacht, Sie sind somit kein Zeuge, sondern Betroffener und außerdem ist die Sache schon längst erledigt.«

»Meine ich doch gar nicht!«, kam es trotzig.

Die Polizistin reagierte genervt: *»Was wollen Sie dann?«*

»Na, Kronzeugendings, eben Zeugenschutz, halt das ganze Programm!«

»Dann lassen Sie mal hören!«

Er meldete Protest an: *»Stopp! So geht das nicht! Sie müssen mir schon was bieten, sonst sag ich gar nichts!«*

»Gut, aber sagen Sie mir zunächst mal ganz grob, über welches Verbrechen Sie reden wollen.«

»Harte Drogen! Ganz großes Ding!«

Aneta Kučerová war klar, dass jetzt ein Punkt erreicht war, der die Beendigung des Gesprächs erforderte: Die Drogenspezialisten mussten informiert werden, dem Mann musste empfohlen werden, einen Anwalt hinzuzuziehen, außerdem konnte nur ein Staatsanwalt irgendwelche Versprechungen machen. Zwar ging sie davon aus, dass Novák nur die Angst vor dem Kartell umtrieb, weil er einen Job in den Sand gesetzt hatte. Aber egal, der Dienstweg war einzuhalten!

Aber es gab auch anderes zu bedenken: Der Mann konnte durchaus einer der Täter sein, die in Selb ihren Landsmann zu Tode gebracht hatten. Und in diesem Fall sah sie sich verpflichtet, Schuster Amtshilfe zu leisten. Hielt sie sich nun an die Vorschriften, dann krallten sich die Drogenfahnder den Mann und Schuster würde in der Warteschleife landen. Außerdem könnte man den Herren von der Antidrogenzentrale mal zeigen, dass auch die Kripo ihr Handwerk versteht.

Aber dazu fehlte ihr das ausführende Organ in Form einer Autorität, die genug Erfahrung hatte, um Novák in seine Einzelteile zu zerlegen. Der Spezialist für solche Fälle stand leider nicht mehr auf der Gehaltsliste der Staatspolizei.

Obwohl sie ziemlich schnell eine Lösung parat hatte, heuchelte sie konzentriertes Überlegen und griff dann nach dem Telefonverzeichnis: *»Ja, dann! Ich mache einen Termin mit dem ... äh, mit jemandem, der Ihnen da weiterhelfen kann, und Sie rufen auf Ihrem Handy einen Anwalt Ihres Vertrauens an.«*

»Hab ich nicht! Brauch ich nicht!«, tönte Novák selbstbewusst.

Erleichterung bei der Polizistin, denn der Wunsch nach einem Anwalt hätte ihren Plan sofort vereitelt.

»Wie Sie meinen!«

Sie wählte und wartete. Verdammt, warum geht der nicht ans Telefon. Sie war schon dabei, ihrem Gegenüber mit einem Schulterzucken zu signalisieren, dass der Teilnehmer nicht erreichbar sei, als sie doch den gewünschten Kontakt bekam:

»Brückner!«

»*Guten Tag, mein Name ist Aneta Kučerová von der Kriminalpolizei Eger. Entschuldigen Sie die Störung, aber ...*«

»*Liebe Aneta! Was läuft denn da für ein schräges Spiel? Kann es sein, dass du auf irgendwelche Mithörer Rücksicht nimmst?*«

»*Genau. Ich hab da ein Problem und benötige Ihre Unterstützung.*«

»*Dann lass mal hören! Ich hab schon vermutet, du willst dich vor dem Treffen in Wernéřov drücken.*«

»*Nein, nein! Es geht da um einen gewissen Vojtěch Novák, der sich als Kronzeuge zur Verfügung stellen will.*«

Mit Nachdruck kommentierte der Genannte die Information: »*Und wie er das will!*«

Deutlich hörbar Brückners heftiges Ausblasen der Luft durch die Nase.

Die Kučerová versuchte sich in Gedankenübertragung: Josef, jetzt bitte nicht das Rumpelstilzchen! Den Schwejk kannst du viel besser!

Brückner entschied sich weder für die eine noch die andere Rolle: Er regierte mit einem lauten Lachen, um dann entspannt nachzufragen: »*Vojtěch Novák, wohnhaft in Aš, Sokolovska 3?*«

»*Richtig!*«

»*Dann hätten wir's schon, liebe Aneta. Schick den Kerl nach Hause. Das ist ein kleiner Fisch, viel zu dämlich, um dir irgendetwas wirklich Verwertbares zu liefern.*«

»*Hab ich auch gedacht, aber der Herr verfügt anscheinend doch über außerordentlich wichtige Informationen in Sachen Rauschgifthandel.*«

Brückner Stimme überschlug sich fast: »*Was? Das glaub ich nicht! Rauschgift? Mit dem Mann muss ich unbedingt sprechen!*«

Was geht denn jetzt ab?, dachte die Kučerová, denn diese Form der Aufgeregtheit war ihr bei dem Kollegen noch nicht untergekommen. Außerdem hatte sich der Major nie so richtig für Drogenkriminalität interessiert.

»*Lass den ein bisschen schmoren!*«, ließ er sie wissen. »*In zwanzig Minuten bin ich bei dir. Wir müssen uns etwas einfallen lassen. Der Mann kennt mich.*«

Als Brückner das Büro betrat, drohte die Zusammenkunft zu platzen, noch ehe man auch nur ein Wort über das eigentliche Thema gewechselt hatte.

»*Mit dem Typ spreche ich schon mal gar nicht!*«, empörte sich Novák lautstark. »*Das ist ein Bulle! Der hat mich schon einmal in die Scheiße geritten.*«

»*Einmal? Ich komme ohne großes Überlegen auf dreimal*«, provozierte ihn der pensionierte Polizist grinsend.

»*Stopp, stopp, meine Herren!*«, unterbrach Frau Kučerová das Geplänkel. »*So wird das nichts.*« Dann bedeutete sie Brückner mit einer Handbewegung, zunächst mal im Nebenzimmer zu verschwinden.

»*So, jetzt in aller Ruhe!*«, wandte sie sich an Novák. »*Sie haben Recht, der Mann war Polizist, aber jetzt kümmert er sich um besondere Aufgaben, also zum Beispiel um Zeugenschutz und Kronzeugenregelung. Ich werde ihn jetzt darauf hinweisen, dass Sie ein wertvoller Zeuge sind und er Sie entsprechend zu behandeln hat. Okay?*«

Die Reaktion beschränkte sich auf grimmiges Dreinschauen, verbunden mit einem Schulterzucken.

»Also dann, ich schicke Ihnen den Herrn mal rüber!«
Ein Protest blieb aus und sie verschwand im Nebenzimmer, um Brückner sachkundig zu machen. Dann ließ sie den Nothelfer auf sein Opfer los. Sie konnte ja durch die angelehnte Tür bequem mithören und eventuell eingreifen, wenn die Sache aus dem Ruder lief.

Es sollte ein ungleicher Kampf werden, denn ein leicht unterbelichteter Berufskrimineller stieß auf einen erfahrenen Vernehmer, der sich nicht scheute, die Methoden eines Rosstäuschers anzuwenden.

Novák versteifte sich zunächst, wie gehabt, auf Garantien. Aber Brückner machte ihm einen Strich durch die Rechnung, indem er ihm die Informationen, die ihm Aneta gesteckt hatte, unvermittelt um die Ohren klatschte: *»Wo fangen wir an? In Selb bei dem Fingernagel? Oder bei dem Pervitin, das Sie am Bahnhof abgreifen wollten?«*

Der Mann war noch dabei, sich auf die neue Lage einzustellen, als er sich der nächsten Attacke gegenübersah: Kronzeugenregelung und Zeugenschutz könne er sich abschminken. Die Möglichkeiten gebe es zwar vom Gesetz her, *»aber ich muss Ihnen leider sagen, dass unsere Staatsanwälte und Richter zum Glück nicht so vertrottelt sind, verkrachten Existenzen, wie Sie eine sind, Straffreiheit zuzusichern und eine neue Identität zu spendieren. Gut, wenn Sie mir beweisen, dass da einige Politiker in Prag Bestechungsgelder in Millionenhöhe einstreifen, dann könnten wir vielleicht ins Geschäft kommen.«*

Das Kraftpaket zeigte deutliche Trefferwirkung. Der Mann war in sich zusammengesunken wie ein nasser Sack und knabberte verzweifelt an seinem rechten Zeigefinger. Aber er fand dann doch zur richtigen Entscheidung: *»Ich sag jetzt gar nichts mehr. Außerdem möchte ich mit einem Anwalt sprechen.«*

»Geht klar!«, nickte Brückner verständnisvoll. *»Aber ich mache Ihnen zunächst mal ein Angebot.«*

»Das wäre?«

»Sie kooperieren mit der Kriminalpolizei, also mit Oberleutnant Kučerová. Dann könnten Sie zumindest aus der Drogengeschichte raus sein. Was Selb angeht, da kann ich leider nichts garantieren, aber vielleicht haben Sie Glück, denn der Mann ist an einem Herzinfarkt gestorben. Bliebe dann die Körperverletzung!«

Das konnte dem Mann, der von einem neuen Leben geträumt hatte, überhaupt nicht gefallen und er zeigte deutliches Missfallen, indem er sarkastisch grinsend den Kopf schüttelte. Mit *»Schöner Scheiß ist das!«* leitete er seine durchaus berechtigte Kritik ein: *»Das heißt doch, dass ich erst mal ohne Kohle dastehe. Dann lande ich irgendwann im Bau. Und dort haben mich die Schlitzaugen am Arsch, denn die wissen doch, dass ich gesungen habe.«*

»Donnerwetter, saubere Analyse!«, kommentierte Brückner, um dann hintergründig lächelnd seine Planung zu entwickeln: *»Könnte so laufen, muss aber nicht! Nehmen wir an, Sie sind doch noch an den Stoff gekommen, den man Ihnen im Bahnhof vor der Nase weggeschnappt habt, dann sieht doch die Welt ganz anders aus.«*

Der spinnt doch, der Josef!, entsetzte sich die Lauscherin im Nebenzimmer. Verspricht da einen Unsinn, den ich nie und nimmer durchsetzen kann. Sie war schon drauf und dran ins Nebenzimmer zu stürmen, um Brückner zur Ordnung zu rufen, bremste sich aber, denn Streit zwischen Vernehmern vor Zeugen oder Beschuldigten war auf jeden Fall zu vermeiden.

»Überlegen Sie sich das gut!«, fuhr Brückner fort. *»Morgen kommen Sie wieder vorbei, dann gehen wir die Sache an. Ich bin davon überzeugt, dass Sie Ihre Freunde in Ruhe lassen, denn, falls Sie's noch nicht bemerkt haben, Sie stehen gewissermaßen unter Polizeischutz.«*

Vojtěch Novák verließ, hin- und hergerissen zwischen Bangen und Hoffen, das Polizeipräsidium. Er konnte den ehemaligen Polizisten zwar nicht leiden, aber der Mann war doch ein bisschen in seiner Achtung gestiegen: Ein gerissener Hund ist er trotzdem, der Typ!

»Da hast du mir aber ein schönes Ei ins Nest gelegt, Josef!«, kommentierte die Kučerová den Deal, den ihr ehemaliger Kollege gedachte einzufädeln. *»Da macht doch die Antidrogenzentrale nie und nimmer mit! Außerdem will mir nicht in den Kopf, wieso du dich plötzlich für die Drogenszene interessiert.«*

Brückner grinste schelmisch: *»In der Tat, du musst die Herren überzeugen, was dir allerdings mit dem dir eigenen Charme nicht besonders schwerfallen wird. Außerdem, sei mal ganz ehrlich, hast du was anderes von mir erwartet?«*

Sie zuckte mit den Schultern. *»Na ja, aber konfiszierte Drogen so einfach wieder dem Milieu zu überlassen, ist schon reichlich gewöhnungsbedürftig. Wenn das öffentlich wird, dann gute Nacht!«*

»Ich denke, wir sind uns einig, dass uns solche Bedenken eigentlich immer am A... na, du weißt schon. Dann war da noch so etwas wie eine Frage: Aneta, du

weißt, dass sich Dinge ändern können. Und ich werde dich bei Gelegenheit darüber informieren, was meinen Kurswechsel verursacht hat.«

Toni, der Wirt, blickte demonstrativ auf seine Armbanduhr, als Kral zusammen mit Frau Zieglschmied und Schuster das Lokal betrat. Eindeutig zu früh für einen Dämmerschoppen, mochte er denken, denn der hat nämlich, auch der tschechischen Tradition folgend, deutlich nach fünf, eher schon auf sechs zugehend zu beginnen. Dass die Dame Kaffee bestellte, nahm er noch hin, aber der Wunsch der beiden Herren nach Mineralwasser provozierte den in den Bart gemurmelten Protest: *»Ich glaub, ich spinne!«*

Es dauerte eine gute halbe Stunde, bis sich auch Frau Kučerová, ihr Kollege Pospíšil und Brückner zu den Wartenden gesellten. Da stimmt was nicht!, dachte Kral, denn das Trio blickte ernst drein und in Brückners Gesicht fiel ihm eine Veränderung auf, die ihn erschrecken ließ: Unter den geröteten Augen zeigten sich tief eingekerbte Ringe und die Haut hatte eine leicht gräuliche Färbung angenommen. An dem Tisch herrschte jetzt eine Stimmung, wie sie bei einem Leichenschmaus am Anfang anzutreffen ist, wenn der sich noch nicht zu einer recht unterhaltsamen Veranstaltung mit reichlichem Alkoholgenuss gewandelt hat.

Die Leiterin der Kripo Eger ergriff das Wort: »Eigentlich«, begann sie zögerlich, »sollte das ja heute recht entspannt zugehen, aber es ist etwas dazwischengekommen: Josefs Pflegetochter ist entführt worden.« Sie blickte auf Brückner. »Sie haben ihn angerufen. Klare Forderung: Er soll sich aus dem Fall heraushalten. Komische Sache, denn es gibt im Moment noch keine Lösegeldforderung.«

Der pensionierte Polizist schüttelte ratlos den Kopf und biss sich auf die Unterlippe, er wirkte, als sei er nicht in der Lage, etwas zu sagen. Folglich entsprach das, was jetzt folgte, nicht der Erwartung der anderen Gäste: Seine rechte Faust fuhr mit großer Wucht auf den Tisch, so dass einige Gläser zu kippen drohten und sich sogar „bábinka", wie Tonis Mutter von den Gästen genannt wurde, genötigt sah, von der Küchentür aus einen neugierigen Blick in den Gastraum zu werfen. »Jetzt haben wir die Scheiße!«, brüllte er außer sich vor Wut. »Und schuld bin ich auch noch selbst!«

»Nicht ganz richtig!«, meldete sich Aneta Kučerová mit monotoner Sachlichkeit zu Wort. »Ich hab dich schließlich in diesen Fall reingezogen.«

Brückner wischte den Einwand mit einer energischen Handbewegung vom Tisch: »Is' doch, verdammt noch mal, jetzt egal, wer da was gemacht hat. Jana ist weg!«

Schuster bat um Aufklärung. Er tat das allerdings auf eine sehr behutsame Weise, denn ihm war bekannt, dass der Kumpel in dieser Gemütsverfassung saugrob werden konnte, wenn er in einer Frage auch nur den Hauch des Besserwissens zu spüren glaubte.

»Also, ich gebe euch da mal einen kurzen Bericht«, meldete sich Frau Kučerová zu Wort. »Ihr Motorradfahrer, Herr Schuster, hat mich um Zeugenschutz gebeten, weil er sich von den eigenen Leuten bedroht sieht. Natürlich Quatsch in seiner Situation! Um ihn abzuschöpfen, habe ich Josef quasi als nichtpolizeiliche Autorität gebeten, ihn mal in die Mangel zu nehmen.

Der Mann hat auch kooperiert und wir wissen inzwischen sehr genau, wie die Sache in Selb abgelaufen ist. Da er mit uns über seine Verwicklung in das Drogengeschäft sprechen wollte, haben wir ihm das Pervitin vom Bahnhof überlassen, damit ihn das Kartell wieder als loyalen Mitarbeiter akzeptiert. Und jetzt gibt es genau zwei Möglichkeiten: Entweder hat er sich inzwischen wieder auf die Seite des Kartells geschlagen oder die Burschen haben das Manöver durchschaut und ihn aus dem Verkehr gezogen.«

»Gibt es Mäglichkeit von Verrat?«, meldete sich Pospíšil zu Wort.

»Gute Frage, Kryštof!«, reagierte Frau Kučerová. »Aber wenn wir schon mal bei dir sind: Du bist ab dem ersten Oktober Mitarbeiter der Kriminalpolizei. Glückwunsch! Das sollte zwar etwas feierlicher ... aber nun ja. Dann: Es kann da kaum keine undichte Stelle gegeben haben, denn informiert waren nur Josef, ich und ein Hauptmann von der Drogenfahndung. Der hat sein Okay zu dem Deal gegeben.

Und so wie diese Burschen gegen Korruption abgesichert sind, ist es wenig wahrscheinlich, dass es bei denen eine undichte Stelle gibt. Möglich erscheint mir nur, dass Novák auch von den eigenen Leuten gründlich observiert worden ist.«

Pospíšil strahlte, denn sein Wunsch war immer gewesen, zur Kriminalpolizei zu wechseln. Wahrscheinlich wollte er auch gleich seinen Scharfsinn unter Beweis stellen, indem er, allerdings mit dem ihm eigenen Humor, auch die Drogenfahndung unter Generalverdacht stellte: »No, wie sagt man in Deitschland?«, grinste er. »Auch Pfärdä kännän gotzen.«

Nicht immer angebracht, deine Späße!, dachte Kral. Und tatsächlich, niemand der Zuhörer teilte die Erheiterung des Oberleutnants.

»Suche beziehungsweise Fahndung?«, wollte Schuster militärisch knapp wissen.

»Eingeleitet!«, nickte die Kripochefin und wandte sich dann an Frau Zieglschmied: »Ich habe Ihre Behörde entsprechend informiert und um Amtshilfe gebeten. Übrigens: Sie habe ich eingeladen, damit wir uns ein bisschen besser kennenlernen, außerdem wollte ich Sie darüber informieren, was auf der tschechischen Seite drogenmäßig läuft. Aber das müssen wir ja nun leider verschieben.« Sie wandte sich an Brückner: »Ich bitte dich um einen kurzen Bericht, wie das mit der Jana gelaufen ist.«

»Da gibt's nicht viel«, begann der schulterzuckend, »sie hat ja ihr Fahrrad mit in Selb und gestern nach der Schule wollte sie damit nach Asch fahren, um dort das Wochenende zu verbringen. Heute früh um neun kam dann der Anruf, dass ich mich raushalten soll aus den Ermittlungen.«

»Von wem?«, fragte Schuster.

»Also vorgestellt hat er sich nicht.«

Schuster schüttelte beleidigt den Kopf.

»Verzeih mir bitte, Karl, aber ich bin einfach nicht gut drauf. Deine Frage ist natürlich berechtigt. Wenn ich mich nicht täusche, war das einer mit dem Akzent der Schlitzaugen.«

»Ich denke, wir hätten's fürs Erste«, schaltete sich Frau Kučerová, schon im Aufbruch begriffen, wieder ein, denn sie wollte wohl so schnell wie möglich ihre Dienststelle erreichen.

Kral war ein bisschen frustriert, denn was jetzt zu folgen hatte, war Polizeiroutine, von der er allerdings ausgeschlossen war. Zwar hatte man ihn gebeten, sich „in der Schule umzuhören und die Augen offen zu halten". Aber das sah er eher als Trostpflaster. Das klare Wort „Du bist ja leider draußen" hätte seine Situation sicher treffender beschrieben.

Auf dem Nachhauseweg wartete Frau Zieglschmied mit einer Neuigkeit auf, die weder ihn noch Schuster überraschte: »Da war dann doch wohl ein anderer Ablauf geplant. Mit Sicherheit hat uns Frau Kučerová auch deshalb eingeladen, weil sie zum Hauptmann befördert worden ist.«

Als er am Montagmorgen das Walter-Gropius-Gymnasium betrat, wurde ihm schnell klar, dass die Nachricht von Janas Verschwinden die Schulfamilie bereits erreicht hatte: In der Pausenhalle umringten ihn Schüler aus der 10 a und bombardierten ihn mit Fragen nach dem Mädchen. Mit dem Hinweis »Gleich, im Unterricht können wir darüber sprechen« entzog er sich dem Tumult und machte sich auf den Weg ins Lehrerzimmer.

Dort traf er auf eine spontane Zusammenkunft des natürlich unvollständigen Lehrerrats. Trotz der Anwesenheit des Direktors verlief die Veranstaltung ziemlich chaotisch, denn ungehemmtes Dazwischenquatschen machte es Fürholzer schwer, seine ohnehin spärliche Botschaft an das Lehrpersonal zu bringen: Von der Gastfamilie sei ihm mitgeteilt worden, dass Jana am Freitag Selb per Rad verlassen habe und in Asch nicht angekommen sei. Zudem musste er sich mehrmals wiederholen, denn so kurz vor Unterrichtsbeginn füllte sich das Lehrerzimmer langsam, aber stetig.

Als Krals Erscheinen wahrgenommen worden war, hoffte man wohl, von ihm Genaueres zu erfahren, denn es war allgemein bekannt, dass er im GPZ gewirkt hatte und mit Janas Pflegevater befreundet war. Der pensionierte Lehrer fühlte sich geschmeichelt und war fast geneigt, zumindest einen Teil seines Insiderwissens auf den Markt zu werfen, um staunende Anerkennung einzufahren. Aber der Gedanke war schnell verworfen: Kral, mach dich nicht zum Affen, das wäre kindisch und vor allem unprofessionell! Also beschränkte er sich darauf, das Kollegium auf das Erscheinen der Polizei zu vertrösten.

Die Schüler der 10 a ließen sich nicht so billig abspeisen: »Das ist unfair!«, protestierte eine Schülerin. »Wir machen uns größte Sorgen um unsere Klassenkameradin, wir wollen helfen und Sie vertrösten uns auf die Bullen.«

»Bitte, glaubt mir!«, appellierte Kral an die Klasse. »Die Suche nach Jana ist in guten Händen! Ich kann mir nicht vorstellen, dass ihr im Moment irgendwas bewirken könnt.«

Was es jetzt zu lachen gab, konnte er nicht für sich erschließen und leicht verärgert leitete er zur Stoffvermittlung über. Aber er hatte nicht mit der Beharrlichkeit der jungen Menschen gerechnet, die sich der Solidarität mit Jana verpflichtet fühlten: In kürzester Zeit hatten ihm die Schüler einen Crash-Kurs im Umgang mit sozialen Netzwerken verpasst. Kral, ausgestattet mit einem altmodischen Handy und völlig unbeleckt im Umgang mit Facebook und Twitter, nahm staunend zur

Kenntnis, dass es in diesem Fall durchaus eine Alternative zum Vorgehen der Polizei gab.

Die geodynamischen Prozesse im pazifischen Raum landeten in der Warteschleife. Aber als es darum ging, eine Botschaft zu verfassen, die die Facebook-Nutzer ins Netz stellen wollten, kamen Kral erhebliche Zweifel an dem geplanten Vorgehen: Er würde Informationen preisgeben müssen, die irgendwie sowohl Janas und Brückners Privatsphäre als auch polizeiliche Belange berührten.

Aber er fand volles Verständnis bei den Schülern, als er darauf hinwies, dass er zunächst das Okay des Pflegevaters und der zuständigen Sachbearbeiterin der Polizei einholen müsse.

»Aber noch heute!«, wurde er von Alexander ermahnt. »Leute!«, wandte der sich dann an seine Mitschüler. »Wir treffen uns ab drei im Atrium.« Auch Kral wurde verpflichtet: »Sie kommen doch auch?«

Zu Hause angekommen, hängte er sich gleich ans Telefon. Brückner reagierte zunächst abwehrend, denn auch für ihn war das Thema „soziale Netzwerke" absolutes Neuland und damit „a neimodisch' G'schieß", mit dem man ihm „erst gar nicht kommen" brauche. Aber Kral konnte ihn schließlich überzeugen und er gab brabbelnd seine Zustimmung: »Wenn'st moinst!«

Aneta zeigte sich bedeutend aufgeschlossener und signalisierte spontane Zustimmung: »Ganz toll, Jan, was du da vorhast!«

»Eigentlich, na ja ...«, hob er an, um auf die Urheberschaft seiner Schüler zu verweisen, aber das konnte ja zu einem späteren Zeitpunkt nachgeholt werden.

Ihr Einwand war rein praktischer Natur: »Richtig funktioniert das aber nur, wenn die Botschaft auch in Tschechien verbreitet wird.«

»Könnte gehen«, reagierte Kral, »denn bei uns im Gymnasium haben wir einige Gastschülerinnen und -schüler aus dem Landkreis Eger.«

»Na, dann!«

»Ein kleines Problem hab ich noch, Aneta.«

»Sprich!«

»Was sollen wir denn ...?«, begann Kral vorsichtig tastend.

»Verstehe, Jan«, unterbrach ihn Aneta, »du willst einen Text, mit dem auch wir, die Polizei, und Josef leben können. Kein Problem! Hast du in einer halben Stunde als Mail.«

Kral bedankte sich und bekam noch zu hören, dass es im Fall Jana nichts Neues gebe. Er war schon beim »Also dann ...«, als ihm einfiel, dass er noch eine angenehme Pflicht zu erfüllen hatte: »Liebe Frau Hauptmann, ich gratuliere dir mit großer Freude zur Beförderung!«

»Danke! Du ahnst es: Das sollte ja schon in Wernersreuth ein bisschen gefeiert werden, aber da hat's halt nicht gepasst. Wird auf jeden Fall nachgeholt!«

Nun saß sie wahrscheinlich schon ein paar Stunden in dem nach Modder stinkenden Loch. Licht spendete nur eine schwache Glühbirne, die von der Decke herabbaumelte. Außer einer Pritsche waren keine anderen Möbelstücke vorhanden, wenn sie mal von dem Eimer absah, der wohl das Klo ersetzen sollte.

Schon komisch! Da hatte sie schon mehrere Tage keinen Stoff genommen und jetzt saß sie ziemlich unaufgeregt auf der Pritsche, um darauf zu warten, was noch auf sie zukommen würde. Im Film lief das doch ganz anders ab: Mädchen in ihrem Alter würden doch jetzt toben und schreien, um irgendwann nur noch zu weinen. Waren es vielleicht die Nachwirkungen von Crystal, die ihr dieses Leck-mich-am-Arsch-Gefühl verschafften? Oder war es das beschissene Leben in dieser Spießer-Familie, das sie abgestumpft hatte? Bei den Brückners wurde sie doch behandelt wie ein kleines Kind.

Am Ende stand sogar dieser hammerharte Bulle hinter der Aktion. Zuzutrauen wär's ihm schon: Sie hatte seine Regeln verletzt und er bestimmte das Strafmaß. Warum sonst hätten sie die beiden Figuren bei Wildenau mitsamt ihrem Fahrrad in den schwarzen Kastenwagen verfrachten und eine geschätzte halbe Stunde später in dieses Kellerloch sperren sollen. Entführung mit Lösegeldforderung? Wohl kaum! Bei den Brückners gibt's doch wirklich nichts zu holen! Verwechslung? Auch nicht! Die Tochter reicher Eltern fährt doch nicht mit dem Fahrrad von Selb nach Asch!

Jemand machte sich an der Tür zu schaffen: Nachdem ein Schlüssel umgedreht worden war, tat sich zunächst nichts. Klar, sie wurde beobachtet! Wahrscheinlich durch irgendwelche Ritzen in der Holztür, die mit Sicherheit genauso alt war wie diese ganze Schrott-Burg.

Nicht hinsehen! Die sollen nicht denken, dass sie mich verarschen können!

Gähnend fuhr sie mit ihren Händen über die Jeans, als gelte es, irgendwelchen Schmutz zu entfernen.

Die Türe wurde geöffnet und ein untersetztes Dickerchen, das in einem blauen Overall steckte und eine Strumpfmaske trug, stellte vor sich einen Korb ab, der, vertraute sie ihrem Geruchssinn, etwas Essbares enthielt. Dann machte er Anstalten, sich wieder zurückzuziehen.

»*Stopp, Meister!*«, rief ihm Jana zu. »*Ihr habt mir mein Handy geklaut. Jetzt seht zu, dass ihr mir wenigstens was zum Lesen bringt. Oder soll ich hier verblöden?*« Sie bemerkte ein kurzes Innehalten, bekam aber keine Antwort. Nachdem die Tür wieder verschlossen worden war, rührte sie sich zunächst nicht weg von der Pritsche. Der Typ muss nicht mitkriegen, dass mir der Magen in den Kniekehlen hängt.

Der Schein war nur kurz zu halten und sie holte den Korb auf die Pritsche.

Donnerwetter!, dachte sie bei der Sichtung des Inhalts, das ist ja ein komplettes Abendessen. Neben drei Schalen, die Reis, Hühnerfleisch und eine Soße enthielten, fanden sich auch eine Kanne mit Tee und ein Plastikbecher. Mit Heißhunger machte sie sich über das Reisgericht her und stellte fest, dass da jemand richtig gut gekocht hatte.

Sieht doch tatsächlich danach aus, dass mich Schlitzaugen in der Mangel haben, sinnierte sie, so kann doch nur ein Fidschi kochen. Und dass der Kerl von gerade auch einer von dieser Sorte ist, hab ich doch trotz der Maske gemerkt. Aber das heißt doch, dass der Brückner eher nicht hinter der Sache steckt. Der hat doch immer getönt, dass er den Vietnamesen nicht über den Weg traut.

Sie stellte den Korb mit dem Geschirr in der Nähe der Tür ab, nur den Tee behielt sie bei sich. Eine Stunde mochte vergangen sein, als sich die Tür wieder öffnete und ihr Bewacher einen Stapel mit Lesestoff vor sich auf den Boden legte. Dann griff er nach dem Korb und entfernte sich, ohne ein Wort zu sprechen.

Sie sichtete das Angebot und war empört, denn das, was sie da vor sich hatte, interessierte sie absolut nicht: Neben hoffnungslos veralteten Mode- und Programmzeitschriften fanden sich sogar Bedienungsanleitungen für irgendwelche Elektrogeräte. *»Verdammte Scheiße! Ich glaub's nicht! Kein einziges Comic-Heft!«* Sie schmiss den Stapel in Richtung Tür. *»Arschlöcher!«*, brüllte sie wütend. *»Den Mist könnt ihr selbst lesen!«*

Dass niemand reagierte, hatte sie schon fast erwartet. Sie ließ sich nach hinten sinken und starrte an die Decke. Abendessen, Lesestoff, überlegte sie, das heißt doch, dass ich hier auch über Nacht bleiben muss, vielleicht auch mehrere Tage. Außerdem: Fidschis in so einem Bunker! Das riecht nach Drogen. Wahrscheinlich wird hier ganz in meiner Nähe Crystal zusammengepanscht.

Wenn sie sich nicht täuschte, war sie nicht in Asch gelandet. Sicher hätte sie gemerkt, wenn das Auto scharf nach links in Richtung Stadt abgebogen wäre. Also war es in Richtung Eger gegangen. Aber dorthin hätte die Fahrt länger gedauert. Bleibt eigentlich nur Haslov, dachte sie, alte Bruchbuden gibt's da genug!

Sie fragte sich auch, warum ein Drogenkartell gerade sie einkassiert hatte. Vielleicht doch eine Verwechslung! Das hieß dann doch, dass sie unbedingt mit den Burschen ins Gespräch kommen musste. Sie erhob sich und trommelte mit den Fäusten gegen die Tür. *»Hallo, Leute, ich muss mit euch reden!«*, rief sie laut, aber es rührte sich einfach niemand. Auch der Hinweis, dass da eine Verwechslung vorliegen müsse, fand keine Beachtung.

Nun war's um ihre Gelassenheit geschehen: Dann eben Terror! Sie blickte sich um: Der Eimer könnte gehen! Das Überbleibsel aus alten Zeiten war aus Metall, hatte einen Henkel und schien ihr geeignet, Krawall zu machen. Sie umfasste den Henkel, nahm Schwung und ließ das Behältnis gegen die Tür krachen. *»Lasst mich raus, ihr verdammten Schlitzaugen!«* Noch ein paar Mal donnerte der Eimer gegen das Hindernis, das sich aber trotz seines Alters noch ziemlich stabil zeigte. Schließlich presste sie ihr Ohr gegen die Tür, um zu lauschen, was sich draußen tat. Aber da war absolut nichts zu hören, nur das pulsierende Blut in ihrem Ohr nahm sie wahr.

Wieder trommelte sie mit den Fäusten gegen das Holz, aber jetzt war es eher Verzweiflung als Wut, die sie antrieb. Irgendwann erlahmten ihre Arme und nur noch die flache Hand suchte, kaum hörbar, den Kontakt mit der Außenwelt. Und nun auch noch dieser Gedanke: Was, wenn überhaupt niemand mehr da ist, der mich hören kann? Sie sank auf dem Boden zusammen. *»Lasst mich raus! Bitte! Ich mach doch alles, was ihr wollt!«*, winselte sie, um dann nur noch zu weinen. Jana war in der Wirklichkeit des Films angekommen.

6

Das hätte sich Kral nicht träumen lassen: Er saß neben dem bayerischen Innenminister Dr. Wohlfahrt am runden Tisch des Selber Rathaussaals und hatte die Aufgabe, die Ausführungen der deutschen Konferenzteilnehmer ins Tschechische zu transportieren, denn die Dolmetscherin des Gemeinsamen Polizei- und Zollzentrums war angeblich wegen Krankheit verhindert.

Fürholzer, sein Chef, hatte die Bitte an ihn gerichtet, anlässlich eines Gedankenaustauschs von Politikern, Polizisten und Zöllnern Oberkommissarin Zieglschmied zu vertreten.

»Und wer hat mich da angefordert?«, hatte Kral wissen wollen.

»Dr. Wohlfahrt.«

»Und warum werde ich da nicht selbst gefragt?«

»Keine Ahnung!«

»Und ich habe keine Lust!«

»Spinnst du, Jan, das kannst du doch nicht machen! Was denkst du denn, was passiert, wenn wir dem Innenminister einen Korb geben.«

»Ich gebe den Korb, nicht wir! Wenn du wüsstest, wie der mit mir umgesprungen ist, würdest du dich auch verweigern.«

Dass er jetzt trotzdem mit am Tisch saß, war das Ergebnis fehlender Zivilcourage. Da machte sich Kral überhaupt nichts vor. Aber er war nun mal nicht der Typ, der seine Haltung ohne Rücksicht auf Verluste durchzusetzen suchte. Und Fürholzer hatte einen Ton angeschlagen, der ihm das Nein schier unmöglich machte: Schließlich stehe das Wohl der Schule und der gesamten Stadt Selb auf dem Spiel. Ein Innenminister habe nun mal die Möglichkeit, seinen Einfluss geltend zu machen, wenn es um die Zuteilung gewisser Gelder und anderer Wohltaten gehe.

Mit dem Schlusswort »Und Jan, du weißt, dass diese Stadt finanziell aus dem letzten Loch pfeift!« hatte Kral jetzt sogar die Verantwortung für eine ganze Kommune auf den Schultern.

Die Konferenz war sozusagen ein Produkt zwischenstädtischer Zusammenarbeit. Die Nachbarstädte Selb und Asch waren dabei, wieder an die intensiven Kontakte der Vorkriegszeit anzuknüpfen: Ob es nun das Schul-, das Rettungswesen oder der Sport war, die beiden strukturschwachen Kommunen suchten den Schulterschluss, um in einer Zeit leerer Kassen Synergieeffekte zu nutzen. Sogar die gemeinsame Ausrichtung einer Gartenschau war im Gespräch. Mit der Reaktivierung des Bahnverkehrs zwischen Selb und Asch, die auf das Jahr 2015 terminiert war, hatte man bereits einen schönen Erfolg erreicht.

Dass der zuständige Wahlkreisabgeordnete der staatstragenden Partei hier nicht hinten anstehen wollte, war eigentlich klar. Und Dr. Wohlfahrt hatte ein Thema gewählt, für das er als Innenminister zuständig war und das die Menschen der Region außerordentlich beunruhigte: Das in Tschechien gekochte Crystal-Meth war auch auf der deutschen Seite zum Problem geworden, denn der Konsum der zerstörerischen Droge breitete sich besonders bei jungen Menschen geradezu explosionsartig aus.

Es waren vor allem Politiker und Behördenvertreter aus den beiden Städten, die sich da austauschen wollten. Moderiert wurde die Veranstaltung von Dr. Hupfauf, dem Chefredakteur der Frankenpost.

Vergeblich hatte Kral Ausschau nach Aneta Kučerová gehalten, deren Dienststelle ja auch für Asch zuständig war. Für ihr Fernbleiben hatte wohl der Innenminister gesorgt, der ihr einfach nicht über den Weg trauen wollte. Dass er den ebenfalls ungeliebten Lehrer einbezogen hatte, grenzte zwar an ein Wunder, aber der Einsatz von Frau Zieglschmied erschien ihm wohl zu problematisch und von Kral wusste er, dass der sich bei solchen Veranstaltungen nicht wie etwa Brückner zu irgendwelchen Gehässigkeiten hinreißen ließ.

Die Veranstaltung begann zunächst mit kurzen Statements der Politiker und der Ordnungskräfte. Man war sich einig, dass die Herstellung und die Verbreitung der Droge mit aller Entschlossenheit zu unterbinden seien.

Es schloss sich ein kurzes Referat einer Suchttherapeutin an, die Crystal-Meth eindeutig als die »gefährlichste Drogen auf dem illegalen Markt« bezeichnete. Ihre Attraktivität sei einmal auf den verhältnismäßig niedrigen Preis, aber vor allem auf die zunächst positive Wirkung zurückzuführen: Die Droge mache euphorisch, steigere die Leistungsfähigkeit und schütze vor Angstgefühlen. Lasse die Wirkung aber nach, verkehrten sich diese Wirkungen schnell in ihr Gegenteil. Dauerhafter Konsum führe schnell zur Veränderung der Persönlichkeit, außerdem stellten sich Herzrhythmusstörungen, Schwindel und Muskelkrämpfe, zudem Depressionen und Psychosen ein.»Und als ganz große Gefahr sehe ich die Schädigung von Nerven im Gehirn«, betonte die Referentin,»weil sie irreparabel ist.« Mit einem eindringlichen Appell schloss sie ihre Ausführungen:»Meine Damen und Herren, Sie müssen davon ausgehen, dass, wenn es uns nicht gelingt, den Konsum drastisch einzuschränken, in einigen Jahren ein Heer von jungen Menschen auf uns zukommt, das der Grundsicherung bedarf und zudem mit Sicherheit nicht ohne Betreuung auskommt.«

Kral war beeindruckt, denn er hatte geglaubt, dass sich der Konsum zunächst in körperlichem Verfall wie Zahnausfall oder Gewichtsabnahme manifestiere. Auch hatte er gehört, dass sich Süchtige blutig kratzten, weil sie glaubten, unter ihrer Haut würden Käfer krabbeln. Auch diesen Aspekt hatte die Referentin kurz angesprochen: »Wenn von körperlichem Verfall die Rede ist, erkennen sich viele Konsumenten nicht wieder, weil diese Veränderungen dank einer guten medizinischen Versorgung nicht oder, besser, noch nicht in gravierender Form auftreten.«

Im Anschluss an das Referat hatte Dr. Hupfauf einen lockeren Gedankenaustausch zwischen deutschen und tschechischen Vertretern angekündigt. Aber er hatte die Rechnung ohne Dr. Wohlfahrt gemacht, der sich kraft seiner ministeriellen Autorität gnadenlos in den Vordergrund drängte, um mit den „Freunden aus Tschechien einmal Tacheles zu reden". Er warf der

„anderen Seite Versäumnisse" vor, „die diesen ausufernden Konsum erst ermöglichen".

Brückner hätte ihm diesen Frontalangriff mit Sicherheit nicht durchgehen lassen. Und da hätte auch Krals Deeskalationskunst beim Übersetzen den Eklat nicht verhindert.

Ob ihm denn jemand erklären könne, warum man „das Zeug" problemlos auf den Asia-Märkten erwerben könne, richtete sich Wohlfahrt reichlich respektlos an die tschechischen Vertreter.

Die hatten zunächst nur wenig Verwertbares zu bieten: Der Ascher zweite Bürgermeister Mylnář, langjähriger Handballspieler in einem Rehauer Verein, und Hauptmann Svoboda, der Polizeichef der Nachbarstadt, zeigten sich in ihren Statements bestürzt über „diese unhaltbaren Zustände", verwiesen aber fast übereinstimmend darauf, dass ihnen die Hände gebunden seien, denn für die Drogenfahndung sei nun mal die Antidrogenzentrale, eine aus der Polizei ausgegliederte Sondereinheit, zuständig.

Aber die Tschechen hatten auch eine Geheimwaffe im Gepäck, die dem Politiker Paroli bieten konnte, jedoch auch den beiden Vorrednern kräftig auf die Füße trat: Zu Wort meldete sich der Vertreter ebendieser Sondereinheit, nämlich Hauptmann Orel, der auch den Titel eines Hauptkommissars trug. Zunächst ging er Wohlfahrt frontal an, indem er behauptete, in jeder größeren deutschen Stadt, aber auch in Selb sei der Erwerb von Crystal-Meth problemlos möglich.

Vereinzeltes Staunen und Kopfschütteln auf der deutschen Seite! Allerdings nicht bei den Polizisten und Zöllnern, wie Kral feststellte. Dr. Wohlfahrt sah sich in seiner Ehre als Innenminister getroffen und wies die Feststellung, bezogen auf Bayern, als „ungeheuerlich" von sich, außerdem habe er nach etwas ganz anderem gefragt.

»No, bin ich bereit, zu erklären«, konterte der Hauptmann in passablem Deutsch: Unaufgeregt räumte er zunächst eine „Schwäche von Systäm" ein. Die Aufsicht über die Märkte hätten die Städte. Sie seien in erster Linie an den nicht unerheblichen Steuereinnahmen interessiert und die Kontrollen führe die Stadtpolizei durch, die er mit einem zahnlosen Tiger verglich, denn sie habe so gut wie keine Befugnisse.

Dann erklärte er die Mechanismen, die es den Fahndern so schwer machten, den wirklich dicken Fisch an die Angel zu bekommen: »Mache ich mit Kollägen von Drogenfahndung Razzia, finde ich vielleicht kleine Mängä, grosse ist in Rucksack von Mann, wo, ich weiß nicht. Und dann sähr wichtig, sie riechen Kontrolle.« Da gebe es Leute, die mit scharfem Blick das Publikum musterten, und schon beim kleinsten Verdacht, es könnte die Staatsmacht auftreten, werde der Verkauf gestoppt und oft würden die Buden einfach schließen. Er lachte: »Gähän Sie mit Ihrä Bodyguards auf Markt, ich gäbä Garantie, Sie bekommen nichts.« Er hätte wissen sollen, dass man einen Dr. Wohlfahrt nicht auf diese Weise erheitern kann.

»Gut, wenn Sie das nicht schaffen, dann sorgen Sie wenigstens für die Schließung der Drogenküchen!«, knallte ihm der Politiker vor den Latz.

Der Mann nickte einsichtig mit dem Kopf: »Ist grosses Probläm!«, und verwies dann auf etwa fünfzig Aushebungen solcher Drogenlabore im letzten Jahr. »Aber«, fügte er schulterzuckend hinzu, »eine gäht, andere kommt.« Ein ganz großes Problem sei für die

Drogenfahnder die Struktur der Banden: Die fast ausnahmslos vietnamesischen Kartelle seien perfekt von der Außenwelt abgeschottet und innerhalb der Gruppen gebe es verschiedene Ebenen, die nichts voneinander wüssten. Die üblichen Vorgehensweisen, wie der Einsatz von verdeckten Ermittlern oder das Abhören von Telefon- beziehungsweise Handygesprächen, bringe wenig, denn »ist schwär eigenes Sprache für tschechische Leutä und Vietnam-Sprache gäht gar nicht.«

Wieder hatte er für Erheiterung gesorgt, was natürlich Dr. Wohlfahrt überhaupt nicht gefiel. Das veranlasste Dr. Hupfauf, die Diskussion in vermeintlich ruhigeres Fahrwasser zu geleiten, indem er sich den deutschen Zöllnern zuwandte: Er bat „die Männer der Praxis" von ihren Erfahrungen zu berichten. Aber leider bekam Dr. Wohlfahrt auch von dieser Seite wenig Positives zu hören:

»Es hat sich ja bewährt, wie wir unsere Kontrollen durchführen«, meldete sich einer der Fahnder zu Wort, »das zeigt auf jeden Fall die hohe Zahl von Aufgriffen. Aber natürlich wissen wir, dass es nur die ‚kleinen Fische' sind, die uns ins Netz gehen, also die Gelegenheits- schmuggler, die meistens nur geringe Mengen für den Eigenverbrauch mit sich führen. Sorgen machen uns die Profis, die die großen Partien über die Grenze bringen. Gegen die laufen unsere Kontrollen im Rahmen der Schleierfahndung ins Leere. Diese Leute arbeiten mit mehreren Fahrzeugen. Sie müssen sich das so vorstellen: Ein Späher sondiert die Route, er warnt den Kollegen mit den Drogen, wenn eine Kontrolle droht. Der schmeißt die Ladung in den Straßengraben und fährt weiter, um nicht durch plötzliches Umkehren Verdacht zu erregen. Es kann sogar sein, dass ein dritter Wagen ins Spiel kommt, der das Zeug aufsammelt und dann wieder mit nach Tschechien nimmt.«

Dr. Wohlfahrt hatte für das Szenario nur ein müdes Lächeln übrig und zeigte Redebedarf an. Aber Dr. Hupfauf hatte den Mut, ihn zu bremsen: »Verzeihen Sie, Herr Minister! Vor Ihnen hat sich noch einer der Herren vom Zoll zu Wort gemeldet.«

Das konnte dem Minister nicht gefallen und für einen kurzen Moment hatte er eine steile Zornesfalte im Gesicht, die aber sofort einem verbindlichen Lächeln weichen musste.

Der Beamte verwies auf weitere Probleme, mit denen sich die Zöllner abzuplagen hatten: Zwischen den Fahndungs-, Kontroll- und Ermittlungseinheiten des Zolls gebe es auf Bundesebene keine tauglichen Melde- und Befehlswege. Auch seien die „Kontrolleinheiten Verkehrswege" hoffnungslos überlastet mit einem ganzen Rattenschwanz von Zuständigkeiten. »Klar, wir verfolgen den Schmuggel von Betäubungsmitteln«, meldete sich der Beamte einer Kontrolleinheit zu Wort, »aber auch den von Zigaretten, Waffen, Treibstoff und seltenen Arten. Außerdem sollen wir Metallschrott auf Radioaktivität überprüfen und zudem noch Haftbefehle vollstrecken.« Dann richtete er sich direkt an den Innenminister: »Und wenn ich Ihnen jetzt noch sage, wie viele Leute wie viele Straßenkilometer zu kontrollieren haben, dann werden Sie staunen.«

Aber Dr. Wohlfahrt wollte weder hören noch staunen. Wohl hatte er schon die Schlagzeile der Frankenpost vor Augen: „Drogenfahnder in Nöten!" Also versuchte er retten, was zu retten war: Zunächst geizte er nicht mit

Lob. Er sprach den „Männern vom Zoll" seine Anerkennung aus: Sie seien mit ihrer Leidenschaft für ihren Beruf und ihrem Spürsinn im Kampf gegen Crystal äußerst erfolgreich, was an der hohen Zahl von Aufgriffen in der Vergangenheit abzulesen sei. Dann folgten Versprechungen: Er sei mit der Bundesregierung im Gespräch und ihm sei vom Finanzminister die Aufstockung der Kontroll- und Fahndungseinheiten zugesichert worden. Außerdem kündigte er an, er werde sich im persönlichen Gespräch mit dem tschechischen Innenminister für eine stärkere grenzüberschreitende Zusammenarbeit der Zoll- und Polizeibehörden einsetzen. Es schloss sich ein flammender Appell an, der dann allerdings wieder die Tschechen auf die Anklagebank verbannte: »Es muss endlich Schluss sein mit dem Wegschauen! Das Teufelszeug hat in Deutschland nichts zu suchen! In letzter Konsequenz müssen die Märkte auf der anderen Seite eben geschlossen werden!«

Der Trottel hat entweder nicht richtig zugehört oder nichts dazugelernt!, dachte Kral und entschloss sich zur Sabotage, indem er den Schlussappell in seiner Übersetzung einfach unterschlug.

Was blieb Dr. Hupfauf anderes übrig, als den Beitrag als „Hoffnung machendes Schlusswort" zu verkaufen und den Teilnehmern für ihre „fundierten und sachkundigen Beiträge" zu danken.

Dr. Wohlfahrt schien zufrieden, wohl war er überzeugt, dass er den kleingeistigen Nörglern und Zweiflern mal wieder gezeigt hatte, wie ein bayerischer Spitzenpolitiker Probleme löst. Außerdem konnte er fast sicher sein, dass die Schlagzeile jetzt ganz anders aussehen würde. Kral tippte auf die Schlüsselwörter: „Innenminister – Entschlossenheit – Kampf – Crystal".

Als der Dolmetscher den Rathaussaal verließ, konnte er beobachten, dass Wohlfahrt mit einem Mann dann doch noch ein Hühnchen zu rupfen hatte: Auf dem Flur in einer abseitigen Ecke redete er ziemlich aufgebracht auf den Selber Polizeichef ein. Klar für Kral, was da ablief: Der Beamte hatte es unterlassen, ihn über die Selber Drogenszene zu informieren.

Am frühen Abend hatte sich Kral bei der Selber Feuerwehr am Christian-Höfer-Ring eingefunden. Seit er nur noch passives Mitglied war, also nicht mehr an Einsätzen teilnahm, waren die Besuche seltener geworden. Aber es zog ihn doch immer wieder mal ins Gerätehaus, wo man manchmal am frühen Abend in gemütlicher Runde zusammensaß und weniger über Gott und die Welt als über Näherliegendes schwadronierte. Da ergaben sich zum Teil recht spannende Diskussionen über das politische Geschehen in der Kleinstadt, die einwohnermäßig immer kleiner und, von ihrer Finanzkraft her gesehen, immer schwächer wurde.

Natürlich waren es auch die gerade überstandenen Einsätze, die besprochen werden wollten, allerdings nicht im Sinne ernsthafter Manöverkritik. Gefragt waren eher die Anekdoten der Akteure, die von kleinen Pannen handelten und vor allem für Heiterkeit sorgen sollten. Wirklich schwerwiegende Fehlentscheidungen sah man dann doch schon lieber bei den benachbarten Wehren.

Das häufig behandelte Thema „Auto" war Kral ein Graus. Besonders die jungen Kameraden wollten dieses Vehikel auf keinen Fall als reines Fortbewegungsmittel sehen. Der Slogan der Werbung „leidenschaftlich anders" brachte es auf den Punkt: Der PKW, natürlich PS-stark und mit Premium-Ausstattung versehen, war das Ziel ihrer Träume. Inzwischen war Kral sogar bekannt, dass man „so eine richtig geile Karre" auch an den rot eingefärbten Bremssätteln erkennen konnte.

Nicht ungelegen kamen ihm die Gelegenheiten zu einem zünftigen Schafkopf. Er liebte das nur scheinbar einfache Spiel, obwohl er manchmal die nötige Konzentration auf Augen und bereits gespielte Farben vermissen ließ. Ihm ging es vor allem um den „Spaß an der Freude", der sich immer dann einstellte, wenn in der Runde kräftig geblödelt und gefrotzelt wurde.

Aber es gab an diesem Tag Wichtigeres als Karten spielen, denn Kral hatte sich in den Kopf gesetzt, Genaueres über die Selber Drogenszene zu erfahren. Und dafür war die Feuerwehr genau der richtige Ort, denn vor allem die jungen Burschen, die sich freiwillig zum Dienst am Nächsten verpflichtet hatten, waren in der Regel – im wahrsten Sinne – hervorragend vernetzt: Sie hatten über Facebook und Twitter Zugang zu den „News", die eher selten den Weg in die Zeitung fanden. Außerdem gab es die „Spezialisten", die mit ihren Scannern auch den Funkverkehr von Polizei und Zoll belauschten.

Seine Wortmeldung, er habe gehört, dass man auch in Selb Crystal erwerben könne, wurde mit allgemeiner Heiterkeit zur Kenntnis genommen. „Heino", kommunikativer und selbstbewusster Autoverkäufer, für den Zuhören eher eine lästige Pflicht war, klärte ihn lachend auf: »Wer auch nur ein bisschen Ahnung hat, weiß doch, dass man sich das Zeug ganz bequem auch hier in der Stadt besorgen kann.«

Und dann bekam Kral eine Geschichte zu hören, die unwahrscheinlicher nicht sein konnte, aber von mehreren Anwesenden als absolut wahr bezeichnet wurde: Auf einem Parkplatz in der Innenstadt sei über eine längere Zeit hinweg ein PKW abgestellt gewesen, der als Drogendepot gedient habe. Über den Zugang zu dem Wagen sei man informiert worden, wenn man beim Dealer den entsprechenden Geldbetrag „abgedrückt" habe.

Die Story zeigte eine gewisse Nähe zur Wandersage: Hartnäckiges Weitererzählen eines bestimmten Sachverhalts bläht sich zu einer Wahrheit auf, die es in Teilen gegeben haben mag: Der Gedanke, ein geparktes Auto als Drogendepot zu nutzen, schien zunächst einmal clever, aber die beschriebenen Regularien konnten einfach nicht funktionieren, denn der Handel hätte eigentlich auf „Treu und Glauben" basieren müssen, eine Bedingung, die von Drogensüchtigen kaum erfüllt wird. Die leeren doch das gesamte Depot, dachte er, wenn sie erst mal den Zugang zu dem Wagen haben.

Seine Einwände wurden allerdings mit dem Hinweis auf „völlige Ahnungslosigkeit" niedergebügelt. »Außerdem gibt es genügend andere Stellen«, belehrte ihn Mirco, »wo man sich mit dem Stoff eindecken kann.« Aber wirklich konkrete Informationen konnte er nicht liefern.

Krals Recherche ging letztendlich so ein bisschen aus wie das Hornberger Schießen: Alle wussten was, aber eben nichts Genaues, weil sie, wie es Mirco so schön ausdrückte, »des Zeich niat« brauchten.

Eigentlich logisch, überlegte Kral, wer im Geschäft ist, quatscht nicht, auf jeden Fall nicht über Details!

Trotzdem gab es für ihn keinen Zweifel mehr, dass man, wie es schon der tschechische Drogenfahnder im Rathaus betont hatte, auch in Selb an Crystal-Meth kommen konnte.

Da war dann doch ein bisschen Schadenfreude angesagt: Mein lieber Doktor Wohlfahrt, da wird Ihnen schon etwas einfallen müssen! Immer nur mit dem Finger auf die Tschechen zu zeigen, reicht einfach nicht!

7

Kral staunte: Der Aufruf „seiner 10 a" hatte eine Welle der Hilfsbereitschaft ausgelöst, mit der er nie und nimmer gerechnet hatte: Rund fünfzig Rückmeldungen bezogen sich auf das Verschwinden von Jana. Einen Haken hatte die Aktion allerdings: Das Mädchen war an dem besagten Freitag und auch danach an unzähligen Orten gesehen worden. Die Meldungen bezogen sich auf den Raum zwischen Selb und Karlsbad, aber auch Großstädte wie München, Nürnberg und Prag wurden genannt.

Für die erste Grobsichtung hatte Kral in dieser Stunde zunächst auf die Stoffvermittlung verzichtet. Aber auf diese unübersichtliche Informationsflut reagierte er jetzt genervt und auch ziemlich verärgert, denn er hatte vor, die Schüler demnächst im Rahmen einer Stegreifaufgabe schriftlich abzufragen. Und jetzt war er dabei, schon die zweite Stunde für unterrichtsfremde Belange zu „verplempern".

»Also Leute, wir fahren jetzt fort im Stoff!«, tönte er energisch. »Ich hab's doch gleich gewusst, dass das mit dem Internet nichts bringt.«

Er war schon dabei, eine Folie auf den Overheadprojektor zu legen, als sich Elena zu Wort meldete, die ihn in der fünften und sechsten Klasse mit ihren originellen Erlebniserzählungen überaus positiv überrascht hatte.

»Elena, bitte!«

»Ich hab da eine Frage.«

Kral reagierte mit einem jovialen Lächeln und nickte, denn er war tatsächlich der Meinung, das Mädchen sei bereit, dem Kurswechsel zu folgen und sich der Entstehung der Anden zuzuwenden. Entsprechend freundlich fiel die Antwort aus: »Nur zu, Elena, ich freue mich über jede Frage.«

»Herr Kral, wissen Sie noch, was Sie damals in der fünften Klasse in mein Poesiealbum geschrieben haben?«

Jede Frage! – Was redest du auch für einen Unsinn, du Trottel!, dachte Kral, aber er saß nun mal in der Falle und reagierte unwirsch: »Keine Ahnung! Irgendeinen aufbauenden Spruch! Was man da halt so schreibt!«

»Nicht ganz richtig, Herr Kral«, antwortete das Mädchen lächelnd, »Sie haben in alle Alben dasselbe Gedicht geschrieben, das uns damals ziemlich komisch vorkam.«

Bei Kral dämmerte es: Er hatte diese Alben manchmal wochenlang irgendwo abgelegt, weil er einfach keinen geeigneten Spruch gefunden hatte und ihm dieses Ritual ziemlich antiquiert vorgekommen war. Das Spaßgedicht mit der „Flinte" und der „Finte" hatte dann das Procedere verkürzt: Er brauchte nicht mehr suchen und konnte sogar eine Alternative zu Althergebrachtem bieten.

»Ich erinnere mich dunkel«, gab er zur Antwort.

»Darf ich?«

Kral ergab sich seinem Schicksal: »Wenn's denn sein muss!«

Elena sah das als Aufforderung, das Gedicht vorzutragen:

»Voreilig von Eugen Roth

Ein Mensch in seinem ersten Zorn
Wirft leicht die Flinte in das Korn,
Und wenn ihm dann der Zorn verfliegt,
Die Flinte wo im Korne liegt.
Der Mensch bedarf dann mancher Finte,
Zu kriegen eine neue Flinte.«

In den Beifall für die gelungene Darbietung mischte sich lautes Gelächter, das nach Schadenfreude klang, und Kral wusste zunächst gar nicht, wie er reagieren sollte. Aber er wollte auf keinen Fall seinen Ruf als „Käpt'n Blaubär" auf Spiel setzen, den nichts und niemand aus der Ruhe bringen konnte. Er klatschte dann auch kräftig mit und lobte die Schülerin: »Toller Vortrag, Elena!« Ahnend, dass er quasi ein Selbsttor geschossen hatte, wollte er sich allerdings nicht kampflos ergeben und forderte Aufklärung: »Ich wüsste schon gerne, was das mit unserem Fall zu tun hat.«

»Eine ganze Menge!«, reagierte Elena lachend. »Sie wollen die Flinte ins Korn schmeißen, weil Sie ja schon vorher gewusst haben, ‚dass das nichts bringt'.«

»Und? Was hat's gebracht?«, konterte Kral spitz.

»Genau das, was wir erwartet haben.«

»Da bin ich jetzt aber gespannt!«

Jetzt sprang Alexander in die Bresche: »Das Material muss ausgewertet und gefiltert werden. Und genau damit haben wir schon angefangen und sind auf einem guten

Weg.« Er wedelte mit einer ausgedruckten Grafik. »Wenn Sie sich die Hinweise und die entsprechenden Uhrzeiten einmal ansehen, dann landen Sie wahrscheinlich im Raum Selb-Asch-Eger.«

Das Klingeln unterbrach seine Ausführungen und für den Moment war Kral mit seinem Latein schon wieder am Ende.

Normalerweise ist das Klingeln am Ende einer Stunde ein Signal, das die Lehrkraft in gewisser Weise ihrer Autorität enthebt. Da mag der Mann oder die Frau noch so laut die Stimme erheben, die Schüler verweigern einfach die Aufmerksamkeit und bereiten ihren Abgang vor. Nicht so die 10 a nach dieser Stunde! Viel zu spannend war die Frage, wie Kral reagieren würde. Aber der hatte schon das rettende Ufer erreicht: »Alex, du begleitest mich nach Eger zur Polizei und dann wollen wir mal sehen, ob die Tschechen auch auf einem guten Weg sind.«

Mit den Reaktionen konnte er zufrieden sein, denn er empfing anerkennende Blicke und glaubte sogar, gehört zu haben, dass da jemand geraunt hatte: »Saustarker Typ, der alte Knacker!«

Alex trat an ihn heran: »Wann?«

»Na, jetzt gleich, das heißt, wenn die zuständige Dame Zeit hat. Und Zeit wollen wir doch nicht verlieren! Wie sieht's bei dir aus? Steht noch was Wichtiges an, irgendwelche Prüfungen oder ...«

»Pff, langweiliger Unterricht, auf den ich gerne verzichte«, unterbrach ihn der Schüler.

»Na dann, ich geh mal zum Chef und du rufst deine Eltern an.«

»Warum?«

»Du musst sie schon um Erlaubnis fragen, sonst geht da gar nichts!«

Kral hatte wieder mal absolutes Neuland betreten: Einen 16-jährigen Schüler, der weder Zeuge noch Beschuldigter war, für einen Gang zur Polizei vom Unterricht zu befreien, war ja schon mal ziemlich ungewöhnlich. Aber wenn diese Polizei eine tschechische war, dann stellte das den Direktor eines deutschen Gymnasiums schon vor Probleme. Herr Fürholzer war zwar kein „Knäibohrer", aber er hatte nun mal Rücksicht auf die vorgesetzte Behörde zu nehmen. Er war schon dabei, die Nummer des Ministerialbeauftragten für die Gymnasien Oberfrankens zu wählen, um sich Rückendeckung einzuholen, hielt dann aber inne und legte den Hörer wieder auf. »Wenn ich den jetzt anrufe, läuft das mit Sicherheit über München«, gab er zögerlich zu bedenken, »und dann dauert das!«

»Mit Sicherheit!«

»Dann«, das Gesicht des Direktors hellte sich auf, »dann bleibt nur das Missverständnis.«

»Und ich verstehe nur Bahnhof!«

»Also, wir könnten's so machen: Ich hab nur ‚Polizei' verstanden. Das Attribut ‚tschechisch' ist bei der kurzen Unterhaltung zwischen Tür und Angel irgendwie abhandengekommen. Entweder hab ich nicht richtig zugehört oder du hast undeutlich gesprochen. Aber die Eltern muss ich anrufen!«

»Schöne Teilung der Schuld! Gefällt mir! Eltern – schon erledigt!«

Auf der gemeinsamen Fahrt nach Eger brachte Kral die Erdkundestunde zur Sprache, in der ihn Alexander mit seiner komischen Fragerei aufs Glatteis geführt hatte: »Wie hätte ich denn deiner Meinung nach reagieren sollen?«

»Vergessen Sie's einfach!«, reagierte der Junge schulterzuckend. »War ziemlich blöde von mir. Aber ich habe halt befürchtet, dass Sie da gleich abblocken, wenn ich den konkreten Fall ins Spiel gebracht hätte, so nach der Art, ‚das gehört nicht in den Unterricht!'«

»Gut möglich«, reagierte Kral, »bestimmte Dinge haben da einfach nichts zu suchen!«

»Klar! Aber haben Sie denn eine Ahnung, warum Jana entführt worden ist?«

»Das weiß ich sogar ziemlich sicher: Herr Brückner, ihr Pflegevater, will einfach nicht akzeptieren, dass gewissenlose Geschäftemacher ein Teufelszeug zusammenpanschen und verhökern, das Menschen geistig und körperlich zu Krüppeln macht.«

Alexander schaute betreten drein, präsentierte dann aber ein Argument, das auch Kral in gewisser Weise zu schaffen machte: »Ich hab's ja damals schon gesagt: Aber muss man denn wirklich jeden kleinen Kiffer vor den Richter zerren?«

»Da bin ich mir auch nicht sicher. Ich weiß nur, dass es nichts bringt. Aber komme mir bitte nicht mit der generellen Legalisierung der Drogen! Gerade bei dem verdammten Crystal wäre das absolut kontraproduktiv. Da brauchen wir Leute wie Brückner, die bei den wirklichen Tätern ansetzen.«

Die Kripo Eger hatte die Sonderkommission „Jana" eingerichtet, der man auch Hauptmann Orel von der Antidrogenzentrale zugeteilt hatte. Aneta Kučerová „reichte" Alexander gleich „weiter" an Oberleutnant Pospíšil. »Absoluter PC-Experte«, steckte sie Kral, »ein echter Gewinn für die Kripo und«, sie grinste verschmitzt, »er kennt sich sehr gut aus mit sozialen Netzwerken. Wenn ich den Gerüchten trauen kann, war er ständig in irgendwelchen Foren auf Brautschau.«

»Worauf er ja jetzt verzichten kann, wenn er noch ...«

»Noch ist er mit seiner Carmen liiert«, unterbrach ihn Aneta und legte den Zeigefinger vor den Mund, »und, das muss top secret bleiben, die beiden haben sich zusammen eine Wohnung in Schirnding genommen.«

»Dann bleibt nur zu hoffen, dass die Dame seinen Jagdtrieb, sagen wir mal, etwas dämpfen kann«, kommentierte Kral die Nachricht.

»Gut, sehe ich nicht anders! Aber jetzt zur Sache: Mit dem Orel haben wir einen exzellenten Kenner der Drogenszene im Boot. Wenn wir den mit konkreten Ortsangaben füttern könnten, dann findet der Janas Aufenthaltsort, da bin ich sicher.

Aber da gibt es Informationen von ihm, die mir zu denken geben: Die Vietnamesen, die in Eger und Umgebung die Geschäfte in der Hand haben, verabscheuen eigentlich die Anwendung von körperlicher Gewalt. Die Bosse geben sich als solide Geschäftsleute und treten in der Öffentlichkeit sogar immer mal wieder als Wohltäter auf. Es gibt unter ihnen sogar so etwas wie eine eigene Gerichtsbarkeit. Wer da nicht funktioniert, der wird mit einer Geldstrafe belegt, aber im schlimmsten Fall droht dem die soziale Ächtung und dann kriegt er mit

Sicherheit keinen Fuß mehr auf den Boden. Und dann noch ganz wichtig: Wenn du einen Vietnamesen wegen eines Drogendelikts überführt hast, dann nimmt der die Schuld auf sich und leugnet jede Verbindung zu irgendwelchen Hintermännern. Er geht klaglos in den Knast und sitzt auch eine längere Strafe ab, weil ...«

»... weil er seine Familie versorgt weiß«, unterbrach Kral, »und wahrscheinlich sogar mit einer Entschädigung nach der Entlassung aus der Haft rechnen kann.«

»Richtig!«

Kral nickte nachdenklich mit dem Kopf: »So langsam begreife ich, warum ihr die Sache mit den Drogen nicht in den Griff kriegt.«

Ihn traf ein seltsam leerer Blick, der irgendwie nicht zu Aneta passte. »Jan, ich ahne, was du mir sagen willst«, begann sie zögerlich, »aber du solltest noch etwas wissen, bevor du deine Schlüsse ziehst: Das Ganze kann nur laufen, weil es genügend Tschechen gibt, die die Hand aufhalten.« Ärger und Wut ließen sie lauter werden: »Und darunter sind Leute, die nie und nimmer bestechlich sein dürfen, wenn ein Gemeinwesen funktionieren soll, nämlich Angestellte der Stadtverwaltungen und Polizisten. Natürlich haben wir alle gewusst, dass die Typen von der Stadtpolizei mal gerne die Hand aufhalten oder Bußgelder einfach für sich selbst abzweigen. Aber dass auch Angehörige der Staatspolizei auf der Gehaltsliste der Vietnamesen stehen, das hätte ich nach all den Reformen und Anti-Korruptionskampagnen der letzten Jahre nicht für möglich gehalten.« Sie schwieg, ließ sich zurücksinken und legte die Hand vor das Gesicht.

Wie sollte sich der deutsche Besucher verhalten? Eher tröstlich? Aber leider hatte Kral nur Allgemeinplätze im

Angebot, zum Beispiel: So was gibt's immer und überall. Oder: Das kommt in den besten Familien vor.

Er war dann doch froh, dass Aneta auf seine Anteilnahme verzichtete, indem sie sich straffte und mit der rechten Faust auf den Schreibtisch fuhr. »Glaube mir, Jan!«, polterte sie los. »Ich werde auf diese korrupten Figuren, was meine Zuständigkeit angeht, niederfahren wie ein Racheengel und ihnen dermaßen den Allerwertesten aufreißen, dass sie den Tag verfluchen werden, an dem sie die blaue Uniform angezogen haben.«

»Donnerwetter!«, kommentierte Kral die deftige Ansage. »Der Racheengel steht dir gar nicht so schlecht. Und ich habe schon gedacht, bei dir macht sich Resignation breit.«

Sie lachte: »Hab ich von Josef gelernt: Ab und zu die Sau rauslassen, dann fühlt man sich wieder besser! Dass Resignation nicht meine Sache ist, solltest du eigentlich wissen.«

»Ist mir bekannt, Aneta. Aber lass mich noch ein paar Takte zu der Korruption sagen: »Die gibt's auch bei uns in Deutschland. Bei der Polizei tritt sie allerdings relativ selten auf und du weißt auch, woran das liegt.«

»Du meinst diesen komischen Beamtenstatus?«

»In vielen Bereichen mag er überflüssig und meinetwegen auch komisch sein, aber nicht bei der Polizei und anderen Vollzugsorganen, denn ein Beamter hat viel zu viel zu verlieren, wenn er die Hand aufhält. Aber das ist eben euer Problem: Ihr wollt halt nichts von uns lernen!«

»Einspruch, Jan! Mir will nicht in den Kopf, dass sich der Staat Unbestechlichkeit mit Privilegien erkaufen muss.«

»Alles klar: Rat nicht angenommen! Dann würde ich gerne noch etwas zum Thema Gewaltanwendung bei den Vietnamesen sagen: Kann es nicht sein, dass die Dinge anders liegen, wenn Tschechen beteiligt sind? Die benötigt man doch zur Erledigung bestimmter Aufgaben.«

Aneta nickte: »Ich denke, du hast Recht. Der Tscheche geht eben nicht, wie du so schön gesagt hast, ‚klaglos‘ in den Knast, weil ihm der Kadavergehorsam der Vietnamesen nicht unbedingt erstrebenswert erscheint.«

»Ich reiche das Kompliment weiter: präzise Begründung!«

»Danke! Dazu noch eine Info von Orel: Auch bei den Vietnamesen gibt's Unterschiede: Die aus dem Norden meiden die Gewalt und die aus dem Süden lassen's schon mal krachen.«

Kral lachte: »Aber Ursachenforschung wollen wir jetzt nicht betreiben?«

»Wenn du meinst, dass die zuletzt genannten mal mit den Amerikanern verbündet waren, dann lassen wir das, weil der logische Schluss dann wäre, dass wir Tschechen als ehemalige Kommunisten euch West-Deutschen, moralisch gesehen, überlegen sein müssten.«

Sie erhob sich und deutete zur Tür: »Dann wollen wir doch mal sehen, was unsere beiden Spezialisten ausbrüten.«

Oberleutnant Pospíšil und der deutsche Gymnasiast Alexander Reichel konnten durchaus verwertbare Erkenntnisse präsentieren: Wenn sechs Hinweise von der Zeit und von den Örtlichkeiten her deutliche Übereinstimmungen zeigten, so ihre These, könne jeder Zufall ausgeschlossen werden. »Jana ist auf der Fahrt nach Asch entführt worden«, behauptete Oberleutnant Pospíšil, um dann folgendes Szenarium zu entwickeln: Das Mädchen sei zwischen 14 und 15 Uhr mit dem Fahrrad nach Asch unterwegs gewesen. Kurz vor der Grenze sei sie mitsamt ihrem Fahrrad von zwei Männern auf die Ladefläche eines schwarzen VW-Transporters verbracht worden. Es gebe allerdings keine Anhaltspunkte dafür, dass das mit Gewalt geschehen sei. Eine Zeugin habe gepostet, das Mädchen könnte eine Panne mit dem Fahrrad gehabt haben. Fest stehe allerdings, dass das Fahrzeug den Weg über die Ascher Umgehungsstraße in Richtung Eger genommen habe.

»Alles?«, wollte Aneta wissen.

Alexander schüttelte mit dem Kopf: »Es gibt da noch einen Hinweis auf eine Karlsbader Zulassung des Volkswagens.«

»Kann man die Leute, die diese Hinweise gepostet haben, auch direkt ansprechen?«, wollte Kral wissen.

»Wenn sie unserer Bitte folgen, sich zu melden, dann ist das kein Problem. Wenn sie anonym bleiben wollen, wird's kompliziert«, gab Alexander zur Antwort.

»Immerhin etwas!«, stellte die Leiterin der Kripo fest. »Asch kann ausgeschlossen werden, Aufenthaltsort des Mädchens wahrscheinlich Eger oder Umgebung. Bleibt die Frage, warum sie sich nicht gewehrt hat.« Sie wandte sich an Pospíšil: »Nächster Schritt?«

Der Oberleutnant reagierte genervt: »No, was wärdä ich machen? Ich suchä in grossä Haufän nach eine schwarze VW, gross wie ... no, wie sagt man drieben?«

»Wenn Sie den Heuhaufen meinen, könnte es eine Nadel sein«, klärte ihn Kral auf.

8

Der nächste Tag, ein Dienstag, war für Kral unterrichtsfrei und er machte sich gegen zehn Uhr auf den gewohnten Weg, um verschiedene Besorgungen zu erledigen. Da diese Gänge auch der körperlichen Ertüchtigung dienen sollten, hatte er eine standardisierte Route entwickelt, die ihn zu den entsprechenden Zielen führte und lang genug war, um von seiner Hausärztin als längerer Fußmarsch anerkannt zu werden.

Dr. Köllner zeichnete vor allem verantwortlich für die Behandlung seines Blutdrucks, der sich nicht so recht bändigen lassen wollte. Es war ihr Ansatz, der Kral sympathisch erschien: Natürlich sprach auch sie von den üblichen Risikofaktoren wie Übergewicht, Alkoholgenuss und mangelnde Bewegung, aber sie hatte noch eine weitere Ursache im Angebot, indem sie davon ausging, dass es besonders bei Lehrern schwer sei, »den Blutdruck in den Griff zu bekommen«.

Kral war also insofern geholfen, als er für sein Problem seinen Beruf und nicht seinen Lebenswandel verantwortlich machen konnte. Insgeheim traute er der Logik allerdings nicht, denn der Beruf verwies auf Stress. Und da war er sich ziemlich sicher: Den hatte er im Unterricht eigentlich nie erlebt.

Der Weg führt ihn vorbei am Rathaus und am Kaufhaus Storg, es folgte die ziemlich lange Distanz durch die Bahnhofstraße, vorbei an der Post und dann zum Bahnhof. Von dort ging es zur Uferpromenade des Grafenmühlweihers und schließlich landete er in dem neuen Einkaufszentrum unterhalb der katholischen Kirche, auch „Kraft" genannt, wo meistens mehrere Erledigungen anstanden. Die letzte Etappe führte durch die Schillerstraße zu seiner Hausbank und zu einer Metzgerei. Ganz „dicht" wurde es dann, rein einkaufstechnisch gesehen, noch mal in der Ludwigstraße, wo Bäckerei, Apotheke und Tabakladen abzuklappern waren. Danach, in der Regel war eine knappe Stunde vergangen, brauchte er nur noch ein paar Schritte bis in die „Cortina", wo er sich in geselliger Runde als Belohnung für die körperlichen Strapazen einen Cappuccino gönnte.

Das Gespann, das sich ab und zu vor dem „Goldenen Löwen" oder in der Schillerstraße beim Bürgerpark positionierte, kannte Kral recht gut, und wenn es seine Zeit zuließ, suchte er Plausch mit den beiden, die ihn irgendwie an Pat und Patachon erinnerten: Der kleinere von beiden mit dem pausbackigen Mondgesicht begrüßte ihn jedes Mal mit einem sympathisch-spitzbübischen Lächeln und der Frage nach seiner Gesundheit. Die stellte er allerdings auf Tschechisch, denn die beiden waren dabei, diese Sprache zu erlernen, und ihnen war bekannt, dass Kral seine Kindheit in der Tschechoslowakei verbracht hatte. Der andere, eine elegante Erscheinung mit Sakko, Rollkragenpullover, randloser Brille und Schnauzer, gab sich etwas reservierter und Kral war geneigt, in ihm einen höheren Beamten oder Angestellten zu sehen.

Dass ihm dieser Kontakt oft genug ein mitleidiges Lächeln einbrachte, störte ihn überhaupt nicht, denn er hielt wenig von der Einstellung, Zeugen Jehovas wie Aussätzige zu behandeln. Außerdem waren die beiden angenehme Gesprächspartner, die sich ganz und gar nicht als verbohrte Bibelforscher präsentierten.

Als Kral an diesem Tag gerade das Brauhaus an der Schillerstraße passiert hatte, nahm er die beiden auf der anderen Straßenseite beim Bürgerpark wahr. Er überquerte die Straße und begrüßte die Männer. Voller Stolz kramte der Kleine in seiner Tasche und überreichte Kral die Ausgabe des „Wachtturms" in tschechischer Sprache. Er erfuhr, dass die Zeugen Jehovas in Tschechien einen großen Zulauf hätten und man dabei sei, die Nachbarn beim Aufbau von Gemeinden zu unterstützen.

»Interessant!«, kommentierte Kral die Botschaft. »Hätte ich nicht erwartet. Die tschechischen Kommunisten haben doch am gründlichsten gegen jeden klerikalen Einfluss gekämpft. Da will doch auch heute kaum noch jemand etwas mit der Kirche zu tun haben.«

Der Elegante reagierte mit einem überlegenen Grinsen: »Wir sind eben keine Kirche und wir führen die Menschen ohne Umwege direkt zu Jehovas Wort.«

Natürlich war den beiden bekannt, dass Kral nicht gerne über religiös angehauchte Themen sprach, und so landete man ziemlich schnell bei einem Problem, das scheinbar auch die tschechische Öffentlichkeit bewegte: Er erfuhr, dass auch die Brüder und Schwestern in Haslau die Verbreitung von Crystal-Meth mit großer Sorge betrachteten. Es gebe sogar Gerüchte, dass sich in der Schlossruine des Ortes irgendwelche komischen Gestalten aufhielten, die etwas mit Drogen zu tun haben könnten.

Kral wurde hellhörig: »Was heißt hier komisch?«

»Die sind quasi unsichtbar«, erklärte ihm der Kleine, »die kommen mit einem schwarzen VW-Bus angefahren, dessen Scheiben verspiegelt sind. Niemand steigt aus, das Tor zum Innenhof öffnet sich, der Bus fährt rein und alles ist wieder ruhig. Die Abfahrt verläuft nach dem gleichen Muster. Aber wenn sich dem Tor jemand nähert, kommen sofort scharfe Wachhunde angerannt, die mit Sicherheit nicht nur spielen wollen.«

Kral versuchte seine Erregung zu unterdrücken, die der Hinweis auf den VW ausgelöst hatte. »Und warum geht da niemand zur Polizei und meldet das?«, fragte er, obwohl er die Antwort schon zu kennen glaubte.

Das schien auch der Informant vorauszusetzen: »Also, Herr Kral!«, lächelte er, um dann kurz zu überlegen, wie er seine Botschaft an den Mann bringen sollte. »Also, mir hat mal eine Tscheche erzählt, dass die Polizei drüben geliebt wird wie ...«, wieder zögerte er.

»... wie Sch... äh, Matsch am Fuß«, vollendete Kral.

Sein Gegenüber, froh darüber, die Niederungen der Fäkalsprache umschifft zu haben, lachte: »Das haben jetzt Sie gesagt. Aber von der Tendenz her mag das stimmen.«

Kral hatte zwar Anetas Nummer gewählt, aber es meldete sich Oberleutnant Pospíšil. Er erfuhr, dass „Frau Schäff" zurzeit dienstlich in Asch unterwegs sei.

»Kein Problem«, meinte Kral, »ich denke, dass auch Sie mir helfen können.«

»Natierlich, sähr gärnä!«

Kral beschränkte sich auf die kurze Mitteilung, er sei unterrichtet worden, dass vor der Schlossruine in

Haslau gelegentlich ein schwarzer VW-Bus gesehen werde, dessen Insassen offensichtlich Wert darauf legten, unsichtbar zu bleiben.

»Sähr interessant, kännta unsere Auto sein. Wär hat gägäbän Hinweis?«

»Um das zu beantworten, müsste ich Ihnen jetzt eine lange Geschichte erzählen, die Sie wahrscheinlich eher weniger interessiert. Ich denke, Sie sollten lieber entscheiden, was da jetzt zu tun ist!«

Kral empfing zunächst mal nur ein deutlich vernehmbares Schnaufen, dann folgte eine eher stöhnend artikulierte Feststellung: »Oh, mein Känig! Sie machän mich grosses Probläm!«

»Da möchte ich Sie dann doch um eine Begründung bitten.«

»Entscheidung kann nur sein, nichts machän oder grossä Einsatz. Machä ich falsch, bin ich wieder bei Schutzpolizei.«

»Gut, Problem akzeptiert!«, antwortete Kral lachend. »Aber leider können Sie von mir keine Unterstützung erwarten. Wie wär's, wenn Sie mal Ihre Chefin anfunken?«

»Verstähä! Natierlich! Obbrleit... Verzeihung! Sie ist ja geklettert auf Leiter. Hauptmann Kučerová wird Sie dann anrufen auf Nummer, welche ich habä auf Display.«

Keine zehn Minuten waren vergangen, als sich Aneta meldete: »Hallo, Jan! Was hast du denn mit dem Pospíšil gemacht? Der scheint mir doch etwas durch den Wind zu sein. Hast du wirklich ein Sonderkommando angefordert?«

»Quatsch! Ich habe hier gar nichts anzufordern!«

»Pass auf, ich bin in fünf Minuten bei dir. Dann erzählst du mir, wie du den Komiker um den Verstand gebracht hast.«

»Ich denke, du bist in Asch!«

»War ich auch, jetzt bin ich in Selb, und zwar auf dem Parkplatz vor EDEKA gegenüber vom Krankenhaus.«

»Was machst du ...?«

»Jan, du wirst es nicht glauben, ich habe eingekauft.«

Idiot, wie kann ich nur so blöd fragen!, dachte Kral. Natürlich wusste er, dass inzwischen viele Tschechen einen Teil ihrer Einkäufe in Deutschland erledigten, weil zu Hause viele Produkte einfach teurer waren.

»Ich erwarte dich bei mir vor dem Haus«, reagierte er, »es könnte ja sein, dass du da sofortigen Handlungsbedarf siehst.«

»Dann lass mal hören!«, forderte ihn Aneta auf, als sie ihren Škoda geparkt hatte.

»Dein Kollege Pospíšil wird dich ja wohl auf den schwarzen VW hingewiesen haben.«

Sie nickte.

»Es gibt da Gerüchte in Haslau, dass sich in der Schlossruine verdächtige Gestalten rumtreiben, die ...«

»Mir bekannt«, unterbrach sie ihn, »die Ascher Kollegen haben das vor einiger Zeit schon mal überprüft. Ihr Ergebnis: In der Ruine hat sich ein Hundezüchter eingemietet. Hinweise auf einen Verstoß gegen die Drogengesetze haben sich nicht ergeben. Von einem schwarzen VW war allerdings nie die Rede, aber ...«, sie schüttelte nachdenklich den Kopf, »was soll ich da jetzt machen?«

»Wenn du mich fragst, einfach mal nachsehen!«, reagierte Kral.

»Ja, schön wär's, Jan!«, lachte sie. »Aber so einfach geht das nicht. Wenn ich da reingehe, brauche ich einen richterlichen Beschluss. Und ob der zuständige Richter mir das jetzt am Telefon so einfach absegnet, da hab ich meine Zweifel.«

»Na, dann mach Dampf!«, riet ihr Kral. »Gefahr im ...«

»Danke für die Belehrung, Jan!«, konterte sie ätzend. »ich bin auch nicht auf der Brennsuppe dahergeschwommen!«

Kral grinste amüsiert, denn das war mal wieder so eine bayerische Redensart, die sie nur von Brückner haben konnte.

»Das ist wiederum mir bekannt, aber ...«

Ihr entschiedenes Nicken verwies auf eine Entscheidung: »Steig einfach mal ein!«, forderte sie ihn auf. »Das heißt, wenn du Zeit hast. Ich werde dich dann schon wieder zu Hause abliefern.«

Kral zögerte, denn eigentlich hatte er nicht vorgehabt, sich an einer Aktion der Polizei zu beteiligen.

»Wenn wir das Mädchen finden, dann wär's nicht schlecht, wenn da jemand dabei wäre, den sie kennt«, begründete sie ihre Einladung.

»Und was hast du jetzt vor?«

»Wirst du gleich sehen und hören!«

Sie nahm telefonisch Kontakt mit Pospíšil auf und beorderte ihn zum Dienst habenden Richter. *»Und wenn du von ihm einen Durchsuchungsbeschluss bekommen hast«*, wies sie ihn an, *»dann schnappst du dir sechs Leute und bewegst dich in Richtung Rathaus Hazlov!«*

Sie wählte erneut. »So, nun die schwierigere Nummer!«, grinste sie. »Mal sehen, was der Herr Richter sagt.«

Sie ließ Kral mithören.

Der Mann zeigte sich sehr kooperativ. *»Sie sind näher am Fall«*, beschied er der Polizistin, *»und wenn Sie da Gefahr in Verzug sehen, will ich Ihnen nichts in den Weg stellen.«*

»Einfacher als gedacht!«, reagierte sie zufrieden. »Also, wir gehen da rein!«

»Ohne die Spezialisten?«

»Ohne Einsatzkommando! Merke dir, Jan: Auch wir Tschechen lieben die Bürokratie. Bei einem Drogendelikt ist die Antidrogenzentrale zuständig. Nur sie könnte dann die Truppe aus Karlsbad anfordern. Und das dauert mir einfach zu lange! Außerdem bin ich nicht verpicht darauf, mit diesen Rambos zusammenzuarbeiten. Du weißt ja wohl, wie man diese Einheit bei uns bezeichnet?

»Warte mal, Schwarze Pest, richtig?«

»Exakt so! Und Nomen ist hier nicht nur zufällig Omen.«

Obwohl ein Einsatz bevorstand, der mit durchaus unkalkulierbaren Risiken verbunden sein konnte, zeigte sich die Polizistin erstaunlich ruhig und gelassen. Keine Spur von dem Adrenalinschub, der fast alle Nothelfer erfasst, wenn es brenzlig wird! Als sie allerdings nach der Überquerung der Staatsgrenze ihr mobiles Blaulicht auf das Dach des Wagens gesetzt hatte, wich Krals Bewunderung einem mulmigen Gefühl, denn die Dame pflegte einen Fahrstil, der im Volksmund der »gesengten Sau« zugeschrieben wird. Da konnte ihn auch nicht ihre beiläufig gestellte Frage trösten, ob er denn bemerke, wie toll der neue Octavia in die Kurven gehe und jede Unebenheit der Straße wie nichts wegstecke.

Zehn Minuten später trafen sie vor dem Rathaus in Hazlov ein. Natürlich war das angeforderte Polizeiaufgebot noch nicht zur Stelle und Aneta betrat das Rathaus, um mit jemandem Kontakt aufzunehmen, der das Objekt kannte. Nach gut zehn Minuten verließ sie das Gebäude mit einem Begleiter und stellte ihn Kral als Bürgermeister Veselý vor. Das Gemeindeoberhaupt war sehr gut vorbereitet. Der Mann verfügte über die Schlüssel zu der Anlage und in den mitgeführten Unterlagen fanden sich auch der aktuelle Mietvertrag und ein Lageplan. Veselý überreichte der Einsatzleiterin die Umlaufmappe und wenig später reagierte die mit einem erstaunten Ausruf: »*Ich glaub es nicht!*«, um sich dann zu erklären: »*Der Mieter ist doch tatsächlich ein guter Bekannter: Vojtěch Novák, wohnhaft in Aš, Sokolovska 3. So was nennt man Volltreffer!*«

Wenig später trafen drei Streifenwagen der Staatspolizei auf dem Vorplatz ein. Pospíšil machte Meldung: »*Sechs Einsatzkräfte vor Ort, drei von der K und drei von der Schutzpolizei.*«

»*Sehr gut!*«, beschied Aneta dem Kollegen. Dann versammelte sie die Männer um sich und wies jedem einzelnen mit Hilfe des Plans die Aufgabe zu, die ihm bei dem Zugriff zufiel.

Schließlich befahl sie »aufsitzen!« und die kleine Kolonne bewegte sich in Richtung der Schlossruine. In einigem Abstand von dem Objekt parkten die Fahrzeuge und die Männer nahmen ihre Ausgangspositionen ein. Zwei Polizisten öffneten das Tor und forderten die

Bewohner per Lautsprecherdurchsage zum Verlassen des Gebäudes auf.

»Meine Informanten haben von scharfen Wachhunden gesprochen«, wandte sich Kral an Aneta. Mit Rücksicht auf den auch anwesenden Bürgermeister sprach er tschechisch. Die zuckte mit den Schultern: *»Kein schwarzer VW, keine Hunde, keine Reaktion! Warten wir noch einen Moment!«*

Nachdem die Durchsage noch zweimal wiederholt worden war, gab sie über Funk die Anweisung: *»An alle! Vorrücken nach Plan!«*

Nach dem obligatorischen »Verstanden« verging dann einige Zeit, bis die Rückmeldungen eingingen. Als Erd- und Obergeschoss als „frei" gemeldet waren, meinte Aneta entspannt: *»Hab's mir gedacht, die Bande hat das Nest verlassen. Machen die immer, wenn sie sich nicht mehr sicher fühlen.«* Sie hatte kaum ausgesprochen, als in kurzer Folge zwei dumpfe Schläge ertönten, die aus der Ruine kommen mussten.

Kral war zunächst nur überrascht und erschrocken. Warum er zunächst an Blendgranaten dachte, mochte dem „Tatort" oder dem „Polizeiruf" zuzuschreiben sein, die er eigentlich nie ausließ. Erst der Blick auf Aneta zeigte ihm, dass in dem Gebäude Schlimmeres abgelaufen sein musste:

Die Einsatzleiterin war leichenblass und hatte sich mit ihren Händen an der Kante der offenen Wagentür festgekrallt. Schließlich reagierte sie mit einem Fluch: *»Scheiße! Da wird geschossen!«* Dann brüllte sie in ihr Handfunkgerät: *»An alle Kräfte! Sofortiger Rückzug!«* Aber schon wenig später schien sie den Schock überwunden zu haben, denn sie agierte wieder in einem

Modus, den man als aggressive Selbstkritik bezeichnen konnte. »*Ich verdammte blöde Kuh!*«, wandte sie sich an Kral und den Bürgermeister. »*Warum habe ich meine Leute da reingeschickt?*«

Das Ausbleiben einer schnellen Vollzugsmeldung führte dazu, dass sie sich jetzt ihren Unterführer zur Brust nahm: »*Pospíšil! Zum Henker, du Penner! Warum meldest du dich nicht? Hast du vergessen, dass du den Innenangriff führst?*«

Der Oberleutnant brauchte wahrscheinlich einen Moment, um den Frontalangriff zu verarbeiten, der mehr als deutlich gegen die Funkdisziplin verstoßen hatte. Entsprechend unsicher setzte er zur Rückmeldung an: »*Verzeihung! Habe nicht vergessen! Es ist alles unter Kontrolle. Ich erstatte mündlichen Bericht.*«

Die Leiterin der Kripo Eger hatte Recht gehabt: Das Objekt war verlassen. Zwei Schüsse waren allerdings tatsächlich abgegeben worden: Ein Polizist war beim Öffnen einer Tür im Keller von einer direkten Bedrohung ausgegangen, weil einige flüchtende Ratten in einem Regal verschiedene Gerätschaften losgetreten hatten, die dann mit lautem Getöse auf dem Boden landeten.

Trotzdem war der Aktion ein gewisser Erfolg beschieden, denn es gab klare Anhaltspunkte dafür, dass sich in dem Gebäude eine Drogenküche befunden hatte und im Keller eine Person gefangen gehalten worden war.

Kral begleitete Aneta und Pospíšil bei der Begutachtung des entsprechenden Raumes, der nur mit einer Pritsche ausgestattet war.

»Könnte hier nicht auch einer der Drogenköche geschlafen haben?«, spekulierte Kral.

»Sicher«, lachte Aneta, »aber der verrichtet seine Geschäfte nicht in diesen überdimensionierten Nachttopf, wenn sich im Erdgeschoss ein Klo mit Wasserspülung anbietet.« Sie deutete auf den Eimer, der neben der Tür stand, und schlug vor, Kral möge mal in das Behältnis hineinriechen, um sich von dessen Funktion zu überzeugen.

»Nicht nötig!«, reagierte Kral. »Riecht ja hier eh, verzeiht mir den Ausdruck, wie in einem Scheißhaus.«

»Gut, halten wir fest, dass hier jemand unter Arrest gehalten worden ist«, rekapitulierte Aneta, »die Spurenlage ist klar: provisorische Toilette und Schäden an der Tür, wahrscheinlich verursacht mit dem Eimer. Ob sich hier Jana aufgehalten hat, kann uns vielleicht die Spurensicherung sagen.« Sie richtete sich an Pospíšil: *»Kryštof, regelst du das bitte mit der KTU!«*

Mit der vertraulichen Anrede schien Aneta eine Phase der Wiedergutmachung einzuleiten: Als man wieder den Innenhof erreicht hatte, beobachtete Kral, wie die Leiterin der Kripo ihrem Mitarbeiter den Arm um die Schulter legte und angeregt auf ihn einredete.

Wieder war Bewunderung bei dem Selber Lehrer angesagt: Die Vorgesetzte hatte ihren Kollegen, für jedermann hörbar, ungebührlich behandelt, und jetzt brachte sie den Mut auf, vor den Augen der gesamten Mannschaft zu zeigen, dass ihr das leidtat.

Die beiden waren auf dem Rückweg nach Selb.

»Und wie geht's jetzt weiter?«, wollte Kral von Aneta wissen.

»Frag mich was Leichteres!«, bekam er zur Antwort. »Zunächst habe ich die undankbare Aufgabe, Josef den neuen Stand zu verklickern. Das wird nicht leicht.«

»Kann ich mir gut vorstellen!«

»Da hilft's dann auch wenig, wenn wir die Sicherheit haben, dass sich Jana in der Ruine aufgehalten hat.«

»Weißt du, was ich befürchte?«, fragte Kral. »Du kennst doch den Josef! Da kannst du dir sicher vorstellen, dass der jetzt auf eigene Faust ermittelt, und zwar auf eine Art und Weise, dass die Fetzen fliegen.«

»Die sind bei dem immer geflogen«, reagierte Aneta lachend, »aber«, sie wurde ernst, »ich kann mir vorstellen, was du meinst: Der stattet einem der Bosse mit der Knarre in der Hand einen Besuch ab oder er zieht eine andere verrückte Nummer ab.«

»Ich sehe, wir verstehen uns.«

Seine Begleiterin nickte bedächtig, aber ihr abwesender Blick zeigte, dass sie schon längst einem anderen Gedanken folgte. Schließlich wandte sie sich Kral zu. »Große Scheiße, was ich da heute veranstaltet habe!«

»Das versteh ich jetzt nicht.«

»Klar, ich hab dir die Ohren vollgequatscht, warum ich kein Einsatzkommando angefordert habe. Aber ich verzeihe mir nicht, dass ich da auch Leute reingeschickt habe, von denen ich genau weiß, dass sie so einen Zugriff höchstens mal auf der Polizeischule geübt haben. Das kannst du mir glauben: So was von beschissen habe ich mich noch nie gefühlt, als ich die Schüsse wahrgenommen habe.«

»Aneta, ich hab's gemerkt, was aber meiner Bewunderung für dich keinen Abbruch tut, denn du hast ...«

»Danke, Jan!«, unterbrach sie ihn. »Heb dir dein Lob für eine spätere Gelegenheit auf, denn mir kam da gerade eine Idee: Unsere Eliška ist doch in Eger auf dem Gymnasium ...«

»Was? So alt ist deine Tochter schon!«

»Dann überleg mal! Wann war die Rede zwischen uns davon, dass Schwangere und Deutsche nichts an der Front zu suchen haben?«

»Warte, das war damals in Haye, als wir den ... Könnte zehn Jahre her sein.«

»Exakt fünfzehn Jahre. Also ist unsere Tochter jetzt vierzehn. Aber ich wollte eigentlich nicht über das Älterwerden reden.«

»Entschuldige!«

»Also, die haben dort einen Lehrer, ich glaube, er unterrichtet Deutsch und Tschechisch. Er ist vietnamesischer Herkunft und heißt Nguyen ...«

»So heißen doch fast alle.«

»Richtig, etwa vierzig Prozent. Aber jetzt zur Sache: Sein Vater hat eine Firma in Prag und muss ein erfolgreicher Geschäftsmann sein. Warum er da nicht eingestiegen ist und jetzt für ein Trinkgeld den Lehrer gibt – keine Ahnung! Er ist auch vereidigter Dolmetscher. Aber wenn's um Gerichtsverfahren gegen vietnamesische Geschäftsleute geht, dann verweigert er die Zusammenarbeit.«

»Sehr interessant! Aber warum erzählst du mir das?«

»Weil er sie alle kennt! Und mit Sicherheit auch herauskriegen könnte, wo sich Jana aufhält.«

»Warum fragst du ihn nicht einfach, ob er uns helfen kann?«

»Weil er das ablehnen wird.«

»Sicher?«

»Ganz sicher!«

»Warum?«

»Weil er mit mir als Polizistin nie und nimmer über die Geschäftspraktiken seiner Landsleute sprechen wird.«

»Ja, dann!«

»Noch bin ich nicht am Ende, Jan! Du bist auch Gymnasiallehrer und Jana ist deine Schülerin. Mit dir wird er sprechen müssen.«

»Warum müssen?«

»Weil ihm das die Höflichkeit gebietet. Ob er dir was zur Sache sagt, steht allerdings auf einem anderen Blatt.«

»Und wie komme ich an den ran?«

»Kein Problem! Ich spiele die Vermittlerin und in dieser Funktion wird und kann er mich nicht abblitzen lassen. Wiederum aus besagtem Grund!«

Schon am übernächsten Tag hatte Kral einen Termin mit dem *„profesor na gymnáziu"* Nguyen Minh Triet. Der Mann hatte allerdings Wert darauf gelegt, dass das Gespräch in der Schule stattfand, und zwar im Rahmen seiner Sprechstunde.

Die beiden Lehrer saßen sich nun in einem kleinen Besprechungszimmer gegenüber. Herr Nguyen wirkte noch sehr jugendlich. Kral fand ihn von Anfang an sympathisch, denn er hatte ein offenes Gesicht und sein schelmisches Lachen verwies auf Lebensfreude und Humor.

Er zeigte sich erfreut über die Gelegenheit, mit einem Kollegen aus Deutschland ins Gespräch zu kommen, und fragte Kral, ob denn für ihn die Möglichkeit bestehe, einmal in einem deutschen Gymnasium zu hospitieren, denn »ich habe so viele Fragen, insbesondere solche zur deutschen Grammatik, so dass ich gar nicht weiß, wo ich anfangen soll.«

»Verehrter Herr Kollege!«, gab Kral zur Antwort. »Ich stehe gerne vermittelnd zur Verfügung. Ich denke, Sie können jederzeit bei uns im Selber Gymnasium hospitieren. Und wenn ich mich nicht täusche, sucht unser Direktor sogar eine Lehrkraft, die Tschechisch unterrichtet.«

»Ein kleines Problem könnte sich in dieser Sache dann doch ergeben«, stellte Herr Nguyen grinsend fest.

»Wieso?«

»Sehen Sie mich doch an, Herr Kral, es ist immer das Gleiche: Wenn ich an eine fremde Schule komme, will man mich partout als Schüler in irgendeine Klasse stecken.«

»Auch nicht schlecht!«, reagierte Kral lachend. »Dann setzen wir Sie bei uns zunächst mal als verdeckten Ermittler ein, der überprüft, ob die Kollegen und Kolleginnen einen ordentlichen Unterricht auf die Reihe bringen.«

Nachdem Adressen und Telefonnummern ausgetauscht waren, brachte Kral sein Anliegen ins Spiel:

»Sie wissen, warum ich Sie aufsuche?«

Der Lehrer wurde jetzt ernst und nickte: »Ich ahne es: Ein Mädchen aus Ihrer Schule ist entführt worden und Sie vermuten, dass die Täter unter meinen Landsleuten zu finden sind.«

Kral nickte.

»Vermutlich hat man Ihnen erzählt, dass alle Vietnamesen untereinander verwandt und so etwas wie eine verschworene Gemeinschaft sind, auch dann, wenn es um kriminelle Machenschaften geht. Sehr weit entfernt von der Realität, Ihre Annahme, Herr Kral! Ich gestehe, ich kenne viele meiner Landsleute. Das liegt wohl daran, dass wir einen gewissen Zusammenhalt pflegen, weil wir Vietnamesen das Schicksal der Roma teilen: Wir gehören nicht dazu!«

Kral fühlte sich ziemlich mies, denn er spürte ganz deutlich, dass ihn da jemand schonend, aber klar genug darauf hingewiesen hatte, dass er nicht frei von Vorurteilen war. Er lächelte gequält und betonte, dass er das so nicht gemeint habe.

Herr Nguyen ging überhaupt nicht auf den Einwand ein und fuhr fort: »Und jetzt muss ich Ihnen leider auch noch erklären, dass ich Ihnen nicht helfen kann, zumindest nicht so, wie Sie das wünschen. Ich weiß, welche Geschäfte ein Teil, ich betone Teil, meiner Landsleute betreibt. Dann: Ich kenne diese Leute. Einige ihrer Kinder besuchen sogar unsere Schule. So, jetzt werde ich, wie Sie wahrscheinlich hoffen, vermittelnd tätig und gehe zu einem der Bosse und mache ihm den Vorwurf: ‚Warum hast du ein Kind entführt?' Was glauben Sie, Herr Kral, was passieren wird?«

»Keine Ahnung! Vielleicht leugnet er das einfach ab.«

»Jetzt komme ich zu der Mentalität der Vietnamesen, die ihr Mitteleuropäer nur schwer verstehen könnt: Er geht überhaupt nicht auf meine Frage ein, er wird sich noch eine Weile freundlich mit mir unterhalten. Und das war's dann: Er wird nie wieder mit mir sprechen. Gleiches gilt für seine Kollegen. Warum?«

»Das würde mich auch interessieren.«

»Mit meinem Vorwurf hat er quasi sein Gesicht verloren oder, genauer, ich habe versucht, ihm die Maske der Ehrbarkeit vom Gesicht zu reißen, die ihm ein reines Gewissen verschafft.«

»Sie unterstellen also, dass mit den illegalen Geschäften kein Unrechtsbewusstsein einhergeht?«

»Das unterstelle ich nicht, das ist einfach so. Harte Arbeit, Fleiß und Mehrung des Besitzes sind erstrebenswerte Tugenden, und wenn dadurch jemand zu Schaden kommt, dann ist er selbst schuld, denn aus Sicht der Bosse wird niemand gezwungen, Drogen zu nehmen. Und jetzt sind wir wieder bei unserem Fall: Auch die Vermeidung von Gewalt ist eine Tugend und ...«

»Entführung bedeutet also keine Gewalt?«, reagierte Kral verärgert.

»Doch, in jedem Fall! Allerdings fällt es mir schwer zu glauben, dass die Entführung von Vietnamesen initiiert worden ist, die in ihrer Organisation den Ton angeben. Aber ich denke, dass ich Ihnen trotzdem helfen kann.« Jetzt hatte er wieder sein spitzbübisches Lachen im Gesicht. »Denn umhören kann ich mich immer. Das wird mir niemand übelnehmen.«

9

Sie konnte diese quälenden Gedanken nicht mehr ertragen, die nur um zwei Fragen kreisten: Warum bin ich hier? Und: Was haben die Kerle mit mir vor?

Wohl schon hundertmal hatte sie sich auf dieser versifften Pritsche von der einen auf die andere Seite gewälzt, um endlich den Schlaf zu finden, der sie einige Zeit aus dieser beschissenen Wirklichkeit führen konnte. Schließlich versuchte sie es mit dem Trick, der ihr in den letzten Monaten immer mal wieder geholfen hatte: Sie richtete ihr Denken auf Wunschbilder, die sie bis in den Traum hinein begleiten sollten. Sie konzentrierte sich auf die glücklichen Tage ihrer Kindheit, als Mama und Papa noch nicht an der Flasche hingen und sie der „Goldschatz" der beiden war.

Der Lärm kam vom Flur her. Das konnten nur ihre Eltern sein! Aber schon wieder stritten sie sich! Warum Papa jetzt in ihr Zimmer trat und sich ihrem Bett näherte, verstand sie überhaupt nicht, denn die beiden verschwanden sonst immer ziemlich schnell im Schlafzimmer, wenn sie spät nach Hause kamen. Sie durfte jetzt keinen Mucks von sich geben, denn Papa war schon einmal sehr böse geworden und hatte ihr den Hintern versohlt, als sie ihn gebeten hatte, Mama nicht wehzutun.

»Du verdammte Schlampe, komm hoch!«, schrie er sie an.

Aber das war doch gar nicht ihr Vater! Der Wiedereintritt in die Wirklichkeit war heftig: Noch schlaftrunken fuhr sie hoch und nahm die Hände schützend vors Gesicht. Jetzt bin ich doch tatsächlich eingeschlafen, dachte sie und versuchte, ihre Gedanken zu ordnen: Der Typ war bestimmt kein Vietnamese! Zwar trug er auch eine Gesichtsmaske, aber er war sehr groß, schon fast ein Riese, und von der Sprache her musste er ein Tscheche sein.

»Was wollen Sie von ...?«
»Schnauze! Steh endlich auf! Hände nach vorne!«

Zögerlich richtete sie sich auf und nahm die Füße von der Pritsche, dann streckte sie ihm ihre Hände entgegen.

»Mach die Dinger zusammen, du blöde Kuh!«

Er fesselte ihre Hände mit einem Klebeband, dann deutete er nach draußen: *»Ab die Post!«* Er trieb sie ziemlich unsanft vor sich her, bis sie das Portal im Erdgeschoss erreicht hatte. Für einen kurzen Moment hatte sie einen uralten Škoda im Blick, der im Hof parkte. Er war mit Rostflecken übersät und auf dem Fahrersitz saß eine Gestalt, die kaum über das Steuer blicken konnte.

Was geht denn jetzt ab?, dachte sie. Aber schon legte sich der massige Arm des Riesen von hinten um ihren Hals und presste sie wie ein Schraubstock an seinen Körper. Zunächst stieg ihr ein widerlicher Geruch nach Schweiß und muffigen Anziehsachen in die Nase. Sie strampelte mit den Beinen und versetzte dem Kerl ein paar Tritte mit den Beinen, was ihm aber nur ein entspanntes Grunzen entlockte. Der Lappen, der sich ihrem Gesicht näherte, roch nach Krankenhaus, so wie damals, als man ihr die Mandeln herausgenommen hatte.

Das Schwein will mich betäuben!, dachte sie. Nicht einatmen, sonst ...!

Was war bloß mit der Liege los? Die tanzte und schwankte wie ein kleines Boot auf den Wellen. Ihr wurde speiübel und sie beugte sich über die Kante, um sich zu übergeben.

Es war ein grausames Erwachen: Ihr war schlecht und ihr Mund war völlig ausgetrocknet. Außerdem stieg ihr ein säuerlicher Geruch in die Nase. Sie blickte auf ihr T-Shirt: klitschnass! Verdammt, das mit dem Kotzen hab ich nicht nur geträumt!

Sie lag auf einem Bett, das bei der kleinsten Bewegung wackelte und quietschte. Das Zimmer, in dem sie sich befand, war so etwas wie eine größere Abstellkammer: Da gab es ein altes Küchenbuffet, mitten im Raum stand ein Bügelbrett. In einer Ecke stapelten sich Kartons, wie man sie bei Umzügen benutzte. Sogar ein Fahrrad lehnte an einer Wand. Die Scheiben des einzigen Fensters waren mit schwarzen Folien abgeklebt. Das spärliche Licht spendete eine kleine Lampe, die wie eine Laterne aussah.

Erst jetzt wurde ihr so richtig bewusst, wie wichtig die Orientierung in der Zeit sein konnte, und sie fluchte über ihre Angewohnheit, gelegentlich auf ihre Armbanduhr zu verzichten, weil sie ja ein Handy hatte und es einfach cool war, immer mal wieder auf das Ding zu glotzen, wenn man nicht gerade irgendwelche anderen Operationen ausführte. Nun, das Ding hatten ihr die Fidschis abgenommen und sie wusste nicht einmal mehr, ob es Tag oder Nacht war. Irgendwann würde sie nicht einmal mehr die Dauer ihrer Gefangenschaft abschätzen können.

Sie stand auf und trat an die Tür. Obwohl sie damit rechnen musste, auf das Scheusal zu treffen, das sie in die Mangel genommen hatte, machte sie sich bemerkbar: »Hallo!«, rief sie. »*Ist da jemand?*« Es dauerte eine Weile, dann öffnete sich die Tür einen kleinen Spalt und sie blickte auf eine maskierte Gestalt in etwa ihrer Größe.

»*Was is?*«

»*Ich hab Durst und muss aufs Klo. Waschen sollte ich mich auch mal!*«

»*Gleich!*«

Der Spalt schloss sich und jetzt nahm sie zwei Stimmen wahr. Wenn sie sich nicht täuschte, war da drüben ein heftiger Streit im Gange, und zwar zwischen einer Frau und einem Mann.

»*So, jetzt erklär mir mal, wie das laufen soll!*«, giftete sie ihn an und deutete in Richtung Tür. »*Die will ins Bad, außerdem braucht sie was zum Anziehen.*«

»*Lass die erst mal schmoren, die Tussi!*«, brummte er. »*Hätte sie nicht im Auto gekotzt, bräuchte sie nichts zum Anziehen!*«

»*Vojtěch, du bist ein Idiot, und zwar ein ganz großer!*«, fuhr sie ihn an. »*Du hast das Mädchen entführt und sie und mich in diese verkommene Hütte gebracht. Weißt du überhaupt, was das heißt?*«

»*Was gibt's denn da zu meckern? Du hast Strom, warmes und kaltes Wasser. Die Bude war doch bis vorige Woche noch bewohnt!*«

»*Du kapierst überhaupt nichts! Das Mädchen muss essen, sich waschen und aufs Klo gehen. Und jetzt glaubst du, dass ich das Kindermädchen spiele, während du vor der Glotze hockst und dir die Kanne gibst!*«

»*Jetzt komm aber mal wieder runter, Anna!*«, versuchte er sie zu besänftigen. »*Das dauert doch nur ein paar Tage, dann haben wir die Kohle! Und auf die bist du doch auch scharf, oder?*«

»*Wenn du die schon einmal hättest! Du steckst doch schon wieder mal ganz tief in der Scheiße! Die Schlitzaugen haben schon gewusst, warum sie die Tussi wieder freilassen wollten! Und die werden sich von dir nicht verarschen lassen! Außerdem hast du jetzt die Polizei am Hals.*«

»*Was soll ich machen, Schatz? Irgendwie muss ich ja an mein Geld kommen! Den Stoff bin ich los und trotzdem haben mich die Fidschis abserviert.*«

Sie pflanzte sich demonstrativ auf die Couch, schlug die Beine übereinander und verschränkte die Arme. »*Dann mach mal, Schatz! Handtuch, Seife, Zahnbürste, neues T-Shirt – halt das ganze Programm!*«

»*Anička, Täubchen!*«, säuselte er. »*Überleg doch mal! Da muss doch jemand mit im Bad sein, sonst glotzt die doch aus dem Fenster und plärrt die ganze Gegend zusammen!*«

»*Hab ich grad schon gesagt!*«, schmetterte sie ihn schroff ab. »*Sieh zu, dass du in die Gänge kommst!*«

Er grinste süffisant und senkte die Stimme: »*Du weißt aber schon, dass sie sich auszieht und wahrscheinlich auch aufs Klo geht? Das schickt sich doch nicht, wenn ich da als Mann ...*«

Sie erhob sich und schüttelte genervt den Kopf: *»Du bist ein schlechter Schauspieler, Vojtěch! Wenn ich da mit reingehe, hängst du doch am Schlüsselloch und, na ja, ich kenn dich doch, du geiler Bock. Aber«*, drohte sie ihm, *»das sag ich dir nur einmal: Wenn ich dich mit der im Bett erwische, kannst du dich auf etwas gefasst machen! So«*, sie wandte sich zur Tür, *»ich geh mit der jetzt mal ins Bad und du überlegst dir, wie das weitergehen soll!«*

»Schatz, mach dir keine Sorgen!«, tönte er selbstsicher. *»Ich hab alles im Griff! Du wirst sehen, morgen oder übermorgen ist die weg!«* Dem Versuch, ihr Hinterteil mit den Armen zu umfassen und ihr einen Kuss auf den Mund zu setzen, widersetzte sie sich mit einer schnellen Drehung und der Bemerkung: *»Wer's glaubt, wird selig!«*

Sie stand am Waschbecken und war dabei, sich die Zähne zu putzen.

Komisches Kino!, dachte sie. Erst entführen mich diese zahmen Schlitzaugen und jetzt hat dieses komische Pärchen irgendwas mit mir vor.

Sie warf einen verstohlenen Blick auf ihre Aufpasserin, die lässig an der Fensterbank lehnte. Ihr Alter war schlecht zu schätzen, denn sie hatte sich einen Strumpf über den Kopf gezogen.

Ein bisschen meine Statur, dachte Jana. aber irgendwie stimmt da was nicht! Wenn die nicht ganz verschärft am Stoff hängt, fress ich einen Besen! Die Jeans könnten ihr vielleicht einmal gepasst haben, aber jetzt sind sie ihr gut und gerne zwei Nummern zu groß. Die muss ganz schön abgenommen haben. Passt zur Abhängigkeit!

Natürlich hatte sie davon gehört, dass Crystal sehr schnell auch zu einem dramatischen Gewichtsverlust führen konnte. Sie war jetzt eigentlich ganz froh darüber, dass sie das Zeug nur ein paarmal genommen hatte, denn wenn sie richtig voll drauf wäre, würde sie jetzt in dieser Lage ohne Nachschub ziemlich alt aussehen!

Ihr Gefühl sagte ihr, dass von dieser Frau keine Gefahr für sie ausging, denn sie war ziemlich fürsorglich mit ihr umgegangen, hatte ihr die Waschutensilien gezeigt und schnell mit einem Handgriff dafür gesorgt, dass warmes Wasser aus dem Hahn kam, und schließlich hatte sie ihr ein frisch gewaschenes T-Shirt überreicht.

Grund genug für Jana, die entscheidende Frage zu stellen: »*Was habt ihr mit mir vor?*« Die Frau reagierte allerdings nur mit einem Kopfschütteln. Aber wenn sie sich nicht täuschte, verzog sich der Mund unter der Maske zu einem freundlichen Grinsen, das ihr wohl die Angst nehmen sollte.

Das Verlassen des Badezimmers gestaltete sich etwas umständlich: Die Aufpasserin legte Jana die Hand auf die Schulter und schob sie sanft zur Tür. Dort bedeutete sie ihr zu warten. Sie öffnete die Tür und setzte einen lauten Warnruf an ihren Partner ab: »*Du, ich komm jetzt mit der Tussi!*«

Klar für Jana: Der Rückweg führte über das Wohnzimmer, wo sich wahrscheinlich das Ungeheuer aufhielt, das gewarnt werden sollte, entweder um zu verschwinden oder eine Maske überzuziehen.

Was jetzt geschah, da war sich Jana sicher, würde ihre Lage erheblich verschlimmern: Der Kraftprotz war entweder schwerhörig oder einfach nur begriffsstutzig, denn er schob für einen kurzen Moment seinen unmaskierten Kopf in den Flur.

»*Was...?*« Er stockte, als er Jana wahrnahm. Sein Kopf verschwand im Wohnzimmer. Nach dem heftigen Zuknallen der Tür beschimpfte er die Aufpasserin: »*Verdammte Scheiße, du blöde Kuh! Wie kann man nur so dämlich sein!*«

Jana versuchte zu retten, was vielleicht zu retten war: »*Du*«, richtete sie sich an ihre Begleiterin, »*ich hab den überhaupt nicht erkannt.*«

Eine glatte Lüge! Zwar hatte ihr kurzer Blick gerade mal die Umrisse eines Kopfes erfasst. Aber die Stimme gehörte zu dem Mann, der ihr in einer Ascher Kneipe das erste Crystal-Tütchen verkauft hatte. Da gab es keinen Zweifel. Es war dann die Erinnerung, die auch sein Gesicht vor ihrem inneren Auge erscheinen ließ.

10

Brückner saß alleine an einem Tisch. Der Kumpel war nicht gut drauf, denn er grüßte nur knapp, als Kral auf ihn zutrat. Trotzdem sah er besser aus als in Wernersreuth, wo ihm das Leiden deutlich ins Gesicht geschrieben war: Er hatte wieder eine gesündere Gesichtsfarbe und vermittelte eine grimmige Entschlossenheit.

Jetzt gegen halb fünf Uhr nachmittags war das Selber Brauhaus in der Schillerstraße ziemlich schwach besetzt: Am Tresen hing ein halbes Dutzend gelangweilter Typen, die auf ihr Bier blickten, aber auch immer mal wieder die hübsche Tschechin fixierten, die sowohl für den Ausschank als auch die Bedienung zuständig war.

Kral blickte auf die junge Frau. »Läuft scheinbar immer noch, das Geschäftsmodell«, wandte er sich dann grinsend an Brückner. Er empfing einen verständnislosen Blick und ein Schulterzucken. »Na«, versuchte ihm Kral auf die Sprünge zu helfen, »hast du doch selbst mal gesagt, als wir hier beim Essen waren: Eine fesche Bedienung garantiert dir einen ordentlichen Bierumsatz.«

»Jan, tut mir leid, aber das, was ich in dieser Richtung mal losgelassen habe, geht mir im Moment am Arsch vorbei.«

Ich Depp, dachte Kral, hätte mir doch denken können, dass er für solche Späßchen jetzt nicht zu haben ist! »Entschuldige, Josef! Aber ...«

»Scha gout!«, unterbrach ihn Brückner. »Ich habe mit dir etwas zu besprechen.«

»Ich höre.«

»Du kennst ja den Stand der Ermittlungen, was Jana angeht. Schließlich warst du in Haslau dabei.« Der leise Vorwurf war nicht zu überhören: Und warum ich nicht?

»Richtig, ich war mit in Haslau«, rechtfertigte sich Kral mit Nachdruck, »schließlich kam ja der Tipp von der Schlossruine von mir. Und da das alles sehr schnell gehen musste, bin ich eben mitgefahren, um Aneta Genaueres zu erzählen.«

Brückners gebrummtes »Na ja!« zeigte, dass ihn Kral nicht wirklich überzeugt hatte. »Aber egal! Anderes Thema!«, fuhr er fort, indem er seinen Oberkörper straffte und sich nach vorne beugte, so, als gelte es, dem Freund ein Geheimnis anzuvertrauen. Aber schon war der Elan wieder verflogen, denn er schien zu überlegen, wie er seine Botschaft an den Mann bringen sollte. »Also«, begann er zunächst zögerlich, »wir beide sind draußen. Wir brauchen uns deshalb nicht mehr um Vorschriften kümmern.«

»Die haben dich eigentlich nie gestört«, reagierte Kral grinsend.

Brückners Handbewegung war deutlich genug: Bring mich jetzt nicht raus! Schließlich hatte er den Faden: »Jan, ich habe mir fest vorgenommen, dem Schweinestall drüben bei uns ein Ende zu machen. Ich will das ganze Gesindel, das da hemmungslos Drogen produziert und verteilt, dort haben, wo es hingehört, nämlich im Knast.

Ob es nun die vietnamesischen Geschäftemacher oder die Nováks sind, die die Drecksarbeiten für sie machen, alle sollen sie daran glauben!«

Klingt nach Kreuzzug, lieber Josef, dachte Kral, wenn du mal nicht dabei bist, dich zu verheben!

»Ist ja schön, dass du das Große und Ganze im Auge hast«, ließ er den Freund wissen, »aber sollte man sich nicht vielleicht zunächst um Jana kümmern?«

»Klar, Jan! Aber das eine schließt doch nicht das andere aus. Nur über die Vietnamesen kommen wir an Jana!«

Schöner Mist, dachte Kral, soll ich ihm jetzt erzählen, dass mich dieser vietnamesische Lehrer hat wissen lassen, dass derartige Entführungen nicht zum Geschäftsmodell der Kartelle gehören? Mit erheblichen Bauchschmerzen entschloss er sich zur Unterlassungslüge und klammerte den Mann aus. Er brachte Aneta ins Spiel, denn die Wahrheit würde Brückner mit Sicherheit aufs Höchste verärgern, weil er schon wieder übergangen worden war: »Also, die Aneta ist der Überzeugung, dass dir die Burschen nur einen Denkzettel verpassen wollten und Jana schon gar nicht mehr in ihrer Gewalt sein muss.«

»Ja, so ist sie halt, die Aneta! Sie glaubt eben an das Gute im Menschen. Die hat dir sicher erzählt, dass die Vietnamesen eigentlich ganz ordentliche Menschen sind, die nur ihren Geschäften nachgehen wollen und Gewalt ablehnen.«

Kral war irritiert: »Nein, so nicht, aber wenn ich ... also im Prinzip schon!«

»Ein schönes Märchen! Klar, die hohen Herren machen sich nicht die Finger schmutzig. Aber wenn sie ihre Geschäfte bedroht sehen, dann lassen sie ihre Hunde los. Denk an den Burschen, der in Selb dran glauben musste!«

Kral fühlte sich gar nicht wohl, denn er knabberte noch immer an dem Vertrauensbruch, den er sich vorzuwerfen hatte. Er wollte jetzt einfach nur weg von diesem Thema: »So, dann erzähl mir mal, was du dir da so vorstellst!«

Dankbar nahm Brückner die Frage an und jetzt legte er los mit einem Eifer, der Kral angesichts seines anfänglich gezeigten Missmuts doch ziemlich überraschte: Die einzige Möglichkeit, an die vietnamesischen Bosse heranzukommen, sei das Ausspähen ihres Privatlebens und in der Folge die persönliche Kontaktaufnahme.

»Klingt nicht schlecht«, kommentierte Kral die Strategie, »aber wer soll hier verdeckt ermitteln? Doch höchstens die Burschen von der Antidrogenzentrale, die verfügen mit Sicherheit über die nötigen Erkenntnisse.«

»Die sind eher nicht geeignet«, reagierte Brückner abschätzig, »ich denke zwar, dass sie unbestechlich und gründliche Ermittler sind, aber sie kommen nicht ran an die Leute, weil man sie alle kennt.«

»Und? An wen denkst du?«

»Jan«, der ehemalige Polizist grinste verschmitzt, »ich bin, wie du ja weißt, seit meiner Verrentung Privatschnüffler und habe inzwischen große Erfolge beim Aufspüren von ehelichem Fehlverhalten, besser bekannt als Seitensprung. Ich kann mir sogar schon zwei Angestellte leisten.«

»Schön! Aber du willst mir doch nicht erzählen, dass unter deinen Auftraggebern auch vietnamesische Ehefrauen sind, die ihren Männern misstrauen?«

»Richtig! Weder Frauen noch Männer! Aber ich habe mal, rein aus persönlichem Interesse, die asiatischen Herren der Schöpfung unter die Lupe genommen beziehungsweise nehmen lassen.«

»Und?«

»Sie treiben's bunt, die angeblichen Gutmenschen, und zwar bevorzugt in Swinger Clubs.«

»Und jetzt erzählst du mir gleich, dass ich dich in einen solchen Club begleiten soll. Josef, ich habe zwar ganz früher fast nichts ausgelassen, aber in meinem Alter – nein, danke!«

Brückners Reaktion zeigte, dass der Kumpel schon auf der richtigen Spur gewesen war, denn er brummte enttäuscht: »War halt nur so eine Idee!« Nach einem kurzen Zögern probierte er es dann doch mit einer Präzisierung: »Jan, nur ich will den Kontakt! Aber ich brauche da jemanden, der mich begleitet, sozusagen als Staffage, also Leute, die mir die Gelegenheit geben, entsprechend aufzutreten.«

»Und wie sieht dieser Auftritt aus?«

Jetzt entwickelte er einen Plan, der offensichtlich schon bis ins Detail entwickelt war: »Also, ich bin ein windiger deutscher Bauunternehmer und tauche dort mit meiner Clique auf. Ich zeige deutlich, dass ich daran interessiert bin, in Tschechien zu investieren, unter Umständen auch in Geschäfte, die nicht ganz koscher sein müssen. In meiner Begleitung ist auch eine Dame, auf deren Typ meine Zielperson abgehen könnte wie Nachbars Katze. Das ist ein Schlitzauge, Phuc heißt er, wie sonst noch – keine Ahnung! Der Mann hält nämlich, was die Herstellung und die Verteilung von Drogen angeht, im Raum Eger die Fäden in der Hand.«

Jetzt spinnt er aber hochgradig, dachte Kral und machte deutlich, was er von diesem Plan hielt: »Vielleicht ein guter Stoff für einen Krimi! Allerdings lege ich keinen Wert auf eine Besetzung als notgeiler Lustgreis. Such mal schön nach anderen Mitspielern!«

»Die hab ich schon!«, kam es wie aus der Pistole geschossen.

»Da bin ich aber neugierig!«

»Und zwar den Pospíšil und seine deutsche Freundin.«

»Glaub ich nicht! Die sind doch nicht so dämlich, sich auf eine solche Aktion einzulassen.«

»Wenn ich's dir sage!«

Kral drehte sich zum Tresen und machte Anstalten zu bezahlen. Dann wandte er sich Brückner zu und beschied ihm frostig: »Wenn das so ist, dann nur zu! Ich wünsch dir viel Glück.«

Brückners trauriger Blick ließ ihn erschrecken: Was habe ich dir getan, dass du mich so abfertigst?, mochte die Botschaft lauten.

Idiot!, dachte Kral. Du sprichst mit deinem Freund, dem es im Moment gar nicht gut geht, und du begegnest ihm mit einem Einfühlungsvermögen, das gegen null tendiert. »Tut mir leid, Josef!«, schob er nach. »Aber ich bin da einfach skeptisch. Das musst du doch verstehen!«

Die Einsicht war zu spät gekommen: Er empfing nur ein emotionsloses »Verstehe!« und der Abschied verlief reichlich unterkühlt.

Es war schon nach zehn am Abend, als sich Schuster am Telefon meldete. Er entschuldigte sich wortreich für die späte Störung.

»Kein Problem, Karl, du weißt doch, dass ich ein Nachtmensch bin«, reagierte Kral, »außerdem sehe ich mir gerade einen ‚Wallander' an, den ich mir mit Sicherheit schon dreimal reingezogen habe. Was gibt's?«

Schuster kam ohne Umschweife zur Sache: »Der Josef ist stinksauer auf dich. Du hättest ihn arrogant abblitzen lassen, sagt er, und ihn am Ende stehen lassen wie den letzten Idioten.«

Kral hatte allerdings nicht vor, sich für seinen Auftritt im Brauhaus zu rechtfertigen, und ging in die Offensive: »Kennst du denn diesen hirnverbrannten Plan?«, lautete seine ätzende Kritik.

»Natürlich! Ganz schön clever, der Josef! Wie du wissen solltest, ermitteln auch wir, und zwar in zwei Richtungen: Einmal geht es um die Entführung Janas und dann auch noch um den toten Tschechen. Das heißt doch, dass auch wir an diesem Drogenkartell interessiert sind.«

»Mag ja sein, aber die Geschichte mit dem Swinger Club hört sich doch, gelinde gesagt, sehr abenteuerlich an.«

»Wenn du nicht bis zum Ende zuhörst, dann schon. Aber der Josef hat hervorragend recherchiert: Er kennt die Gewohnheiten seiner Zielperson und er weiß auch, wann der Mann in dem Club auftaucht und wen er in seiner Begleitung hat.«

»Aber mir geht nicht in den Kopf, dass die Zieglschmied als deutsche Beamtin in Tschechien ermitteln soll. Und was ich in einem solchen Club ...«

»Stopp! Langsam reiten, Herr Kral!«, unterbrach ihn Schuster. »Das Etablissement liegt auf der deutschen Seite. Du übersiehst, dass sich die Zeiten geändert haben: Inzwischen erwerben auch Leute von drüben bei uns

Haus- und Grundbesitz, besonders jetzt, wo die Preise im Keller sind.«

Kral meldete Zweifel an: »Das mag ja sein. Aber ich mach doch als Tscheche keinen Swinger Club in Deutschland auf! Und wenn, dann doch nicht in Grenznähe!«

»Falsch gedacht, mein lieber Jan! Lass mich das mal aus der Sicht der Ganoven erklären: Da verkehren auch fast nur gewisse Leute von drüben. Die sind dann unter sich und brauchen sich nicht von den tschechischen Staatsorganen in die Karten schauen lassen. Eigentlich ein genialer Schachzug!«

Kral gab sich noch nicht geschlagen: »Dann werden sie wohl kaum auf einen deutschen Unternehmer warten!«

»Frag mich nicht, wie der Josef das geschafft hat! Aber du kennst ihn doch: ‚Gibt's nicht' gibt's doch für den nicht!«

Also, wie's aussieht, habe ich doch die Arschkarte gezogen, dachte Kral und überlegte, wie er auf diese Informationen reagieren sollte. Er versuchte es jetzt doch mit einer Rechtfertigung: »Karl, ganz ehrlich, bin ich arrogant?«

Schuster wand sich: »Eigentlich nicht, aber manchmal kannst du die Leute ganz schön auflaufen lassen. Muss ich dich an meinen Anruf erinnern, als ich dich zum Scherbenhaufen gebeten habe?«

»Aber Karl! Klar, ich teile manchmal aus. Aber doch nur, wenn ich weiß, dass mein Gegenüber sich zu wehren weiß und nicht gleich die beleidigte Leberwurst spielt.«

»Du hast schon Recht, aber der Josef ist nun mal zurzeit sehr dünnhäutig; Kritik verträgt er überhaupt nicht. Irgendwie ist ihm der Schwejk abhandengekommen.«

»Genau! Du hast es auf den Punkt gebracht. Aber sage mir: Wie soll ich jetzt reagieren? Nach Canossa gehe ich auf keinen Fall!«

»Tut mir leid, Herr Lehrer«, reagierte der Kommissar süffisant, »ich habe zwar nur die Mittlere Reife, aber der Gang nach Canossa ist mir durchaus bekannt. Ich denke, du musst nicht das Büßerhemdchen anziehen. Ruf ihn einfach an und sag ihm, wie du dich entschieden hast. Vielleicht verklickerst du ihm noch, dass das Missverständnis geklärt ist.«

»Gut, Karl! Aber noch ist mir nicht klar, wie der gute Josef die Nebenrollen besetzen will. Im Brauhaus hat er von der Zieglschmied, dem Pospíšil und mir gesprochen.«

»Mir bekannt, aber jetzt stellt er sich das so vor, dass da zwei Pärchen auftreten, nämlich er und die Zieglschmied und du mit ... halt mit einer Partnerin.«

»Na dann mal schönen Dank für das Vertrauen! Wenn ich meiner Frau mit dem Vorschlag komme, mich in einen Swinger Club zu begleiten, dann werd ich wohl ausziehen müssen. Karl, du weißt genau, wie sie reagiert hat, wenn ihr mich in eure Ermittlungen eingebunden habt. Und jetzt soll sie ...!«

»Jan, da kann ich dir jetzt auch nicht helfen. Wie gesagt, klär das mit dem Josef! Ihr werdet euch schon irgendwie einigen. Und wenn's dir hilft: Ich bin da auch mit einer Nebenrolle beteiligt.«

Sieht fast so aus, als hätte jetzt der Schuster die Fäden in der Hand, überlegte Kral, als das Gespräch beendet war. Schon komisch! Solche verdeckten Ermittlungen mag er eigentlich gar nicht.

Kral steckte inzwischen in Schwierigkeiten, die ein schulfremder Mensch wohl als Lappalie abtat, die aber einen Pädagogen in Erklärungsnot bringen konnten: Er unterrichtete die 10 a jetzt schon fast vier Wochen, hatte aber so gut wie keine Noten gemacht. Und zum Halbjahr wurde von ihm ein stabiles Notenbild für jeden Schüler erwartet, und zwar in den Bereichen Mitarbeit und Rechenschaftslage, die sowohl mündlich, gemeinhin Abfrage genannt, als auch schriftlich erfolgen konnte. Wer je ein zweistündiges Fach unterrichtet hat, weiß, dass diese Anforderung nur zu erfüllen ist, wenn man ständig und konsequent entsprechende Zensuren vergibt.

Aber wie sollte er das möglich machen, wenn gar kein geregelter Unterricht stattfand? Seit dem Verschwinden Janas gab es eigentlich nur ein Thema, nämlich die Frage, wie dem Mädchen geholfen werden konnte.

Krals Hoffnung, nach der Internetaktion werde er schon wieder die Möglichkeit haben, die Stoffvermittlung voranzutreiben, erfüllte sich nicht: Nach wie vor gingen Meldungen über Sichtungen ein, die Jana betrafen und wenigstens kurz diskutiert werden mussten. Aber damit war es nicht getan: Die Schüler bereiteten Plakate in deutscher und tschechischer Sprache vor, die massenweise im Raum Selb-Asch-Eger zum Aushang kommen sollten, um auch die Menschen in die Suche einzubeziehen, die aus den verschiedensten Gründen keinen Zugang zum Internet hatten.

Jetzt auf stur zu stellen und die Aktion in den Freizeitbereich der Schüler zu verschieben, kam für Kral aus zwei Gründen nicht in Frage: Einmal lag ihm die Suche selbst am Herzen. Und außerdem war ihm klar, dass ihm von Seiten der Schüler eine empfindliche Strafe drohte, wenn er die harte Linie fuhr: Er würde bis zum Jahresende vor einer Klasse stehen, die konsequent die Mitarbeit verweigerte und ihn als Persona non grata behandelte.

Was blieb ihm also über, als zu tricksen, indem er Mitarbeitsnoten vergab, die sich auf das Engagement der Schüler bei der Suchaktion bezogen. Das war, zumindest von der Schulordnung her gesehen, sehr grenzwertig. Und schon gar nicht standhalten konnte die Methode, grundsätzlich nur Einsen und Zweien zu verteilen. Daher war es tröstlich für ihn, dass er eine potentielle Kontrollinstitution nicht fürchten musste, nämlich die Elternschaft. Waren es doch häufig die Erziehungsberechtigten, die gegen eine schlampige oder ungerechte Notengebung Sturm liefen und manchmal sogar rechtliche Mittel in Anspruch nahmen, um entsprechende Veränderungen durchzusetzen. Aber die Eltern der 10 a, die wohl genau wussten, was im Unterricht ablief, lobten Kral für sein Engagement und unterstützten ihren Nachwuchs nach Kräften, was unter anderem dazu führte, dass ein Vater die Such-Plakate in seiner Firma drucken ließ und der zur Verteilung notwendige Fahrdienst von Eltern geleistet wurde.

Kral stand startbereit am Küchenfenster und wartete auf das Eintreffen des Fahrzeugs, das seine Frau und ihn in den Swinger Club bringen sollte. Noch immer konnte er nicht so recht fassen, dass Eva seiner Bitte entsprochen hatte, ihn zu begleiten, ohne groß zu überlegen. Die Suche nach den Gründen für diese unerwartete Zustimmung brachte ihn dann doch ins Grübeln: Sollte da vielleicht die

Hoffnung im Spiel sein, der Besuch eines solchen Etablissements könnte einem in die Jahre gekommenen Eheleben neue Impulse verleihen?

Das Auftauchen eines 7er BMW vor dem Haus riss ihn aus seinen Gedanken. Als dann der Fahrer dem Wagen entstieg, staunte er nicht schlecht: Wie kommt der Schuster an dieses Prachtstück?

Der Hauptkommissar empfing die beiden Krals wie ein professioneller Chauffeur: »Gestatten, Schuster, ich habe die Ehre, die Herrschaften in das gewünschte Etablissement zu geleiten.« Zunächst öffnete er die linke hintere Tür, um Eva mit einer artigen Verbeugung ihren Platz zuzuweisen. Als er Anstalten machte, das Procedere auf der anderen Seite zu wiederholen, machte Kral der Posse ein Ende:

»Danke, Karl, es reicht! Sag mir lieber, wo und wie du dieses edle Gefährt aufgetrieben hast. So was fährt doch bei euch nur der Polizeipräsident von Oberfranken.«

»Hab ich mir von einem unserer Kunden mit eingeschränkter Mobilität ausgeliehen«, wurde ihm lachend beschieden.

Als Kral in den Wagen gestiegen war, nahm er Frau Zieglschmied wahr, die auf dem Beifahrersitz saß und sich jetzt nach hinten drehte, um die Krals zu begrüßen. Es war zwar inzwischen schon ziemlich dunkel, aber die Innenbeleuchtung war hell genug, um die Beifahrerin ins rechte Licht zu rücken und Kral erneut in Erstaunen zu versetzen: Die Oberkommissarin, die er beim ersten Zusammentreffen noch als vertrocknete Betschwester wahrgenommen hatte, erinnerte ihn sofort an die junge Nana Mouskouri, die ihm vor langer Zeit einmal den Schlaf geraubt hatte, sich aber einfach nicht in seine Träume zwingen lassen wollte.

»Großes Kompliment!«, tönte er enthusiastisch. »Wenn ich's nicht genauer wüsste, dann würde ich sagen: Sie sind's!« Er wandte sich seiner Frau zu: »Darf ich dir Nana Mouskouri alias Carmen Zieglschmied vorstellen?«

Die Polizistin gab sich bescheiden: »Haarfarbe, Frisur und Brille! – Keine große Kunst!«

Jetzt mischte sich Schuster ein, der inzwischen den Wagen gestartet hatte und losgefahren war: »Also, zunächst mal möchte ich darauf hinweisen, dass ich diese erstaunliche Ähnlichkeit als Erster festgestellt habe. Aber jetzt gilt es einiges zu besprechen, wenn unser Einsatz gelingen soll.« Er griff in seine Jackentasche und reichte Kral eine Members Card, die das Logo des „Club Royal" zierte. »Du heißt Alfred Hillgruber. Steht auch drauf. Dann: Du machst in Immobilienfonds. Bleib aber vage, wenn das Gespräch in diese Richtung geht.« Dann wandte er sich an Eva: »Frau Kral, Sie entscheiden selbst, was Sie sein wollen, Ehefrau oder Geliebte!«

»Geliebte geht nicht, dann müsste ich ja«, sie blickte lachend auf ihren Mann, »angesichts eines solch windigen Finanzgenies mindestens dreißig Jahre jünger sein.«

»Sehr gut kombiniert!«, reagierte Schuster, um die beiden dann noch einmal auf ihre Aufgabe hinzuweisen: »Ihr seid für die Leute im Club Deutsche und sprecht kein Tschechisch. Ihr versucht das aufzuschnappen, was die Leute so über Brückner reden, falls sie hoffentlich tschechisch und nicht vietnamesisch sprechen. So, jetzt ganz wichtig!«, fuhr er fort. »Alles, was auf eure wahre Identität hinweisen könnte, Ausweis, Führerschein und so weiter, bleibt im Auto!«

»Hast du doch alles schon mal gesagt!«, kam es von Kral genervt. »Sag mir lieber, wie der Josef in den Club kommt!«

»Zunächst: Wie du weißt, doppelt genäht hält besser. Und jetzt zu Herrn Alois Riesenhuber, so heißt er nämlich im Club, der Josef: Ich liefere euch ab, fahre dann mit Frau Zieglschmied nach Asch, um diesen Riesen einzukassieren. Die beiden treffen dann etwa eine halbe Stunde später ein, also gegen zehn. Vorher ist dort eh noch nichts los.« Lachend hob er ein Handfunkgerät in die Höhe: »Und ich bleib im Wagen, weil ich neugierig bin und Wert darauf lege, dass ihr unbeschädigt da wieder rauskommt.«

»Wer ist verkabelt?«, wollte Kral wissen.

»Josef. Der hat damit die meiste Erfahrung.«

Die Fahrt ging über Erkersreuth nach Lauterbach. Als man das dortige Feuerwehrhaus passiert hatte, stellte Kral fest, dass er eigentlich noch nie in diese nordöstliche Richtung vorgedrungen war.

Kurze Zeit später deutete Schuster nach rechts: »Schon Tschechien! Wir fahren jetzt direkt an der Grenze entlang in Richtung Rehau. Ich hab das Ziel im Navi. Dauert nicht mehr lange!«

Der Wagen wurde langsamer, bog dann nach links auf einen unbefestigten Weg ein und steuerte auf ein Gebäude zu, dessen hell erleuchteter Eingangsbereich den Schluss zuließ, dass es sich um ein ehemaliges Bauernhaus handeln konnte.

Auf dem geschotterten Parkplatz waren schon einige edle Karossen abgestellt, durchwegs Nobelmarken deutscher Hersteller. Es ergab sich, dass gleich darauf ein weiterer Wagen auftauchte und direkt neben dem BMW parkte.

»Besser kann's ja gar nicht laufen!«, kommentierte Schuster diesen Umstand, »jetzt wissen wenigstens schon mal die, dass ihr nicht am Hungertuch nagt. Dass ich gleich noch mal mit der gleichen Karosse auftauche, wird wohl kaum jemandem auffallen!« Er stieg aus und schlüpfte wieder in die Rolle des herrschaftlichen Chauffeurs.

Dem Porsche Cayenne entstieg ein Pärchen, er bedeutend älter als sie. Die Dame begrüßte die Krals mit einem freundlichen »*dobrý den!*«. Auf Krals »Guten Abend!« reagierte sie sofort auf Deutsch: »Ist mäglich, dass Sie sind erste Mal hier?«

Kral nickte und die junge Tschechin machte sofort Anstalten, die Neulinge unter ihre Fittiche zu nehmen, indem sie ankündigte, sie werde die beiden gerne mit den Gepflogenheiten des Clubs vertraut machen. So erfuhren die Gäste aus Selb auf dem Weg in das Gebäude, dass man sich im Club nur mit dem Vornamen anspreche und sie nun Olga und Honza an ihrer Seite hatten.

Dem älteren Herren schien die fürsorgliche Art seiner Partnerin überhaupt nicht zu gefallen, denn er blickte ziemlich mürrisch drein. Und als man das Etablissement betreten hatte, verzog er sich sofort in den ersten Stock.

Olga lotste die beiden in den Umkleideraum, wo sie auf die Kleiderordnung verwies: »Wir gähen hier mit Bademantel und unter das nur wänig.« Diese unbestimmte Mengenangabe interpretierten die beiden Krals für sich als Badeanzug beziehungsweise -hose und lagen damit richtig, denn auch die Begleiterin hatte sich für einen Bikini entschieden.

Als man sich umgezogen hatte, folgte ein Gang durch die Räumlichkeiten: Im Erdgeschoss befand sich eine Art Gemeinschaftsraum mit Bar und direktem Zugang zu einem Swimmingpool. Der erste Stock war den „Kuschelräumen" vorbehalten, wobei man zwischen Zimmern nur für Paare und solchen für Gruppen unterschied, »wo kann jäder gähen hinein und sähen, wenn andere haben Spaß«, erläuterte Olga.

Eine halbe Stunde später saßen die Krals in ihren blütenweißen Bademänteln, die das Club-Logo zierte, im Gemeinschaftsraum und warteten auf die Hauptperson samt Begleitung. Vor sich hatten sie Prosecco-Gläser stehen. »Zur Begrüßung!«, hatten die beiden von einer wohlproportionierten jungen Dame im Bikini erfahren.

Als Olga sich anschickte, sich zu ihnen zu setzen, platzte dem inzwischen ebenfalls anwesenden Honza der Kragen: Mit einer energischen Handbewegung beorderte er seine Begleiterin an die Bar, redete dann sichtlich verärgert auf sie ein und wies ihr den Platz neben sich zu. Sie fügte sich, setzte aber vorher noch eine bedauernde Geste an die Krals ab, die nicht allzu schwer zu deuten war: Sorry, der Alte will das so!

»Würde mich jetzt schon mal interessieren«, richtet sich Kral an seine Frau, »warum der mit uns nichts zu tun haben will.«

»Vielleicht kann uns das ja Brückner erklären«, vertröstete ihn Eva.

Kaum hatte sie ausgesprochen, betraten Carmen Zieglschmied und Josef Brückner in der weißen Clubuniform den Raum, der, wie Kral inzwischen herausgefunden hatte, hauptsächlich der Anbahnung erotischer Kontakte diente.

Brückner, ausgestattet mit schwarzer Lockenperücke und getönter Goldrandbrille, legte seine Rolle als deutscher oder, besser, bayerischer Baulöwe nach Krals Geschmack ein paar Takte zu überdreht an: Er war laut und stapfte in alle möglichen Fettnäpfchen. Allein das Klopfen auf die Tische und der nach allen Seiten entbotene bayerische Gruß »griss Godd!« löste beim tschechischen und in Teilen vietnamesischen Publikum deutlich wahrnehmbares Befremden aus.

Kral entschied spontan, seine eigene Rolle ein bisschen anders als geplant zu gestalten: Als die beiden Neuankömmlinge bei ihnen am Tisch Platz genommen hatten, stand er auf und strebte kopfschüttelnd der Bar zu. Die Leute sollten schon sehen, dass ihm der Auftritt des Landsmannes missfiel. Er bestellte in typisch deutscher Manier ein Bier, indem er einen Daumen hob und sich dann der Fremdsprache bediente: »*Pivo!*«

Die Fragen »*velké nebo malé?*« und »*světlé nebo tmavé?*« waren quasi als Sprachtest gedacht, den Kral allerdings nicht bestehen wollte: »Tut mir leid, ich verstehe nicht.«

»Groß oder klein, hell oder dunkel?«

Er entschied sich für ein kleines Helles, denn er wollte nicht allzu lange an der Bar verweilen.

»Wer ist denn der komische Kerl mit den grausamen Locken dort drüben?«

»Nicht so laut! Der Deutsche neben uns ...!«

»Quatsch! Hast du doch gehört, dass der nicht tschechisch spricht. Außerdem scheint er diesen Angeber nicht zu mögen. Wer den wohl hergelotst hat?«

»Keine Ahnung! Ich ahne nur, dass der Kohle hat.«

»Klar! Wenn er keine Kohle hätte, wär er nicht hier. Vielleicht hat er einen Kontakt zu unserem Ober-Fidschi. Aber die Frau: super! Das muss man dem Arsch lassen.«

Kral war noch mit der Überlegung beschäftigt, ob es Sinn mache, zu den beiden Herren, die neben ihm an der Bar lehnten, einen Kontakt aufzunehmen, als sich der Wortführer ihm zuwandte und ihn in einem fast akzentlosen Deutsch ansprach: »Verzeihen Sie meine Neugier, aber wenn ich mich nicht täusche, sind Sie das erste Mal hier im Club. Gestatten, Matěj!« Dann wies er auf seinen Nachbarn: »Mein Freund Arnošt!«

Schon saß Kral in der Klemme, denn ihm wollte der Vorname nicht einfallen, der auf seiner Mitgliedskarte vermerkt war. Den „Hillgruber" hatte er noch im Kopf, schließlich hieß so ein renommierter Historiker, mit dem er sich einmal während seines Studiums intensiv beschäftigt hatte.

Der heißt Andreas! Aber Brückner hatte doch ...! Ich Depp, warum hab ich nicht richtig zugehört! Ja, schon irgendwas mit „A"! Und? Was sag ich dem jetzt?

Kral spielte auf Zeit, indem er sich zunächst einen Lacher abzwang: »Ach ja, hier sind ja nur die Vornamen angesagt.«

Klang irgendwie altmodisch: Adolf? Ganz sicher nicht! Wäre ja eine Provokation! Arnd? Arnulf? Nein, aber ein „F" war drin! Ganz sicher war Kral sich nicht, aber er musste jetzt etwas sagen: »Alfred!« entglitt es ihm dann fast ein bisschen hastig. Puh, das war eng! Ob die was gemerkt haben?

Da hatte er mit Mühe und Not die Kurve gekratzt und schon war das nächste Problem in Sicht, denn er wurde mit der Frage konfrontiert, in welcher Branche er sein Geld machte. Sich jetzt als Vertreter eines Immobilienfonds ins Spiel zu bringen, wäre mit Sicherheit ein schwerer Fehler gewesen, denn der Kerl hätte ihn ziemlich schnell als stümperhaften Hochstapler entlarvt. Kral schlich sich aus der ihm zugedachten Rolle, indem er sich als Bauingenieur outete, was wiederum die beiden Tschechen aufhorchen ließ:

»Was für ein Zufall!«, gab sich Matěj überrascht. »Dann sind wir ja bei Ihnen genau richtig. Sie wollen doch bestimmt in unserer Republik investieren?«

Kral deutete auf den Lockenkopf: »Ich denke, da ist mein Freund eher der richtige Gesprächspartner für Sie. Wenn ich ihn richtig verstanden habe, sucht er sogar bei Ihnen drüben nach Anlagemöglichkeiten. Ich mache für ihn eigentlich nur die Bauausführung.«

»Ihr Freund also? Mit Verlaub, das sah aber gerade etwas anders aus! Sie schienen mir ein bisschen verärgert.«

Kral entschied sich für einen lauten Lacher, um dann auf die rustikalen Sitten des Kumpels hinzuweisen: »Er weiß sich in Gesellschaft einfach nicht zu benehmen! Aber er ist ein feiner Kerl! Sicher kennen Sie die Redewendung: ‚Harte Schale, weicher Kern!'«

»Verstehe! Ist es denn möglich mit dem Herrn, dem ...?«

»Alois!«

»Aha ... also mit ihm ins Gespräch zu kommen?«

»Sicher! Ich denke, das macht er gerne.« Kral leerte sein Glas und deutete den Standortwechsel an: »Dann will ich mal wieder ...!«

»Und?«, fragte Brückner.

»Zu deiner Info: Ich bin jetzt Bauingenieur und habe den Herren Lust auf dich gemacht. Sie wollen unbedingt mit dir anbandeln.«

"Oarsch!" lautete die fällige Retourkutsche. Es folgte das Lob: »Hast du spitzenmäßig gemacht, Jan!«

Aus Krals Sicht war diese Reaktion so etwas wie ein Friedensangebot: Vergessen wir einfach den Knatsch im Brauhaus!

»Danke! Aber du musst mir schon erklären, warum du mit denen sprechen willst. Das sind doch keine Vietnamesen!«

»Verstehe, was du meinst. Aber du solltest Folgendes wissen: Die Drogenproduktion und der Verkauf auf den Märkten sind fest in vietnamesischer Hand. Aber für den Vertrieb im großen Stil, zum Beispiel ins Ausland, brauchst du tschechische Spezialisten mit der entsprechenden Logistik. Und ich gehe mal davon aus, dass die beiden Typen in dieser Branche tätig sind.«

»Hört sich schlüssig an! Dann habe ich noch ein Anliegen: Kannst du mir mal sagen, wer der Herr dort drüben an der Bar ist? Der hat ja ziemlich sauer auf uns reagiert, als wir hier angekommen sind.« Er deutete: »Der neben der Blonden mit den langen Haaren, Olga heißt sie, ihn nennt sie Honza.«

»Das ist der Novotný. Der sitzt in Eger im Rathaus. Was er genau macht, weiß ich nicht, aber der hat schon was zu sagen. Ich hab ihn oft genug an der Seite des Oberbürgermeisters gesehen. Warum fragst du?«

Kral berichtete von dem Kontakt, der sich auf dem Parkplatz ergeben hatte.

»Kann ich dir schon sagen: Der wird wahrscheinlich vom Drogenkartell geschmiert. Auf Fremde reagiert der natürlich allergisch. Da könnte ja jemand ... na, du weißt schon!«

»Jetzt müsste man wirklich wissen, welche Kontakte der schon hat! Könnte auf jeden Fall interessant sein für den Boss: Wir suchen doch jemanden, der in der Lage ist, die Einfuhr nach Deutschland in die Hände zu nehmen, also so richtig im großen Stil.«
»Verstehe!«
»Hör dich doch bitte mal um, ob sich der Phúc schon irgendwo rumtreibt. Ich könnte mir auch vorstellen, dass er sich für die Schwarzhaarige interessiert, die dieser Angeber mitgebracht hat.«
»Alles klar!«

Es sah inzwischen wieder mal nicht gut aus für Kral: Brückner war von dem kontaktfreudigen Tschechen zu einem Drink an die Bar eingeladen worden und wenig später waren die beiden Herren verschwunden. Er saß jetzt mit den beiden Damen allein am Tisch. Zudem leerte sich der Salon langsam, aber sicher. Die Abwanderung verlief in zwei Richtungen: entweder zum Pool oder in die oberen Gemächer.

Irgendwie erinnerte ihn die Situation an eine Festivität mit Tanz: Fast das gesamte Personal befand sich auf der Tanzfläche und er, der notorische Nichttänzer, verweigerte sich dem Vergnügen. Das Original forderte eine Dame, deren Mann mit seiner eigenen Frau tanzte und die jetzt stinksauer war, weil so ein blöder Stoffel einfach nicht in die Gänge kommen wollte und sie zum Mauerblümchen degradierte. Jetzt hatte er zwei Frauen an seiner Seite, die zwar keinerlei Ansprüche stellten, aber er war dem Anschein nach zu dämlich, das zu tun, was im Club die Regel war, nämlich die beiden Damen zu einem flotten Dreier zu bewegen.

Eva schien die Sache ähnlich zu sehen, denn sie richtete sich an ihren Mann: »Mach was, Jan! Wir«, sie blickte auf Frau Zieglschmied, »sitzen hier wie bestellt und nicht abgeholt. Lass dir endlich was einfallen!«

»Ja, gut!«, entschied Kral und rieb sich, Tatendrang heuchelnd, die Hände: »Gehen wir halt mal nach oben.« Sein Blick fiel auf die Polizistin: »Wollen Sie uns begleiten oder gehen Sie selbstverantwortlich auf die Pirsch?«

Ihr entsetzter Blick sprach Bände: Sicher hatte man ihr gesagt, dass ihre Aufgabe darin bestehen sollte, die Geliebte Brückners zu spielen und die Ohren offen zu halten. Und jetzt sollte sie mit den beiden älteren Herrschaften, die sie kaum kannte, den Bereich betreten, wo es knallhart zur Sache ging.

Am Ende sind die beiden tatsächlich routinierte Swinger, dachte sie, und haben da konkrete Vorstellungen. Und dann noch diese Anspielung mit dem blöden »Selbstverantwortlich«! Der Kerl denkt wohl, dass ich an Nymphomanie leide. Ich soll hier nur eine Rolle spielen!

Es war Eva, die Handlungsbedarf sah: Sie legte der jungen Frau den Arm um die Schulter und redete ihr gut zu: »Ich glaube, Sie haben meinen Mann falsch verstanden. Aber manchmal gibt er sich doch sehr anzüglich. Ich denke, wir verschanzen uns mal ganz sittsam für eine Weile in einem der Stübchen und sehen dann weiter.«

Carmen Zieglschmieds Schnaufer verwies auf Erleichterung. Das Trio setzte sich in Bewegung, um ein freies Plätzchen auf der Ebene des Vollzugs zu erreichen. Kein leichtes Unterfangen, denn das Publikum beschränkte seine Aktivitäten nicht auf die dafür vorgesehenen Räume: Schon auf der Treppe begann das muntere Treiben: Hier, so schien es Kral, war der Ort, wo man sich auf fast hündische Art beschnüffelte, um gewisse Vorentscheidungen zu treffen. Allerdings, auch das war festzustellen, der geschlossene Bademantel wurde als „No-go-Area" akzeptiert.

Der weitere Weg zu einem freien Kabinett erinnerte Kral an einen Kalauer, der immer mal wieder am Biertisch zum Vortrag kam: »Obwohl die Erde rund ist, wird an allen Ecken und Enden gebumst.«

In einem der Zimmer mit beschränktem Zugangsrecht ließ man sich von den aus allen Richtungen kommenden Geräuschen beschallen, die der Beischlaf so mit sich bringt. Der Vorteil lag auf der Hand: Die Gäste aus Deutschland sahen sich nicht genötigt, entsprechenden Lärm abzusondern, um irgendwelche nicht ausgeführten Aktivitäten zu simulieren. So beschränkte sich denn ihr Austausch von Zärtlichkeiten auf die obligatorischen Küsschen, die anfallen, wenn man beschlossen hat, sich zu duzen. Und dieser Schritt schien ihnen angesichts der grotesk anmutenden Zwangslage durchaus angebracht.

Nach gut einer halben Stunde gab Kral das Zeichen zum Aufbruch: »Ich denke, wir waren ordentlich in der Zeit.« Dann ermahnte er seine beiden Begleiterinnen, ein glückseliges Lächeln in ihr Gesicht zu zaubern, »schließlich sollen die Leute da unten glauben, dass wir's uns optimal besorgt haben.«

Im Salon trafen sie auf Brückner, der zusammen mit einem Vietnamesen am Tisch saß. Das musste die Zielperson sein, denn der Freund machte einen durchaus zufriedenen Eindruck.

Jetzt folgte der große Auftritt der Carmen Zieglschmied. Die Polizistin, die sich selbst einmal als schüchterner Bauerntrampel beschrieben hatte, schlüpfte sofort in die Rolle, die Brückner für sie vorgesehen hatte: Sie fixierte sich auf den Vietnamesen und schaffte es in einem Aufwasch, schüchterne Sittsamkeit und wildes Verlangen so zu vereinen, dass der Mann zunächst einmal nur staunte, dann aber ziemlich heftig ansprang, indem er mit unverhohlenen Blicken, aber auch mit fleißigen Händen und Füßen um ihre Gunst buhlte.

Kral staunte nicht schlecht, denn diese schauspielerische Leistung hätte er der Dame nicht zugetraut. Aber er sah sich an seine Zeit als Leiter der Theatergruppe der Oberstufe erinnert: Waren ihm da nicht immer wieder introvertierte Schüler über den Weg gelaufen, die durchaus das Zeug hatten, auf der Bühne große Leistungen zu vollbringen? Und hatte er nicht diese Kathrin, die damals in Shakespeares »Wie es euch gefällt« so groß rausgekommen war und dann sogar den Sprung auf eine Schauspielschule geschafft hatte, zunächst für völlig untalentiert gehalten, weil sie ihm zu schüchtern erschien? Nun, Frau Zieglschmied hatte sich für einen anderen Beruf entschieden, aber jede Amateur-Bühne würde sie mit Kusshand in ihren Reihen aufnehmen.

Den Gepflogenheiten des Clubs folgend, setzte der Vietnamese dann wenig später Signale ab, die Carmen in den ersten Stock locken sollten. Sie schien nicht abgeneigt, aber ihre ängstlichen Blicke auf Josef alias Alois vermittelten den Eindruck, dass ihr der Seitensprung im Moment zu gefährlich erschien. Aber sie war mutig genug, dem neuen Verehrer den gemeinsamen Gang zur Bar vorzuschlagen.

Wie sie es dann trotzdem geschafft hatte, den Mann bei Laune zu halten, verriet sie beim Gang zum Auto: »Ich hab ihm gesagt, dass mein Freund schrecklich eifersüchtig ist, ich aber durchaus bereit bin, mich mit ihm zu treffen, wenn der nicht dabei ist.« Triumphierend hielt sie einen Zettel in die Höhe: »Er hat mir sogar seine Handynummer gegeben!«

»Und? Spricht der auch deutsch?«

»Na ja, nicht besonders gut, aber fürs Nötigste reicht's«, antwortete Carmen, um sich dann an Brückner zu wenden: »Nicht wahr, Herr Kollege?«

Der zwang sich erstaunlicherweise nur ein mürrisches »Gäiht scho!« ab.

»Super gelaufen!«, freute sich Schuster auf der Heimfahrt, die sie ja zunächst nach Asch führte. »Du«, er wandte sich an Brückner, der jetzt neben ihm saß, »bist im Geschäft mit dem Gauner. Wenn der Deal über die Bühne geht, könnt ihr drüben zuschlagen.«

Eigentlich hätte die Hauptperson jetzt ihrer Freude Ausdruck geben müssen, aber der Beifahrer blieb still.

»Nun sag schon, was du meinst, Josef!«, hakte Schuster nach.

Kral nahm nur ein geknurrtes »Scheiße!« wahr.

»Aber Josef!«, empörte sich Schuster. »Jetzt versteh ich überhaupt nichts mehr. Das war doch ...«

Brückner wurde laut: »Hat scho passt! Trotzdem Scheiße!« Nach einer kurzen Pause löste er das Rätsel und die Mitfahrer erfuhren, dass bei ihm gegen Mittag eine Lösegeldforderung eingegangen sei: »Eine Million Kronen wollen sie von mir für Jana!«

»Aber«, hob Schuster an.

»Nix ‚aber', Koarl!«, wurde der Hauptkommissar unterbrochen. »Das heißt einfach nur, dass sie nicht die Schlitzaugen am Wickel haben, denn die machen so was nicht für ein Trinkgeld von nicht mal hunderttausend Euro.«

Was muss in Josef vorgehen?, dachte Kral. Da hat er über mehrere Stunden hinweg mit eiserner Disziplin eine Rolle gespielt, die selbst für einen Profi schwer zu stemmen ist, und immer war ihm bewusst, dass diese Aktion für Janas Befreiung rein gar nichts bringen würde.

Es war sicher nicht nur Kral, den solche oder ähnliche Gedanken bewegten. Das anschließende Schweigen in dem PKW war wohl der Scheu geschuldet, angesichts dieser Tragik einen billigen Trost anzubieten. Nur Eva fand zu einer angemessenen Reaktion: Wortlos legte sie Brückner von hinten die Hand auf die Schulter. Der drehte sich verwundert um und nickte ihr dankbar lächelnd zu.

11

Drüben ging es kräftig zur Sache: Die beiden beharkten sich lautstark mit irgendwelchen Vorwürfen. Jana war gerade dabei, sich der Tür zu nähern, um zu lauschen, als ihre Begleiterin von vorhin das Zimmer betrat. Ihr Mann oder Lebensgefährte rief ihr wütend nach: »*Jetzt spinnst du aber total, du kannst doch nicht ohne Maske ...!*« Schon schloss sich die Tür wieder. Die Frau, die jetzt vor ihr stand, konnte eigentlich nicht die Magersüchtige sein, die sie in das Badezimmer begleitet hatte, obwohl die Ähnlichkeiten auf der Hand lagen: dieselbe Figur und dieselben Anziehsachen. Es war nicht die fehlende Maske und damit ein unbekanntes Gesicht, die Jana zweifeln ließen. Nein, gerade hatte sich die Aufpasserin freundlich und fast fürsorglich gegeben und jetzt zeigte sie sich aggressiv und bösartig.

»*Du scheinheiliges Luder*«, legte sie keifend los, »*willst den Vojtěch nicht kennen! Dabei hast du doch mit dem rumgebumst und jetzt mimst du die Jungfrau Maria. Wenn du glaubst, dass ich dir das durchgehen lasse, dann hast du dich getäuscht!*«

Die Frau sah fürchterlich aus: Das fettig-strähnige Haar umrahmte ein schmales Gesicht mit einer spitzen Nase. Die gräulich verfärbte Haut war mit entzündeten

Stellen übersät und die Augen lagen tief in ihren Höhlen. Außerdem fehlten der Frau einige Zähne.

Janas Widerspruch »*Ehrlich, ich hatte nichts mit dem!*« provozierte ein abfälliges Lachen: »*Das sagt ihr Püppchen alle, aber ich werde dir das Maul so gründlich stopfen, dass du nie wieder lügen musst.*« Dann öffnete sie die Tür zum Nebenraum. »*Vojtěch, so, jetzt bist du dran!*«, rief sie.

Ihr Genosse brabbelte irgendwas Unverständliches und betrat dann den Raum. In der einen Hand hatte er eine Zeitung und in der anderen einen Schreibblock, den er auf das Bügelbrett legte. Schließlich kam noch ein Kugelschreiber zum Vorschein, den er Jana in die Hand drückte.

Dass er wieder eine Maske trug, weckte bei ihr die Hoffnung, dass der Mann wahrscheinlich davon ausging, der kurze Kontakt im Flur werde ihr keine Beschreibung seines Gesichts ermöglichen. »*Du schreibst jetzt einen Brief!*«, befahl die Frau, die für Jana inzwischen die Hexe war. »*Dein blöder Onkel will unbedingt ein Lebenszeichen von dir.*«

»*Was soll da drinstehen?*«

»*Schreib: Mir geht ...*« Sie kicherte. »*Schreib: Mein innig geliebter Onkel, mir geht es sehr gut, und wenn du mich wiedersehen willst, halte ... – Was soll sie jetzt schreiben, du Blindgänger?*«, wandte sie sich an den Maskenmann. »*Das mit der Million war ja wohl ein Witz! Das bringt uns nicht weiter!*«

»*Na, dann soll sie halt zwei oder drei Millionen schreiben*«, bekam sie zur Antwort.

»*Blödmann! Schreib: Halte zehn Millionen Kronen bereit!*«, befahl sie Jana. »*Und dann: Weitere Anweisungen folgen. Anbei ein Bild, damit du siehst, dass ich noch lebe.«* Sie zückte ihr Handy und wies Jana an, sich auf das Bett zu setzen und die Zeitung, es war die *»Chebský deník«*, so zu halten, dass die Titelseite mit aufs Bild kam.

Als das Pärchen verschwunden war, saß Jana auf ihrem Bett. Sie war nun mit einer Handschelle an dessen Metallrahmen fixiert. Einen kleinen Sieg hatte sie errungen: Beide hatten nichts daran auszusetzen gehabt, dass sie die Anrede in dem Brief um ein Wort erweitert hatte. Es konnte natürlich auch sein, dass sie so ihre Schwierigkeiten mit dem Lesen hatten. Auf jeden Fall war dem „Onkel" jetzt der Kosename"Vojta" beigefügt. Sie war sich ziemlich sicher, dass ihr Pflegevater diesen eingeschmuggelten Hinweis würde deuten können. Es konnte ja sein, dass es unter seinen ehemaligen Kunden einen Typ mit dem Vornamen Vojtěch gab, dem eine Entführung zuzutrauen war.

Aber was konnte ihr diese List schon bringen? Sie hatte es mit zwei unterbelichteten Typen zu tun, sie wirr im Kopf und er ein echter Trottel. Und genau das war es, was ihr Handeln so unkalkulierbar machte. Der Brief, den sie gerade geschrieben hatte, konnte schon der Anfang vom Ende sein.

Seit sie vor Asch von der Straße geholt worden war, hatte sie eigentlich nie Angst um ihr Leben gehabt. Klar, in dem stinkenden Keller war sie ziemlich verzweifelt gewesen. Aber immer war da auch die Hoffnung, dass sich doch alles zum Guten wenden würde. Aber das, was in der letzten halben Stunde abgelaufen war, hatte ihr alle Zuversicht genommen. Die beiden würden, gerade weil sie irgendwie behindert waren, volles Risiko gehen: Sie wollten Geld. Und der noch vorhandene Rest an Vernunft würde ihnen sagen, dass sie die Kohle nur ausgeben konnten, wenn es keine Zeugin gab.

Jetzt war sie da, diese Angst vor dem Sterben. Schleichend war sie in ihr Denken eingedrungen und ihr Körper reagierte mit heftigen Magenkrämpfen. Wenn es jetzt noch eine Hoffnung gab, dann war sie auf ihren Onkel gerichtet, den sie zunächst gar nicht leiden konnte, weil er sie behandelt hatte wie ein kleines Kind.

Brückner hatte sich nur kurz am Telefon gemeldet und sein sofortiges Erscheinen angekündigt. Solche Blitzbesuche hatte es in der Vergangenheit gelegentlich gegeben, aber nur dann, wenn die Hütte brannte.

Als man sich in der Küche niedergelassen hatte, kam er sofort zur Sache: »Jan, ich brauch dich! Dringend!«

»Was liegt an, Josef?«

»Ich habe euch gestern über die Lösegeldforderung informiert und heute Mittag hab ich das bekommen.« Er entfaltete den Zettel, den er vor sich auf den Tisch gelegt hatte, und forderte Kral auf: »Lies!«

Der überflog das Blatt und reagierte mit einem Schulterzucken: »Noch mal die Forderung und der Hinweis auf ein Bild von Jana. Hast du das ...?«

Brückner holte das Bild aus seiner Brusttasche und legte es vor Kral.

»Gutes Zeichen! Mit der aktuellen Tageszeitung! Wirkt irgendwie professionell!«

»Professionell! Dass ich nicht lache! – Das siehst du in jedem Film!«

»Gut, dann eben dilettantisch! Aber was soll ich da ...?«

»Schau dir noch mal den Brief an, aber bitte etwas gründlicher!«

Leicht verärgert nahm sich Kral das Blatt noch einmal vor. Wieder mal nicht gut drauf, der gute Josef, dachte er und unterzog den Brief einer gründlichen Prüfung. »Okay, ich geh mal davon aus, dass das Janas Handschrift ist.«

Brückner nickte.

»Also, sie redet dich mit ‚Vojta' an, schon mal sehr komisch! Dann schreibt sie ‚zehn Millionen', aber die sind durchgestrichen, drüber steht ‚eine Million'. Das ist aber eine andere Handschrift.«

»Genau!«

»Und du glaubst jetzt, dass ich dieses Rätsel lösen kann?«

»Eher nicht!«

Kral reagierte unwirsch: »Also Josef, ich versteh jetzt eigentlich nur noch Bahnhof. Du bittest mich um Hilfe, die du aber offensichtlich überhaupt nicht brauchst!«

»Entschuldige bitte, Jan, mein Fehler! Ich hätte die Sache ganz anders rüberbringen müssen. Aber du wirst schon sehen, dass ich dich wirklich brauche. Zunächst noch mal zum Brief: Ich bin richtig stolz auf dieses Mädchen. Da wird sie irgendwo festgehalten, denkt aber noch daran, mir einen Hinweis zu geben.«

»Muss wohl ein spezielles Familien-Gen sein, das da zum Einsatz gekommen ist«, bemerkte Kral lachend.

Brückner ging überhaupt nicht auf das Späßchen ein. »Ich gehe nämlich davon aus«, fuhr er fort, »dass dieser Vojta, der ja wohl für Vojtěch steht, etwas mit der Entführung zu tun hat. Wie es der Zufall so will, kenne ich einen Vojtěch Novák, dem ich diese Schweinerei zutraue.«

»Ist das nicht der, der in Eger im Bahnhof das Crystal abgreifen wollte und das Schloss in Haslau angemietet hat?«

»Genau der! Aber ich glaube auch, dass es zwei Täter gibt: Der eine will mehr und der andere weniger.«

»Hat es wahrscheinlich noch nie gegeben bei einer Entführung!«

»Sehe ich auch so!«

»Dafür hab ich nun wirklich keine Erklärung!«

»Dann hör dir mal an, wie ich das sehe«, reagierte Brückner, »und dann sagst du mir, was du davon hältst!«

»Schieß los!«

»Derjenige, der sich mit einer Million zufriedengeben will, scheint sich noch einen Rest an Verstand bewahrt zu haben. Denn er weiß genau, dass ich auf keinen Fall zehn Millionen auftreiben kann. Außerdem rechnet er damit, dass bei einer zu hohen Forderung auf jeden Fall der gesamte Polizeiapparat mit im Spiel ist und er am Ende mit leeren Händen bzw. mit Handschellen an denselben dasteht. Und genau diese Sicht der Dinge traue ich dem Novák zu: Ich kenne ihn und er kennt mich.«

»Aber die Polizei fahndet doch mit Hochdruck nach den Entführern. Es gibt sogar eine SoKo Jana. Hast du das vergessen?«

»Mitnichten! Aber ich gehe davon aus, dass der Novák darauf spekuliert, dass ich bei der Geldübergabe die Polizei außen vor lasse.«

»Sehr überzeugend, deine Analyse, Josef! Aber«, gab Kral zu bedenken, »wir sollten auch an den anderen Täter denken, der ja aus deiner Sicht ziemlich raffgierig ist.«

»Genau! Der ist das Problem, denn dem traue ich zu, dass er sich zu einer Kurzschlusshandlung hinreißen lässt.«

»Du meinst, er könnte Jana ...?«

Brückner fuhr sich mit beiden Händen über das Gesicht und nickte dabei leicht mit dem Kopf. »Das ist meine größte Sorge.«

Überlegt der jetzt oder hofft er, dass ich was sage, dachte Kral, denn der Freund starrte schweigend vor sich hin. ‚Ich brauche dich!', hatte er gesagt. Gut, dann versuch ich's mal!

»Willst du meine Meinung hören?«, begann er und empfing ein dankbares Nicken. »Bei dieser Gemengelage«, er gab sich jetzt ein bisschen lehrerhaft dozierend, »verbietet sich aus meiner Sicht der Einsatz der Polizei bei der Geldübergabe, denn es scheint mir sehr wahrscheinlich, dass deine ehemaligen Kollegen einen oder beide Täter schnappen. Aber das bedeutet nicht automatisch, dass Jana frei ist. Da steht dann immer noch die besagte Kurzschlusshandlung im Raum, die wir unbedingt vermeiden wollen.« Kaum hatte er ausgesprochen, da war er da, der Gedanke: Irgendwie hat der mich verarscht! Lässt mich da zu großer Form auflaufen, obwohl er meine Bedenken schon lange vor mir auf dem Schirm hatte! Kral hielt dann auch mit seinem Verdacht nicht hinter dem Berg: »Mein lieber Josef, ich bin schwer davon überzeugt, dass ich dir nichts Neues gesagt habe. Kannst du mir das erklären?«

»Glaub mir, Jan, das war keine böse Absicht«, nickte Brückner ernst, »ich wollte einfach nur eine Bestätigung, weil ich mich nicht verrennen will. Weißt du, wenn du in einem solchen Fall selbst betroffen bist, ist es immer schwer, den richtigen Weg zu finden.«

Klingt einleuchtend!, dachte Kral, obwohl er inzwischen glaubte, Brückners eigentliches Problem erkannt zu haben: Wenn der noch das Sagen bei der Kripo hätte, würde er ganz andere Töne anschlagen und nicht so geknickt durch die Gegend laufen.

Natürlich blieb der Verdacht unerwähnt und Kral zeigte Verständnis: »Klar, Josef, nicht leicht für dich! Jetzt sag mir nur noch, wie ich dir helfen kann!«

»Du ahnst es: bei der Geldübergabe.«

»Okay! Wenn's die Zeit zulässt, bin ich dabei. Aber jetzt noch eine Frage: Was hat sich in dem Club ergeben?«

»Ich hab dem Vietnamesen angeboten, ihm erst mal zwanzig Kilogramm für den deutschen Markt abzunehmen.«

»Wie hat er reagiert?«

»Ich würde sagen, positiv. Ich halt dich auf dem Laufenden.«

Er hatte Aneta Kučerovás Einladung gerne angenommen, bot sie ihm doch eine fachkundige Führung über den „Dragon Bazar" von Svatý Kříž, der im Westen der Stadt Eger an der Straße nach Waldsassen lag.

Dieser „Drachen-Markt" war bei den Selbern eher wenig bekannt, denn sie steuerten, wenn ihnen das Angebot der „Fidschis" in Asch zu mickrig erschien, den in der Innenstadt Egers liegenden „Dragoun Bazar" an, benannt nach einer ehemaligen Dragonerkaserne.

Hauptmann Orel von der Antidrogenzentrale hatte Aneta und ihrem Kollegen Pospíšil angeboten, sie über diesen größten Asia-Markt Tschechiens zu führen, um ihnen die kriminellen Machenschaften des dort ansässigen Kartells vor Augen zu führen. Letztendlich ging es vor allem darum, die Zusammenarbeit zwischen der Antidrogenzentrale und der Staatspolizei zu intensivieren. Die Kripo Eger hatte es bisher eher selten mit den Asia-Märkten zu tun gehabt, denn die entsprechende Zuständigkeit lag bei der Stadtpolizei und für Drogenkriminalität war sie eigentlich nicht zuständig.

Beim Zusammentreffen an der Tankstelle, die dem Markt auf der anderen Seite gegenüberlag, sollte Kral aber auch erfahren, dass es eigentlich Hauptmann Orel war, der Wert auf seine Anwesenheit gelegt hatte: »*Ich habe ja bei meinem Besuch in Selb erfahren, dass Sie gute Kontakte zum Zoll und zur Polizei haben. Unsere Oberen auf beiden Seiten betonen zwar immer wieder, dass die zwischenstaatliche Zusammenarbeit der Behörden bestens geregelt sei, wovon ich aber nur wenig spüre. Ich will Ihnen das mal an einem Beispiel erläutern: Wir wissen manchmal sehr genau, wann ein Drogenkurier in Richtung Deutschland unterwegs ist. Aber mir fehlt der kurze Draht zu den deutschen Kollegen. Der offizielle Dienstweg über unsere Zentrale in Prag zu eurem GPZ dauert viel zu lange. Ideal wäre, wenn ich zum Handy greifen könnte und gleich jemand von der ‚Kontrolleinheit Verkehrswege' in Selb informieren könnte. Dann besteht vielleicht die Chance auf einen erfolgreichen Zugriff.*« Er grinste: »*In Selb konnte ich meinen Wunsch nicht so recht zur Sprache bringen, denn die Herren Politiker haben da so ihre eigenen Vorstellungen. Ich denke, Sie könnten sich da mal als Brückenbauer betätigen: kurzer Dienstweg! Sie verstehen, was ich meine?*«

Natürlich war Kral mit dem Problem vertraut, denn die Selber Zöllner hatten ihm oft genug gesteckt, dass die von offizieller Seite hochgelobte Zusammenarbeit nur aus ein paar spektakulären Aktionen bestand, die den Männern, die Tag für Tag auf der Straße ihren Dienst versahen, überhaupt nichts brachten.

Orel, der in Selb noch reichlich pfiffig das Vorgehen der tschechischen Behörden gegen den Drogenhandel verteidigt hatte, zeigte sich, nachdem man den Markt erreicht hatte, von einer völlig anderen Seite: *»Machen Sie sich auf Wahrheiten gefasst, die Sie nie und nimmer für möglich gehalten hätten.«* Er deutete auf einen der vietnamesischen Händler: *»Sehen Sie sich den Kerl an, der da gerade das Handy ans Ohr nimmt. Der setzt jetzt eine Warnung an einen der Bosse ab, denn ich bin hier bekannt wie ein bunter Hund. Sicher fällt Ihnen auf, dass der völlig relaxt ist.«*

»Warum eigentlich?«, wollte Aneta wissen.

»Wenn eine Razzia droht, wäre das den Leuten schon längst von irgendeiner Seite gesteckt worden«, antwortete Orel, *»und Sie«*, er wandte sich an Kral, *»können sicher sein, dass Ihnen heute und wahrscheinlich auch in Zukunft auf diesem Markt niemand Drogen oder Waffen verkaufen wird.«*

In der nächsten Budenstraße entfernte sich Kral von seinen Begleitern und näherte sich einem der Läden. Im Außenbereich, wie fast überall, das gleiche Bild: Textilien, Schuhe, kitschige Bilder und sonstiger Kleinkram zur Verschönerung der Wohnung oder des Gartens. Kral betrat den Innenraum und zeigte auf Deutsch Interesse an einer Pistole.

Die junge Verkäuferin reagierte nahezu entsetzt auf seine Anfrage: »Ist verboten! Wir mache nur Geschäft, wo alles okay!«

»Und Crystal?«, bohrte Kral weiter.

Sie schüttelte heftig mit dem Kopf: »Hier nix Droge! Brauche Sie Parfüm für Dame oder Zigarette?«, versuchte sie abzulenken. »Alles gute Preis!«

Als Kral wieder auf seine Begleiter gestoßen war und einen kurzen Bericht abgeliefert hatte, lachte Orel: »*Was habe ich Ihnen gesagt? Die hat schon längst ein Bild von uns auf dem Handy!*«

»*Die Dame war ja jetzt noch ziemlich freundlich. Man hat aber doch schon gehört, dass die Verkäufer recht grob werden können, wenn ein Kunde unbequem wird*«, gab Kral zu bedenken, »*wie steht es denn mit der angeblichen Friedfertigkeit der Vietnamesen?*«

»*Okay, im Prinzip sind das eher umgängliche Leute*«, erklärte Orel, »*aber die Budenbesitzer stehen unter einem enormen Druck. Pro Laden müssen sie gut tausend Euro monatlich abdrücken. Den entsprechenden Umsatz muss man erst mal erwirtschaften. Und da kommt es manchmal vor, dass Verkaufsverhandlungen ziemlich aggressiv geführt werden. Es hat da schon Übergriffe mit Köperverletzung gegeben. Aber die Stadtpolizei hat fast nie eine Chance, einen Täter dingfest zu machen: Wenn er überhaupt noch anwesend ist, finden sich genug seiner Kolleginnen und Kollegen, die ihn entlasten.*«

Kral war inzwischen ein Radfahrer aufgefallen, der scheinbar zu seinem Vergnügen unterwegs war und sogar ein paar Kunststückchen mit seinem Rad vollführte.

Orel hatte seinen erstaunten Blick wahrgenommen. Er deutete auf den jungen Mann. »*Das ist einer der*

Kuriere«, erklärte er seiner Begleitung, *»zu deren Aufgaben es gehört, die Budenmieten einzukassieren, bei Bedarf Drogen an die Buden zu liefern und, wie jetzt zum Beispiel, verdächtige Personen zu observieren.«*

Vor ihnen tauchte eins der vielen Lokale auf, die über dieses riesige Areal verstreut waren. Aneta deutete auf das Restaurant mit Gartenbetrieb und machte den Vorschlag, kurz zu rasten: *»Lasst uns den wahrscheinlich letzten schönen Tag des Oktobers nutzen, um noch ein bisschen Sonne auf die Haut zu bekommen! Herr Orel kann uns ja bei einem Kaffee noch ein paar Informationen geben.«*

Der Außenbereich war gut besetzt mit deutschen Gästen, deren Dialekte vornehmlich auf Sachsen, Bayern, aber auch auf Schwaben und Hessen verwiesen. Die Leute waren zum Teil damit beschäftigt, ihre Schnäppchen aus Taschen und Plastiktüten zu kramen und sich dabei voller Stolz über ihr Geschick auszulassen, die „Fidschis" gnadenlos runtergehandelt zu haben.

»Sie werden ihre Freude haben mit dem Gelumpe«, gab sich Orel erheitert, *»Sportschuhe, die sie schon nach dreimaligem Tragen wegwerfen können, Parfüms, die ihnen Hautausschläge verursachen, und CDs, die reichlich blechern klingen.«* Er wurde ernst: *»Aber das ist wohl das kleinste der Probleme. Wissen Sie, was hier vor zwei Monaten abgelaufen ist?«*, fragte er, an die Vertreter der Kripo gewandt.

»No, meinen Sie die große Razzia?«, fragte Pospíšil.

Orel nickte.

Der Polizist lachte: *»Gehört schon, aber erst danach und auch nur das, was in der Zeitung stand. Ein schönes Zeichen für die hervorragende Zusammenarbeit zwischen den Behörden in unserem Land, nicht wahr, Frau Kollegin?«*

Die zuckte mit den Schultern: »*Wird wohl seinen Grund haben!*«

»*In der Tat!*«, nickte Orel. »*Das war eine Aktion, die, welch ein Wunder, für den Markt völlig überraschend kam. Der Zoll und wir von der Antidrogenzentrale haben das gesamte Areal nach allen Regeln der Kunst auseinandergenommen. Wir haben tonnenweise verbotene Waren entdeckt: Waffen, gefälschte Markenware und Drogen. So gesehen ein großer Erfolg!*«

»*Wo liegt der Haken?*«, wollte Kral wissen.

»*Sehen Sie sich um. Die Geschäfte laufen wie eh und je. Es gab damals vierzig Verhaftungen, etwa ebenso viele Verfahren sind anhängig. Aber: Unter Anklage stehen nur Budenbesitzer, aber keine Bosse, die in den schönen bunten Reihenhäusern wohnen, die Ihnen aufgefallen sein müssten, als wir den Markt betreten haben. Und warum dieses ganze Dilemma? Es gibt zu viele Leute, die kein Interesse daran haben, dass diesem Spuk hier ein Ende gemacht wird. Vor allem nicht die Herren von der Stadtverwaltung: Die Anlage spült ihnen jedes Jahr etwa fünfzig Millionen Kronen in die Kasse, darunter die Mieteinnahmen für das Gelände. Nicht gerechnet sind die Einnahmen, die sie auf indirektem Weg erwirtschaften, wie zum Beispiel über die deutschen Besucher, die häufig auch die Innenstadt besuchen.*«

»*Aber jetzt interessiert mich doch noch eine Sache*«, meldete sich Kral zu Wort, »*man hört doch immer wieder, dass diese kapitalkräftigen Vietnamesen Wert auf Seriosität legen. Und da frage ich Sie, warum die nicht in ganz legale Geschäfte investieren, mir fällt da jetzt nur die Baubranche oder der Handel mit Autos ein. Da kann man doch auch eine Menge Geld machen.*«

»*Allerdings nur ein Bruchteil dessen, was sich aus dem Drogengeschäft erzielen lässt*«, lachte Orel, »*die Renditen sind hier traumhaft hoch. Und ich frage Sie, warum ein Unternehmer, solange man ihm nicht auf die Füße tritt, so eine Chance auslassen soll.*«

Die Zuhörer reagierten mit betretenem Schweigen, das Orel unterbrach, indem er seinen Abschied andeutete: »*Ich habe in einer Stunde einen Termin in Karlsbad. Wenn es noch Fragen gibt, ich stehe jederzeit zur Verfügung.*«

Kral sah das als Signal für sich, auch den Rückzug anzutreten, aber Aneta ergriff seinen Arm: »*Dich brauche ich noch einen Moment!*«, um sich dann an Pospíšil zu wenden: »*Du könntest ja mit dem Herrn Hauptmann schon mal in die Stadt fahren.*«

Der Polizist blickte zunächst erstaunt auf seine Vorgesetzte, um dann ein verschmitztes Grinsen aufzusetzen. Die Antwort lieferte er auf Deutsch: »No, wird sein wichtigä Sachä, da wärdä ich machen mir in den Staub.«

»‚Mich aus dem Staub machen' heißt das, du Komiker!«, reagierte Aneta lachend. »Abflug! Du erfährst noch früh genug, was hier wichtig war.«

»Wir müssen unbedingt über Josef reden«, eröffnete sie das Gespräch, als beide alleine am Tisch saßen.

»Kann ich mir gut vorstellen«, reagierte Kral, »du hast Wind von unserem Besuch im Swinger Club bekommen?«

»Natürlich! Du glaubst doch nicht, dass Pospíšil so was für sich behalten kann.«

»Eigentlich nicht.«

»Du hast doch selbst mal gesagt, dass Josef auf eigene Faust ermittelt.«

»Richtig.«

»Und weißt du, was ich jetzt befürchte?«

»Aneta, leider ahne ich das: Er führt einen Privatkrieg gegen das Drogenkartell, weil er ursprünglich angenommen hat, die Organisation sei für die Entführung Janas verantwortlich. Inzwischen ist ihm klar, dass das nicht so ist. Aber das scheint ihn nicht zu stören, er will nach wie vor die Bosse im Knast sehen.«

»Das ist doch Wahnsinn! Der Josef hat doch keinerlei Erfahrung mit diesen Kartellen! Wenn er Glück hat, tricksen die ihn sauber aus. Aber sie könnten auch ...! Ich darf gar nicht daran denken! Wir müssen den bremsen! Kannst du nicht mal mit ihm reden? Auf mich wird er kaum hören.«

Krals innerer Konflikt war kurz, aber heftig: Wenn er auf Anetas Linie einschwenkte, mussten Brückners Pläne auf den Tisch, sowohl sein Versuch, als Drogenkäufer aufzutreten, aber auch seine Absicht, die Polizei aus der Geldübergabe herauszuhalten. Ein knallharter Vertrauensbruch gegenüber Josef!, überlegte Kral. Mit mir nicht zu machen!

Er wandte sich an Aneta: »Für mich gibt's nur eine Lösung.«

»Die wäre?«

»Wir beide treten im Doppelpack auf und nehmen ihn in die Zange. Er soll dir gefälligst selbst mitteilen, wie er gedenkt vorzugehen. Nur so können wir ihn an der Kette halten!«

»Hab ich mir schon gedacht, dass du ihm nicht in die Suppe spucken willst. Also dann: Wenn du meinst, ich bin bereit!«

Die Überzeugungsarbeit hatten sich beide schwieriger vorgestellt: Als sie Brückner in seinem Ascher Haus gegenübersaßen und ihn mit dem Rat konfrontiert hatten, auf gefährliche Alleingänge zu verzichten, hatte er wohl schon selbst Schlüsse gezogen und erkannt, dass ihn sein Starrsinn in eine Sackgasse führen würde. Was aber noch lange nicht hieß, dass er sofort die weiße Fahne schwenkte. Er gab zunächst das Rumpelstilzchen, was natürlich den Dialekt verlangte, und sparte nicht mit wüsten Anschuldigungen: »I hoo's doch g'wisst! Immer es selwe Theater: Aaf nemmertz kohr ma sich verlouer. Dou zöit ma ern Freind ins Vertrauer und glei werd alles braattreten. Nix wöi B'schiss! Und oins merkts eich: Ich braach koine Kinnermoiler!«

Kral reagierte gereizt: »Vorsicht, Josef! Du begibst dich auf dünnes Eis mit deinem Lamentieren. Du kannst dich auf mich verlassen und ich habe auch nichts breitgetreten. Von dem, was wir beide besprochen haben, hat Aneta kein einziges Wort erfahren. Stimmt's?«

Die Frage war an seine Begleiterin gerichtet, die ihm sofort beisprang und dabei ziemlich bissig wurde: »Mein lieber Josef, zunächst ist festzustellen, dass Jan mir wirklich nichts gesteckt hat. Außerdem: Beschissen hast du mich! Ich habe dich im Fall Novák um Unterstützung gebeten. Aber dass du danach deine eigene Suppe gekocht hast, ist ja nun mal nicht zu übersehen: Ich erfahre in Wernersreuth, dass Jana entführt worden ist, und wenn du dich dann über Tage hinweg nicht mehr meldest, dann weiß ich doch Bescheid. Und noch was: Ich sehe mich wahrlich nicht als dein Kindermädchen, aber auf unsere Freundschaft solltest du nicht so einfach pfeifen.«

Die Replik tat ihre Wirkung: Brückner reagierte mit dem, was man im Volksmund „den Moralischen" nennt: »Ich weiß selbst, dass ich seit meiner Verrentung wie Falschgeld herumrenne. Privatdetektiv! – Tiefer kann doch ein ehemaliger Kriminalpolizist gar nicht sinken, als die Beischlafgewohnheiten anderer Menschen auszuforschen!«

Diese Einsicht ebnete dann den Weg zu einem sachorientierten Austausch: Man war sich einig, dass man bei Novák anzusetzen hatte, wenn man Jana frei bekommen wollte. Aneta berichtete von ihren Ermittlungsergebnissen: Der Mann sei schon seit längerer Zeit mit einer gewissen Anna Procházka liiert, die als schwer rauschgiftsüchtig gelte. Beide hätten eigene Wohnungen, wo sie aber nicht mehr tatsächlich wohnhaft seien. Möglich also, dass sie sich mit Jana an einem unbekannten Ort aufhielten.

»Wenn das mal nicht diesen komischen Erpresserbrief erklärt!«, überlegte Brückner, um dann Aneta mit den entsprechenden Einzelheiten und auch mit der Absicht zu konfrontieren, die Polizei aus der Geldübergabe herauszuhalten.

»Schlüssig, was du da sagst, Josef!«, reagierte Aneta. »Aber ich muss dir doch nicht erklären, dass man eine polizeiliche Überwachung auch so gestalten kann, dass niemand den Braten riecht.«

Brückner zeigte sich einsichtig und Kral war erleichtert: »Das heißt dann doch wohl, dass an mir der Kelch der Mitwirkung vorübergeht?«

Aneta nickte: »Ich denke schon, dass Josef den Geldboten spielt.« Dann setzte sie noch eine Warnung an Brückner ab: »Falls du noch irgendwelche Aktionen gegen die Drogenmafia planst, rate ich dir dringend, den Kontakt zu Hauptmann Orel aufzunehmen. Der kennt sich auf diesem Gebiet bestens aus und ist absolut unbestechlich.«

Das nachdenkliche Nicken Brückners zeigte, dass er auch in dieser Sache bereit war, über eine Neuorientierung nachzudenken.

12

Montag, 21.00 Uhr

Der Maskenmann betrat das Zimmer. »*Es ist bald so weit*«, begann er, »*dein Onkel will die Kohle rüberwachsen lassen.*«
»*Wann und wo?*«
»*Das erfährst du noch früh genug.*«
»*Und was habt ihr mit mir vor?*«
»*Geld für Ware! Sobald ich den Zaster habe, hat dich der Arsch wieder! Aber eins muss klar sein, wenn du bei der Aktion anfängst rumzukrakeelen, gehörst du der Katze!*«
»*Aber was ist mit deiner Frau?*«
»*Was soll mit der sein?*
»*Ich hab die doch ...*« Fast hätte sie sich verquatscht: »*... ohne Maske gesehen*«, hatte sie sagen wollen.
Der Muskelprotz reagierte gar nicht auf den Beinahe-Versprecher und reagierte mit lässiger Überlegenheit: »*Erstens ist die durchgeknallte Tussi nicht meine Frau und zweitens brauchst du dir um die keine Sorgen zu machen.*«
Als der Mann wieder im Nebenzimmer verschwunden war, schwankte sie zwischen Hoffen und Bangen: Der Typ schien tatsächlich an einen Austausch zu denken und sie musste dabei irgendwo in der Nähe sein, vielleicht in

einem Auto. Warum sonst hätte er was von »*Krakeelen*« gesagt?

Noch etwas war zu bedenken: Woher sollte Onkel Josef die zehn Millionen haben? Gut, ihm war zuzutrauen, dass er die Erpresser austricksen wollte. Aber er musste doch wissen, dass das für sie lebensgefährlich werden würde! Und das mit der Frau passte doch hinten und vorne nicht! Sollte der Typ gar planen, sie zu beseitigen, um das Geld nicht teilen zu müssen? Abfällig genug hatte er ja über sie gesprochen. Aber gleich umbringen?

Drüben bahnte sich wieder ein Gewitter an: Sie keifte ihn an, er schoss mit irgendwelchen Kraftausdrücken zurück und wurde dabei immer lauter. Jana glaubte zunächst irgendwas mit »*Fresse*« zu verstehen und dann folgte ein Satz, der nicht zu überhören war: »*Ich hol jetzt die Karre!*« Schließlich wurde die Tür zum Flur mit großer Wucht zugeschlagen und drüben kehrte Ruhe ein.

Hatte er wirklich »*Karre*« gesagt oder vielleicht »*Knarre*«? Quatsch! Eine Schusswaffe hätte er in seiner Nähe. Es geht wohl um ein Auto, das er für den Austausch braucht!

Plötzlich stand sie in der Tür. Sie hatte wieder den Strumpf über das Gesicht gezogen. Schweigend verharrte sie auf der Schwelle.

»*Und?*«, sprach sie Jana an.

Die Frau hob leicht die Schultern, blieb aber stumm.

Gerade noch gut drauf, dachte Jana, jetzt irgendwie depressiv! Könnte zu ihrer Sucht passen! Wie sollte sie sich jetzt verhalten, um nicht doch wieder einen Wutausbruch zu provozieren? Sie probierte es mit einer sanft vorgetragenen Bitte: »*Ich würde schon gerne wissen, was ihr mit mir vorhabt!*«

Funktioniert doch!, dachte sie, als die Frau sich näherte und sich schließlich aufs Bett setzte. Sprechen wollte sie aber offensichtlich immer noch nicht, Jana hatte den Eindruck, dass sie weinte, denn sie wischte sich über ihre Augen und der Strumpf war feucht geworden. Es war ein eher stilles Weinen, ohne die üblichen Schluchzer und das Zucken der Muskeln.

»*Was ist mit dir? Geht es dir nicht gut?*«

»*Beschissen!*«, kam es flüsternd.

»*Willst du mir nicht sagen, was los ist?*«

»*Ich hab Angst.*«

»*Warum?*«

»*Ich glaub, der will mich loswerden, weil er nicht teilen will. Vielleicht will er auch uns beide abmurksen. Dich, weil du ihn erkannt hast.*«

»*Hat er das gesagt?*«

»*Nein, er ist sich nicht sicher, aber ich weiß es genau. Als du mir gesagt hast, dass du ihn nicht kennst, hab ich genau gemerkt, dass du gelogen hast.*«

»*Hast du ...?*«

Sie kicherte: »*Von wegen, der Trottel braucht nicht alles zu wissen!*«

»*Wo ist er jetzt?*«

»*Er besorgt sich ein Auto, denn mit seiner Karre darf er sich nicht sehen lassen.*«

»*Ich weiß gar nicht, wie du heißt.*«

»*Anna.*«

»*Und ich Jana. Anna, wir müssen doch was machen! Wir können doch nicht warten, bis der uns umbringt! Hast du ein Handy?*«

»*Hat er mir abgenommen!*«

»Wo sind wir denn hier? Kannst du nicht irgendwo telefonieren oder jemand um Hilfe bitten?«

Die Frau schwieg. Sie hatte wohl klar vor Augen, dass sie sich jetzt entscheiden musste: Entweder verriet sie den Partner oder sie hielt zu ihm, um vielleicht doch noch etwas vom Geldsegen abzubekommen.

»Nicht leicht für dich?«, fragte Jana mitfühlend und legte ihr den freien Arm um die Schulter. *»Liebst du den noch?«*

»Quatsch! Davon hab ich mal geträumt, als ich noch clean war. Der Vojtěch hat mich doch nur als Bums-Automat benützt. Der weiß doch gar nicht, was Liebe ist!«

»Dann lass uns was machen! Ich verspreche dir, dass ich bei der Polizei für dich sprechen werde! Ich sage, dass du mich gut behandelt hast und ...«

»Was soll ich denn machen?«, unterbrach sie Anna heftig. *»Wir sind hier hinter Asch mitten in der Prärie, nur ein Haus in der Nähe, in dem sein Kumpel wohnt! Außerdem kommt der gleich wieder! Und wenn der merkt, dass wir abhauen wollen, dann ist doch eh die Kacke am Dampfen!«* Plötzlich führte sie ihren Zeigefinger zum Mund: *»Psst! Er kommt.«* Jetzt waren ganz deutlich Geräusche vom Nebenraum her zu hören.

Anna erhob sich vom Bett und gab sich energisch: *»Hör jetzt endlich auf mit deinem Gequatsche, du regst mich auf!«*, richtete sie sich laut und deutlich an Jana, die jetzt nicht so recht wusste, ob ihr vorhin eine Komödie vorgespielt worden war oder der Mann nur in Sicherheit gewiegt werden sollte.

Der Rat kam von nebenan: *»Hau ihr doch einfach mal auf die Schnauze, wenn sie nervt!«*

»Wenn du meinst!«, reagierte sie, um dann Jana ein klares Signal zu übermitteln: Sie streichelte ihr sanft über den Kopf und verließ das Zimmer.

Dienstag, 8.00 Uhr

»Bald« hatte er gesagt. Aber inzwischen war doch schon wieder eine gefühlte Ewigkeit vergangen!

Drüben lief der Fernsehapparat. Ein Sprecher schien irgendwelche Bilder zu kommentieren. Immer wieder machte er längere Pausen. Aber was hatte es mit diesem Stöhnen auf sich? Ging es in diesem Film um schwerkranke Menschen oder kamen diese Klagelaute von der Partnerin des Monsters? Den Kerl selbst konnte sie ausschließen. Von ihm würden ganz andere Töne kommen!

Sie wagte die Kontaktaufnahme: *»Anna!«*

Keine Reaktion! Auch die Nachfrage *»Anna, hörst du mich?«* wurde nicht beantwortet. Wieder lauschte sie, aber jetzt hatte ein Nachrichtensprecher das Kommando übernommen und hämmerte seine Botschaften so gnadenlos laut und schnell in das Wohnzimmer, dass von anderen Geräuschen nichts mehr zu hören war.

Plötzlich öffnete sich die Tür zum Nebenzimmer und ihre Aufpasserin schob sich langsam und auf allen Vieren kriechend in den Raum. Sie schien etwas zu suchen.

»Was ist los? Hast du was verloren?«

Die Frau reagierte nicht, murmelte aber etwas vor sich hin und fuhr fort in ihrer Suche. Jetzt fiel Jana auf, dass sie aus der Nase blutete, nicht stark, aber stetig landeten Blutstropfen auf den schäbigen Holzdielen.

»Anna, ich will dir doch helfen!«

Nun empfing sie wenigstens eine Reaktion: Anna hob kurz den Kopf und schien überrascht, jemanden auf dem Bett sitzen zu sehen. Sie traf ein leerer Blick aus tief eingefallenen Augenhöhlen. Das Blut, das sich über Lippen und Kinn verteilt hatte, verlieh ihr das Aussehen einer Untoten, die sich gerade mit frischem Blut versorgt hatte. Jana vermutete, dass ihr stoffmäßig der Nachschub ausgegangen war und sie, schon ziemlich wirr im Kopf, verzweifelt nach verlorenen Crystal-Krümelchen suchte. Gutes Zureden half ihr, Anna neben sich auf das Bett zu locken. Aber das war's dann auch schon mit ihrer Zugänglichkeit, denn sie fuhr fort mit ihrem Selbstgespräch, in dem es um ihren Freund und sein Versprechen ging, ihr Nachschub zu besorgen. Es war nicht einfach, sie zu verstehen, denn immer wieder verfiel sie in wimmerndes Stöhnen, das auf irgendwelche Schmerzen verwies.

Schließlich setzte sie ihren linken Fuß auf den Bettrand und schob die Jeans nach oben. Das Bein war über dem Knöchel stark entzündet und von unzähligen Eiterpickeln übersät. Sie schien vorzuhaben, die Pickel mit den Fingern auszuquetschen. Jana blickte entsetzt auf ihre schmutzigen Hände und meldete sich lautstark protestierend zu Wort: »*Bist du wahnsinnig! So holst du dir doch eine Blutvergiftung, die sich gewaschen hat. Da muss eine Salbe drauf! Habt ihr was in der Richtung im Haus?*«

Die strenge Ansage erzielte insofern Wirkung, als Anna sie erstaunt anblickte und von ihrem Vorhaben abließ.

Schon mal ein kleiner Erfolg, dachte Jana. Aber wie bringe ich die dazu, dass die mich zunächst mal von der Handschelle befreit?

Zunächst zog sie aus ihrer Hosentasche ein zerknülltes Papiertaschentuch und wischte Anna über Mund und Nase, um wenigstens die gröbsten Blutspuren zu beseitigen. Die junge Frau nahm die Behandlung widerstandslos hin.

Jetzt versuchte Jana ihr Ziel mit gutem Zureden zu erreichen: »*Anna, ich werde jetzt dafür sorgen, dass du deinen Stoff bekommst. Dann kümmern wir uns um dein Bein. Aber ich kann dir nur helfen, wenn du mich losmachst.*« Demonstrativ zerrte sie an der Fessel, um ihre Lage zu verdeutlichen.

Es war schwer für sie, einzuschätzen, ob die Botschaft bewusst wahrgenommen worden war, denn Anna erhob sich jetzt wortlos vom Bett und schlurfte stöhnend nach nebenan. Ob sie dort nach einem Schlüssel für die Handschellen suchte, konnte Jana nicht wahrnehmen. Das lag vor allem an der Spiel-Show, die das Fernsehen jetzt im Angebot hatte und die mit ihrem lärmenden Getöse andere Geräusche übertönte und auch die Verständigung erschwerte. Auf jeden Fall wurden ihre Rufe nicht beantwortet.

Der Gedanke war nicht neu: Hatte ihr der Onkel nicht vor einiger Zeit, als er gerade einmal gut drauf war, gezeigt, wie man mit einer Büroklammer das Schloss einer Handschelle öffnen konnte? Natürlich wusste sie, dass dieser Trick nicht bei allen Typen funktionierte. Aber das Ding, mit dem das Monster sie ans Bett gefesselt hatte, sah nicht gerade nach Qualitätsware aus.

Sie hatte auch schon herausgefunden, dass sich das Bett ohne große Mühe verschieben ließ. Den Versuch, mit der Schlafstatt in Richtung des abgestellten Gerümpels zu wandern, um dort nach einer Büroklammer oder einem

Stück Draht zu suchen, hatte sie allerdings noch nicht unternommen, zu groß wäre die Gefahr gewesen, von dem Kerl überrascht zu werden.

Die Hoffnung, dass Anna mit dem Schlüssel zurückkommen würde, hatte sie inzwischen aufgegeben. Wenn nicht jetzt, wann dann?, dachte sie und stieg aus dem Bett, um das Metallgestell hin zu den Kartons zu zerren. Lose Büroklammern oder Schriftstücke, die mit einem solchen Ding zusammengeheftet waren, fanden sich zwar nicht, dafür aber genügend Elektroschrott, der aus irgendwelchen Geräten ausgebaut worden war. Drähte ohne Ende!, jubelte sie. Zwar mit einer Isolierung umgeben, aber mit den Zähnen sollte man die schon wegbekommen.

Nachdem sie ein etwas stärkeres Kabel entsprechend bearbeitet hatte, ließ sich die Ummantelung abziehen. Das war zwar nicht ganz einfach und ruinierte zwei ihrer Fingernägel, aber sie hatte nun einen Draht, der von der Stärke her einer Büroklammer entsprach und der jetzt in Form gebracht werden musste.

Mist! Onkel Josef hatte das Ende mit einer Zange um neunzig Grad abgewinkelt. Ein solches Werkzeug war allerdings nicht zu finden und die Versuche, die Biegung mit den Händen zu bewerkstelligen, scheiterten kläglich.

Das war's dann wohl!, dachte sie, zunächst noch völlig emotionslos. Aber als sie das Bett wieder zurückgeschoben hatte, kam der Zusammenbruch: Voller Hoffnung hatte sie zunächst auf Annas Hilfe gesetzt, dann hatte sie sich auf die Herstellung eines Dietrichs fixiert. Und jetzt? In Kürze würde dieses Ungeheuer auftauchen und sowohl sie als auch Anna umbringen!

Verzweifelt schrie sie nach der Frau, die ihr nicht würde helfen können und die sie jetzt fast um ihre Ahnungslosigkeit beneidete. Schließlich ließ sie sich zurücksinken und weinte nur noch.

10.25 Uhr

Kral hatte fest vor, in der 10 a notenmäßig auf den grünen Zweig zu kommen. Er hatte es in der letzten Stunde geschafft, wenigstens ein bisschen Stoff zu vermitteln, und war nun fest entschlossen, die Abfrage mit einer sogenannten Stegreifaufgabe, auch Extemporale genannt, über die Bühne gehen zu lassen. Eigentlich sollte eine solche Prüfung die Schüler ganz unvorbereitet treffen. Da Kral aber zuvor nicht mit entsprechenden Andeutungen gespart hatte, war das wiederum eine nicht gerade koschere Aktion.

Als er jedoch das Klassenzimmer betreten hatte, drohte schon gleich wieder neues Ungemach: Er war sofort umringt von einer Gruppe aufgeregter Schüler, die ihn mit einem Internetbeitrag konfrontieren wollten: »Ganz wichtige Sache!«, verkündete Alexander. »Das müssen Sie sich unbedingt ansehen!«

Kral platzte der Kragen: »Verdammt noch mal, das wird doch wohl warten können! Wir schreiben jetzt eine Ex! Danach haben wir genügend Zeit, um uns der Meldung zuzuwenden.«

Der Rückzug erfolgte murrend und Kral glaubte auch ein paar nicht gerade freundliche Äußerungen wahrzunehmen, die sein Vorgehen kritisierten.

Hoffentlich sitzt Jana bald wieder in der Klasse!, dachte er. Das ist doch kein Zustand! Am Ende bin ich hier der Hampelmann, der seine Schüler fragen muss, wie sie sich die Gestaltung des Unterrichts vorstellen.

Schon nach gut fünfzehn Minuten war die Pflichtaufgabe im Kasten und Kral erteilte Alexander das Wort. Der hatte jetzt einen Stoß Papiere vor sich auf dem Tisch liegen.

»Es gibt da immer noch Rückmeldungen auf unsere Aktion«, begann er, »mit Sicherheit sind da viele Nieten dabei, denn wir können kaum glauben, dass man Jana irgendwo so einfach auf der Straße gesehen hat, wie zum Beispiel hier«, er deutete auf einige der Blätter, »in Selb, Eger, Marktredwitz oder sogar in Prag. Aber es gibt da ein Posting von drüben, das Klára«, er deutete auf die tschechische Freundin Janas, »für uns grob übersetzt hat und das vielleicht ein Treffer sein könnte.«

»Und wie ...?«, hob Kral an.

»Am besten, Sie schauen sich das mal an.«

»Gut, ich lese und geb's dann mal gleich weiter«, reagierte Kral. Er überflog den Text und machte sich dann an eine sinngemäße Übertragung ins Deutsche: »Also, eine oder ein gewisser ‚Manua' schreibt, dass sie, also wahrscheinlich ein Pärchen oder eine Gruppe, wieder mal auf der Suche waren. Warum, wird hier nicht gesagt. Wahrscheinlich brauchten sie eine Bleibe. Sie sind auf ein Haus gestoßen, von dem sie annahmen, dass es unbewohnt sei. Die Haustür war nicht abgesperrt, im Dunklen haben sie dann die Wohnung erkundet. Wir können also davon ausgehen, dass das in der Nacht war. Sie sind dann in ein Zimmer gekommen. Ich zitiere jetzt mal wörtlich: ‚Ich leuchte mit der Taschenlampe auf eine junge Frau, die schläft. Hab genau gesehen, dass sie gefesselt war. Wir natürlich gleich wieder ab, weil Zoff wollen wir auf keinen

Fall! Könnte eure Jana gewesen sein! Das Problem ist: wo? War bei einem Kaff hinter Asch, Vernov oder so!'«

»Und was meinen Sie?«, wollte Alexander wissen.

»Könnte in der Tat ein Treffer sein. Aber wie kommen wir an diese Leute ran? Das ist ja alles ein bisschen vage, vor allem die Ortsangabe.«

Petra meldete sich zu Wort: »Könnte schwierig werden, vielleicht wollen die sich überhaupt nicht outen, weil sie, na ja, kann man sich ja denken, wahrscheinlich nichts mit der Polizei zu tun haben wollen.«

»Kann ich davon ausgehen, dass der Eintrag auch der Kripo Eger vorliegt?«, wollte Kral wissen.

»Eigentlich schon!«, nickte Alexander. Der Postpi...«

»Pospíšil!«

»Ja, genau der! Der hat mir einen recht kompetenten Eindruck gemacht.«

»Okay!«, lachte Kral. »Ich setze mich gleich mal mit der Kripo in Verbindung und gebe dein Urteil weiter. Der Herr Oberleutnant wird sich mit Sicherheit sehr geehrt fühlen, wenn ich ihm deine Einschätzung übermittle.«

Dem Versuch, nach dem Unterricht Aneta Kučerová per Handy zu erreichen, war allerdings kein Erfolg beschieden, weil die Dame zurzeit nicht erreichbar war.

Denn eben von zu Hause aus über das Festnetz!, dachte Kral, der nach der einen Unterrichtsstunde schon wieder in die Freizeit entlassen war.

11.45 Uhr

Die Fußwege zum Gymnasium und zurück waren eine hervorragende Ergänzung zu Krals innerstädtischen Spaziergängen, und wenn er sich nicht täuschte, reagierte sein Blutdruck durchaus positiv auf diese Bewegungsvielfalt.

Er war auf dem Heimweg und steuerte auf die Schützenstraße zu, als sich sein Handy meldete. „Brückner" erschien auf dem Display. Dass das lässig-entspannte »Josef, wo brennt's denn?« überhaupt nicht dem Gemütszustand des Anrufers entsprach, aber doch irgendwie zu dessen Problem passte, konnte Kral natürlich nicht wissen. Die überfallsmäßig herausgeschleuderte Frage »Wo bist du?« verwies auf heftige Erregung.

»Auf dem Heimweg nach Hause.«

»Wo genau, will ich wissen!«

»Bei der Turnhalle, Nähe Schützenstraße.«

Zunächst empfing Kral nur ein heftiges Atmen, dann folgte die Anweisung: »Kenn ich, dann bist du gleich zu Hause. Warte dort auf mich, dauert nicht lange!«

»Was ist denn los, Josef?«

»Keine Zeit! Erfährst du dann!« Die Ansage verwies auf das Gesprächsende, aber Brückner schob noch einen Hinweis nach: »Wäre gut, wenn du ein Auto hättest!«

Kral machte sich strammen Schrittes auf den Weg nach Hause. Da mach dir mal einen Reim drauf!, dachte er kopfschüttelnd. Was hat der vor? Und was will der mit meinem Auto? Der kommt doch nicht zu Fuß nach Selb! Er blickte auf die Uhr: halb zwölf! Eigentlich müsste Eva noch da sein, die fängt doch heute erst um halb eins an.

Tatsächlich, der Octavia stand noch vor dem Haus. Er hastete in Richtung Küche. Schon im Flur schlug ihm der Duft von gedünsteten Zwiebeln in die Nase. Mist, sie hatte was von Kalbsleber gesagt, nicht besonders angenehm, wenn man die aufgewärmt essen muss! Er nahm den Autoschlüssel vom Haken und öffnete die Küchentür.

»Wird auch Zeit!«, empfing ihn Eva. »Gleich gibt's Essen. Setz dich schon mal an den Tisch!«

»Geht nicht! Notfall! Muss gleich wieder weg! Außerdem brauche ich das Auto!«

Ihr Blick verhieß nichts Gutes: Sie blickte auf den Schlüssel. »Der bleibt hier!«, fuhr sie ihn an. »Du weißt genau, dass ich gleich zur Arbeit muss!«

Kral steckte in der Klemme: Eigentlich war jetzt eine Erklärung angebracht, aber was hatte er schon anzubieten? Der Hinweis auf Brückners Anruf würde nicht genügen! Es musste ein Argument her, das keine Gegenrede duldete. Also wurde die inzwischen gereifte Vermutung zur Tatsache umfunktioniert: »Es geht um Janas Leben!«, konterte er theatralisch und trat den schnellen Rückzug an.

Schon stand er vor dem nächsten Problem: Da mach ich Terror und der kommt vielleicht gar nicht gleich! Schöne Bescherung, wenn ich jetzt am Auto stehe und vielleicht noch eine Viertelstunde warte. Der Blick hinauf zum Küchenfenster zeigte ihm, dass seine Sorge berechtigt war: Eva machte ihm gestisch deutlich, dass er mit Konsequenzen zu rechnen hatte. Zum Glück traf Brückner in diesem Moment mit seinem PKW ein. Er hatte Aneta mitgebracht.

»Zur Lage!«, begann er, als beide ausgestiegen waren. »Die Geldübergabe sollte auf dem Ascher Marktplatz stattfinden. Sollte! Plötzlich der Anruf: Übergabe in Selb!« Er blickte auf die Uhr. »Und zwar in zehn Minuten im Factory-In. Ich übergebe das Geld. Ihr behaltet mich im Auge.« Er blickte auf Kral: »Und zwar von deinem Auto aus! Los geht's!« Er holte aus seinem Auto eine Plastiktüte von Lidl, in der er wohl das Lösegeld transportierte, und man bestieg den Octavia, Aneta setzte sich auf den Beifahrersitz und Brückner nahm auf der Rückbank Platz.

»Warum wollt ihr unbedingt mit meinem Auto zur Übergabe fahren?«, erkundigte sich Kral.

»Wenn da der Josef mit dem Geld auftaucht«, erklärte ihm Aneta, »sollte nicht unbedingt ein PKW mit tschechischer Zulassung in der Nähe sein. Am Ende halten sich der oder die Täter bedeckt und lassen vielleicht sogar die Übergabe platzen, weil sie tschechische Zivilpolizisten vermuten.«

Kral fuhr vorbei am Rathaus in Richtung Bahnhof, um dann nach links in die Heinestraße zu dem Einkaufszentrum abzubiegen. Noch in der Bahnhofsstraße meldete sich Brückners Handy. Er bestätigte den kurzen Anruf mit der Meldung: »Verstanden! Parkplatz an der großen Halle!«

»Hab ich mitgekriegt!«, reagierte Kral. »Ich bieg jetzt mal ab.«

»Stopp! Fahr rechts ran, Jan!«, wies ihn Brückner an. »Ich steig hier aus und ihr behaltet mich im Auge.«

Der Geldbote hatte jetzt knapp hundert Meter Fußweg bis zum Factory-In vor sich. Noch von der Bahnhofsstraße aus folgten ihm die Blicke der beiden Beobachter. Als die Sicht auf den weiteren Verlauf der Heinestraße nicht mehr möglich war, nahm Kral wieder Fahrt auf und bog nach links ab. Brückner hatte sich inzwischen bis auf etwa zwanzig Meter der Einfahrt zum Parkplatz genähert.

Plötzlich forderte ihn Aneta erregt auf: »Jan, gib Gas!«

»Was ...? Warum?«

»Bist du blind?«, fuhr ihn Aneta an. »Der Motor...!« Sie stockte und blickte angestrengt nach vorne. Natürlich hatte Kral den Motorradfahrer wahrgenommen, der, vom ehemaligen TopKauf kommend, in Höhe der Parkplatzeinfahrt die Straße mit seiner Maschine überquerte. Die schwarze Kluft und der rote Helm hätten eigentlich auch bei ihm Alarm auslösen müssen.

Er hatte inzwischen kräftig Gas gegeben, aber als der Wagen die Einfahrt erreicht hatte, war das Lösegeld bereits in den Händen des Bikers, der sich über den Parkplatz und dann durch die schmale Gasse absetzte, die zu den Geschäften und zum Haupteingang der Anlage führte.

»Verdammte Scheiße! Der hat uns gewaltig ausgetrickst!«, fluchte Aneta. »Wenn ich mich nicht getäuscht habe, war das eine Karlsbader Zulassung.«

»Soll ich ihm folgen?«, wollte Kral wissen.

Sie schüttelte den Kopf: »Quatsch! Gegen den hast du keine Chance! Du hättest lieber mal auf die Hupe drücken sollen!«

Klugscheißerei!, dachte Kral verärgert. Warum hast du dich nicht selbst ans Steuer gesetzt?

Aber Aneta hatte schon erkannt, dass sie etwas zu weit gegangen war: »Entschuldige, Jan, das mit dem Hupen ist mir auch erst hinterher gekommen!« Sie zückte ihr Handy: »Ich ruf erst mal drüben an, dass die die Grenzübergänge kontrollieren sollen, und du kümmerst dich um Josef.«

Brückner hatte noch immer mit der überraschenden Attacke zu kämpfen, indem er vor sich hin fluchte und immer wieder den Kopf schüttelte. »Ich Idiot! Ich hab mich verhalten wie ein Anfänger«, wandte er sich jetzt an

Kral, »da konzentrier ich mich voll auf den Parkplatz und der Kerl kommt von hinten. Ich hätte den doch hören müssen!«

»Eben nicht, Josef!«, war Krals Trost. »Ich hab genau gesehen, dass der sich dir ganz langsam genähert hat und erst kurz vor seinem Zugriff mehr Fahrt aufgenommen hat, um dich anzurempeln.«

»Trotzdem! Darf mir nicht passieren!«, beharrte Brückner, um dann nachzufragen, ob Aneta schon dabei war, die nötigen Schritte einzuleiten.

»Siehst du doch, sie hängt schon am Handy. Aber ich hab da noch eine Frage, Josef: Warum habt ihr nicht unsere Polizei alarmiert?«

»Dann wäre das so nicht gelaufen!«, lachte Brückner sarkastisch. »Aber es wäre mit Sicherheit nicht zu einer Übergabe gekommen! Überleg doch mal, Jan: So ein Einsatz macht doch nur Sinn, wenn man ihn gründlich vorbereitet hat. Was helfen mir drei oder vier Streifenwagen und ein Dutzend Uniformierter? Du verscheuchst nur den Täter! Und das wollte ich vermeiden.«

»Okay, sehe ich ein«, reagierte Kral, der sich jetzt von weiteren Verpflichtungen befreit sah: »Dann bin ich wohl entlassen. Es bleibt allerdings die Frage, wer Eva erklärt, dass ich das Mittagessen verweigert und ihr das dringend benötigte Auto entzogen habe.«

»Ich ruf sie heute Abend an«, verpflichtete sich Brückner treuherzig.

Kral chauffierte die beiden zurück zu ihrem Auto und man verabschiedete sich. Anetas Vorschlag, noch mit nach Asch zu kommen, um die Ereignisse des Vormittags zu besprechen, lehnte er grinsend ab: »Nein, danke! Mein Bedarf an Kriminalisieren ist für heute reichlich gedeckt.

Außerdem«, er richtete sich an Brückner, »habe ich noch etwas Wichtiges zu erledigen.«

Der war nun überhaupt nicht in der Stimmung, auf die Anspielung einzugehen, und stieg kommentarlos in sein Auto.

In der Küche erwartete Kral das kalte Essen. Das jetzt aufzuwärmen, kam für ihn nicht in Frage, denn die Leber würde inzwischen die Konsistenz einer Schuhsohle angenommen haben. Ein Stück Brot, belegt mit ein paar Scheiben Wurst, muss genügen!

Um auf andere Gedanken zu kommen, verzog er sich gleich in sein Arbeitszimmer, um sich an die Korrektur der Stegreifaufgabe zu machen. Aber so richtig lösen konnte er sich nicht von der Aktion beim Factory-In. Als er den Erwartungshorizont für die Arbeit ausgearbeitet hatte, überfiel es ihn plötzlich siedendheiß: Verdammt, dass ich das vergessen konnte! Er griff zu seinem Handy, wählte Anetas Nummer und berichtete von dem Posting, auf das seine Schüler gestoßen waren.

13.00 Uhr

Die Besprechung fand bei der Ascher Staatspolizei in der *„Gustava Geipela"* statt, von wo aus der Einsatz geführt wurde. Für die Selber war dieses Gebäude noch immer die „Geipelvilla", benannt nach dem berühmten Ascher Industriellen Gustav Geipel, der 1914 verstorben war. Anwesend waren Aneta Kučerová, Josef Brückner, Kryštof Pospíšil und Jakub Svoboda, der Leiter der Station.

Svoboda berichtete zunächst von den Maßnahmen, *»die wir nach der ...«*, er wollte nicht ins Fettnäpfchen treten und entschied sich für eine neutrale Variante, »... *Aktion in Selb eingeleitet haben.«* Die drei Grenzübergänge, die wohl in Frage kämen, seien sofort eng überwacht worden. Man habe sogar geschlossene Fahrzeuge, in denen man ein Motorrad transportieren könne, überprüft. »*Bis jetzt kein Ergebnis«*, fuhr er fort, »*aber die Überwachung dauert an.«*

»*Der ist doch schon längst wieder hier!«*, gab Brückner reichlich frustriert zu bedenken. »*Mit dem Motorrad hast du genug Möglichkeiten, unbemerkt über die Grenze zu kommen.«*

»*Auch davon sind wir ausgegangen. Und da wir ja annehmen, dass der Vojtěch Novák ...«*, Svoboda blickte auf die Kučerová, die den Namen mit einem Kopfnicken bestätigte, »*... unser Mann ist, haben wir seine und auch die Wohnung seiner Freundin noch immer unter Beobachtung. Außerdem überprüfen wir alle Leute, die mit dem Motorrad unterwegs sind.«*

»*Verdammte Scheiße!«*, fluchte Brückner. »*Es muss sich doch rauskriegen lassen, wo sich diese Brut versteckt und wo sich wohl auch Jana aufhält!«*

»*Muss ich dir jetzt erzählen, wie unendlich viele verlassene Bruchbuden es hier in der Umgebung gibt, um sich quasi unsichtbar zu machen?«*, hielt ihm die Kučerová vor.

Schon längst hatte Pospíšil angedeutet, dass endlich er zu Wort kommen wollte.

»*Is ja gut, Kryštof«*, nickte ihm seine Vorgesetzte zu, »*was hast du denn auf dem Herzen?«*

»*Wesentliches!«*, kündigte der Spaßvogel hintergründig lächelnd an. »*Ihr habt vergessen, dass der Täter Spuren hinterlassen hat, er hat nämlich angerufen.«*

»Und du Klugscheißer hast vergessen«, schleuderte ihm Brückner wütend entgegen, *»dass alle Anrufe, die mich erreicht haben, über das Festnetz liefen und von einer Telefonzelle gekommen sind!«*

Pospíšil schien geradezu versessen darauf zu sein, den Choleriker zu reizen: *»Richtig, aber wiederum mit großer Wahrscheinlichkeit auch nicht ganz richtig. Ich habe nämlich von der Kollegin Kučerová die Information erhalten, dass dich kurz vor ...«*, er entschied sich dafür, Brückners Missgeschick offen anzusprechen, *»... deiner Überrumpelung ein Anruf erreicht hat, und«*, umständlich kramte er aus der Tasche, in der er auch seinen Laptop transportierte, ein Blatt Papier, das er demonstrativ in die Höhe hielt, *»wie ich diesem Verzeichnis entnehme, gibt es in diesem Bereich keine öffentliche Telefonzelle. Da euch der Täter aber mit großer Wahrscheinlichkeit im Auge hatte, muss er ein Handy benutzt haben.«* Triumphierend blickte er in die Runde, aber er konnte seinen Sieg nur kurz auskosten, denn das Rumpelstilzchen schlug gnadenlos zurück und verpasste ihm einen Rüffel, der sich gewaschen hatte:

»Wenn ich etwas gar nicht leiden kann, dann sind das Polizisten, die glauben, die Weisheit mit Löffeln gefressen zu haben, und dann auch noch eine billige Show abziehen. Du Arsch, bewirb dich beim Fernsehen, dort suchen sie solche Blender! Sage gefälligst gleich, was Sache ist, und nerve uns nicht mit deiner Eitelkeit! Du ...!«

»Is ja gut, Josef, beruhige dich mal wieder«, unterbrach ihn Aneta Kučerová, *»Hahnenkämpfe sind das Letzte, was wir hier brauchen können, und du«*, sie wandte sich an Pospíšil, *»benimmst dich in Zukunft nicht so taktlos gegenüber einem verdienten Kollegen, sonst landest du*

ganz schnell wieder bei der Schutzpolizei! Und jetzt bitte eine klare Ansage: Welche Schritte unternimmst du?«

Der junge Mann wand sich in Verlegenheit und sah sich zu einer Entschuldigung genötigt: *»Tut mir leid, ich wollte doch nur ...«*, aber die Kučerová ließ ihn nicht ausreden: *»Ich habe nach den Schritten gefragt!«*

Jetzt erläuterte der Oberleutnant wortreich, aber peinlichst auf bescheidenes Auftreten bedacht die Möglichkeit, die es gebe, über den erfolgten Anruf des Erpressers zumindest die Nummer seines Handys zu erschließen und mit Glück schließlich so etwas wie ein Bewegungsprofil zu erstellen. Aber er wies auch darauf hin, dass eine solche Aktion auf jeden Fall viel Zeit kosten werde, weil man es ja sowohl mit einem deutschen als auch mit einem tschechischen Provider zu tun habe und der Zugriff auf die Daten eh nur über die zuständigen Staatsanwaltschaften zu erhalten sei.

»Gut«, reagierte seine Chefin, *»du hängst dich an die Sache und schließt dich mit deiner ... äh, mit der dir bekannten deutschen Kollegin vom GPZ kurz! Der Versuch muss auf jeden Fall gemacht werden!«* Sie blickte in die Runde: *»Gibt es noch was Wichtiges?«* Da sich niemand zu Wort meldete, schloss sie die Sitzung: *»Leute, wir hören voneinander, und denkt daran, auch scheinbar Nebensächliches kann wichtig werden!«*

Ihr Handy meldete sich. »Bitte!« – »Hallo, Jan, was ...?« – »Das ist ja interessant!« Sie bedeutete den drei Herren mit Handzeichen, sich wieder zu setzen. »Denke ich auch. Ich bitte ihn gleich mal, einen Blick drauf zu werfen.« – »Gut. Erst mal schönen Dank, Jan! Du hörst von mir.«

»*Neue Lage, meine Herren!*«, richtete sie sich an die kleine Runde. »*Krals Schüler haben da was Interessantes im Internet gefunden. Kryštof, schmeiß deine Kiste an und schau mal nach!*«

Es dauerte einige Zeit, bis der Laptop des Oberleutnants hochgefahren war und der Zugriff auf den entsprechenden Beitrag möglich war.

»*Wenn das kein Treffer ist, fresse ich einen Besen!*«, reagierte Brückner, völlig aus dem Häuschen, auf die Meldung, die Pospíšil vorgelesen hatte. »*Kein Wunder, dass uns kein Motorradfahrer ins Netz gegangen ist. Der ist von der anderen Seite her über Oelsnitz und Bad Brambach gekommen, also praktisch durch die Hintertür in seinen Bau gekrochen!*«

»*Wenn mit diesem ‚Vernov‘ ‚Vernéřov‘ gemeint ist!*«, meldete sich Aneta Kučerová mit kritischem Unterton zu Wort. Deutlich war ihr anzumerken, dass sie die Euphorie Brückners nicht teilte. »*Außerdem*«, gab sie zu bedenken, »*warst du doch davon überzeugt, dass er Jana freilässt, wenn er das Geld hat.*«

Den Einwand ließ Brückner nicht gelten: »*Weiß der Teufel, was in dem seinen kranken Hirn vorgeht! Du musst jetzt handeln, Aneta, auch wenn der Jana laufen lässt! Wir müssen den Kerl schnappen!*«

»*Also, mal der Reihe nach, mein lieber Josef!*«, konterte seine Nachfolgerin. »*Dir muss ich doch nicht erklären, dass hier Handeln Klotzen heißt! ‚Bei Aš‘ heißt es in der Meldung. Und wenn wir mit der Suche anfangen, ist es nicht damit getan, sich auf die Umgebung von Vernéřov zu konzentrieren. Der Aufwand ist, personalmäßig gesehen, kaum zu stemmen. Und noch was drückt mich: Habe ich überhaupt einen hinreichend begründeten*

Verdacht? Kann es nicht sein, dass uns da irgendwelche Junkies verarschen wollen? Auch das ist zu bedenken: Nicht nur ich kann mich in die Scheiße reiten, das Ganze kann auch, ich sag's mal so, zum Nachteil Janas ausgehen.«

Sie blickte auf Brückner, doch der war nicht bereit, Stellung zu beziehen, er stierte mit feuchten Augen scheinbar teilnahmslos vor sich hin und schüttelte nur ganz leicht den Kopf.

16.00 Uhr

Jana war aus einem wahrscheinlich langen Schlaf erwacht, der sie mit wirren Angstträumen drangsaliert hatte. Sie fühlte sich wie gerädert und brauchte einige Zeit, um aus ihrer Benommenheit wieder in die Erinnerung zurückzufinden.

Vom Fernsehapparat kamen jetzt eher leise Töne. Sie lauschte, konnte aber keine Geräusche wahrnehmen, die von Anna oder ihrem Partner kommen konnten. Auch ihr lautes Rufen wurde nicht beantwortet.

Sie blickte auf die Handschelle. Dumme Kuh!, rief sie sich selbst zur Ordnung. Du bist zu blöde, ein Stück Draht zu biegen, und flennst wie ein kleines Kind.

Sie holte den Draht unter dem Kopfkissen hervor und betrachtete das Teil. Es musste doch eine Möglichkeit geben, das Ende so abzubiegen, dass ein richtiger Winkel entstand! Nachdenkliches Betrachten brachte die Lösung: Verdammt, dass ich da nicht gleich drauf gekommen bin: Die Zange klemmt den ja eh nur fest!

Der Kerl scheint nicht im Haus zu sein, dachte sie. Ich muss das jetzt versuchen!

Jana stieg aus dem Bett, riss mit der freien Hand die Matratze von ihrer Unterlage und hatte jetzt den Gitterrost vor sich, der in einem Metallrahmen verankert war. Die Vierkantstreben waren auf ihrer Oberseite mit einer Fuge versehen, in der sie die eine Seite des Drahtes fixieren konnte.

Jetzt sachte zur Seite biegen! Und schon hatte sie einen sauberen 90°-Winkel! Nun fehlte am anderen Ende nur noch eine Art Griff, um mit dem provisorischen Dietrich auch entsprechend hantieren zu können. Gar nicht so einfach, wenn man mit einer Hand am Bettgestell fixiert ist. Mit einiger Mühe schaffte sie es, den Draht ein paarmal so zu biegen, dass er wie ein Werkzeug zu gebrauchen war.

Noch war nichts gewonnen. Den entscheidenden Handgriff des Onkels hatte sie zwar bewundert, aber nicht genau genug beobachtet. Sie stocherte in dem Schloss herum, aber der Erfolg blieb aus. Du musst systematischer vorgehen!, nahm sie sich vor. Jetzt führte sie das Teil wie einen Schlüssel in das Schloss, vollführte zunächst ein paar vorsichtige Rechtsdrehungen. Mist! Dann eben nach links. Und tatsächlich spürte sie einen leichten elastischen Widerstand. Das muss es sein! Noch mal das Ganze! Jetzt aber ohne Zittern!

Sie konnte ihr Glück kaum fassen und ihr kamen wieder die Tränen. Aber jetzt empfand sie Freude und Stolz zugleich, als sich der Metallring geöffnet und ihre Hand freigegeben hatte. Schade, dass das der Onkel nicht gesehen hat!, dachte sie. Der alte Grantler, der ihr nie etwas zugetraut hatte, würde Bauklötze staunen!

Sie massierte das von der Fesselung lädierte linke Handgelenk und machte sich auf den Weg ins

Nebenzimmer, das, wie sie schon vermutet hatte, dem seltsamen Paar als Wohnstube diente. Die wenigen Möbelstücke, Couch, Sessel, Tischchen und Kommode, auf der der Fernsehapparat stand, waren in einem erbärmlichen Zustand und selbst ein Sperrmüllfledderer hätte den Plunder nicht mehr angerührt. Überquellende Aschenbecher, Teller mit Essensresten auf Tisch und Boden, dazu verschüttetes Bier aus unzähligen Flaschen und Dosen verbreiteten einen ekligen Gestank, der ihr Brechreiz verursachte.

Anna war nicht im Zimmer. Sie entdeckte die junge Frau, regungslos auf dem Boden liegend, vor dem Badezimmer. Jana kniete nieder und stellte zunächst fest, dass sie sich erbrochen hatte. Außerdem blutete sie wieder aus der Nase. Die dunkle Erinnerung an den Erste-Hilfe-Kurs in der neunten Klasse führte zu den nächsten Schritten: Das Ertasten der Halsschlagader konnte sie sich ersparen, denn die Atmung war deutlich wahrzunehmen. Klar, dann die stabile Seitenlage! Und jetzt? Wie war das noch mal beim Erbrechen? Mit dem Finger in den Mund, um den Atemweg freizubekommen? Die Maßnahme schien ihr zu gefährlich: Am Ende schiebst du noch irgendwelche Brocken nach hinten! Dann: Schläft sie nur oder ist sie bewusstlos?

»*Anna, wach auf! Du darfst nicht schlafen!*« Dazu noch leicht die Wangen getätschelt! Geht doch!, dachte Jana, als Anna kurz aufstöhnte und sogar für einen Moment die Augen öffnete.

Der fällige nächste Schritt, Rettung verständigen!, führte zum nächsten Problem: kein Handy, einsame Lage des Anwesens, im nächsten Haus ein Kumpel des Monsters! Was machen, Jana?

Überblick verschaffen! Sie ging wieder zurück in das Wohnzimmer und näherte sich vorsichtig, unter Umgehung des Mülls, dem einzigen Fenster, dem die Gardinen fehlten und dessen Scheiben vor Schmutz starrten. Die Wohnung befand sich im Erdgeschoss. Vor dem Haus gab es einen verwilderten Garten. Jenseits des maroden Zauns führte ein unbefestigter Weg zu einer Straße. Und die musste auch befahren werden! Aber es konnte auch ihr Peiniger sein, auf den sie traf, wenn sie das Haus verließ!

Sie blieb ein paar Minuten am Fenster stehen, um herauszukriegen, was sich auf der Straße tat. Zum Glück verfügte sie jetzt wieder über die Orientierung in der Zeit, denn der Fernsehapparat, der in dieser Wohnung wohl immer auf Sendung war, lieferte über eine Einblendung am unteren rechten Bildschirmrand auch die Uhrzeit.

Es war jetzt kurz vor halb fünf, als sie ihren Beobachtungsposten aufgab, um wieder nach Anna zu sehen. Gerade mal einen Lieferwagen und einen Mopedfahrer hatte sie im Blick gehabt. Scheint eine sehr einsame Gegend zu sein, dachte sie, aber was bleibt mir anderes über, als darauf zu hoffen, dass ich jemand anhalten kann! Anna muss so schnell wie möglich ins Krankenhaus! Sonst ...!

Ihr Blick auf die junge Frau zeigte, dass ihre Angst wirklich begründet war: Sie hatte sich auf den Rücken gewälzt und schien Schwierigkeiten mit der Atmung zu haben, denn sie schnappte mühsam nach Luft. Außerdem schwitzte sie stark. Die Mahnung, auf der Seite liegen zu bleiben, hätte sie sich ersparen können, denn Anna war offensichtlich völlig weggetreten: Es kam jetzt nicht einmal mehr andeutungsweise eine Reaktion. Also: Erst mal wieder stabile Seitenlage und dann Hilfe holen!

Zunächst kehrte sie aber zurück zu ihrem Beobachtungsposten. Der PKW und in einiger Entfernung dahinter ein Motorrad, die sich jetzt der Einfahrt zum Weg näherten, machten ihr Mut: Da geht doch was! Der blaue Personenwagen entschwand schon wieder ihrem Blick. Aber was macht der blöde Motorradfahrer? Der wird doch nicht ...!

Entsetzt starrte sie auf den Weg zum Haus: Der Biker war gerade dabei, von seiner Maschine zu steigen und sie dann auf den Seitenständer zu kippen. Nachdem er aus der linken Satteltasche irgendwelchen Kleinkram geholt hatte, näherte er sich dem Haus.

Noch war die bange Frage nicht geklärt, ob es der Kerl war, der sie in diese Bruchbude verschleppt hatte und von ihrem Onkel Lösegeld forderte. Warum zog der Arsch nicht seinen blöden Helm vom Kopf, um für Klarheit zu sorgen?

Als er aus ihrem Blickfeld verschwunden war, huschte sie schnell in ihr Zimmer, legte sich auf das Bett und zog die Decke hoch bis zum Kopf. Wenn der Mann in das Zimmer kommt, dachte sie, muss der ja nicht merken, dass ich mich von der Fessel befreit habe. Das Anlegen der Handschelle schien ihr zu gefährlich: Am Ende schaffe ich den Trick kein zweites Mal!

Es dauerte ziemlich lange, bis der Motorradfahrer ihr Zimmer erreicht hatte. Natürlich musste er auf dem Weg die hilflos auf dem Boden liegende Anna bemerkt haben. Aber das schien ihn nicht zu beunruhigen, denn er nickte zufrieden, als er in der Tür stand und sich an Jana richtete:

»Alles im grünen Bereich, mein Täubchen, dein Onkel hat gelöhnt. Jetzt gehen die Dinge ihren Weg.«

Sie meldete energischen Protest an: *»Aber Anna geht es verdammt schlecht! Sie müssen sie ins Krankenhaus schaffen!«*

»Fresse! Ich muss gar nichts! Selbst schuld, die dumme Kuh! Warum kifft sie sich das Hirn aus dem Kopf?« Ende der Ansage.

Der Mann entfernte sich, und wenn sie die Geräusche nicht täuschten, verließ er das Haus. Obwohl er den Helm nicht vom Kopf genommen hatte, war Jana klar, dass dieser Vojtěch wieder in der Nähe war.

17.00 Uhr

Einen solchen Großeinsatz hatte es im Kreis Eger schon lange nicht mehr gegeben: Fast hundert Polizisten waren eingesetzt, um nach dem Haus zu suchen, in dem sich die entführte Jana aufhalten könnte. Darunter war allerdings auch eine halbe Hundertschaft der Bereitschaftspolizei aus Pilsen.

Hauptmann Kučerová führte den Einsatz von der Zentrale der Egerer Staatspolizei aus. Inzwischen gab es bereits einige positive Nebeneffekte, die mit einer solchen Aktion fast immer einhergehen: Zwei Personen waren aufgegriffen worden, gegen die ein Haftbefehl bestand, und in einem alten Bauernhaus hatte man eine provisorische Drogenküche entdeckt, wo wahrscheinlich Stoff für den Eigenverbrauch hergestellt wurde.

Die Kučerová war gerade dabei, die laufend eingehenden Standortmeldungen der eingesetzten Kräfte auf einer Karte zu vermerken, um die entsprechenden

Lokalitäten als „abgearbeitet" abzuhaken. Oberleutnant Pospíšil saß an einem der Funktische, um den Kontakt zu den Suchmannschaften zu halten.

Der Funkspruch, der auf der Frequenz einging, die Feuerwehr und Rettungsdienst benutzten, schien dem zuständigen Beamten nicht erwähnenswert, schließlich hatte die Suche nach einem entführten Mädchen Vorrang. Aber Pospíšil, der sich als häufig eingesetzter Offizier vom Dienst wahrscheinlich die Fähigkeit antrainiert hatte, auch das Husten der Flöhe wahrzunehmen, reagierte umgehend und rief seiner Chefin zu:

»*Hast du die Durchsage mitgekriegt?*«

»*Keine Ahnung, was du meinst!*«

»*Notrufzentrale Karlovy Vary hat die Feuerwehr Aš alarmiert: ‚Rauchentwicklung in einem Gebäude hinter Vernéřov an der Landstraße 02116!'*«

Die Einsatzleiterin blickte auf die vor ihr liegende Karte. »*Wahnsinn, wenn das mal nicht ...!*«, hob sie an, um dann sofort zu entscheiden: »*Du dirigierst da unverzüglich ein paar Leute hin und dann hängst du dich an den Feuerwehrfunk! Mal sehen, was da los ist! Und könnte nicht schaden, wenn auch der Rettungsdienst und ein Notarzt vor Ort sind.*«

»*Wird gemacht, Chefin!*«

Sie begann zu zählen. Eine Minute, also bis sechzig, wollte sie noch im Zimmer bleiben, um dann wieder ihren Beobachtungsposten zu beziehen. Sie schlich zunächst zur Tür und lauschte. Aber von der Haustür her kamen keine Geräusche. Etwas zu hastig näherte sie sich dem Wohnzimmerfenster, so dass einige Bierflaschen umfielen.

Sie hielt ängstlich inne, um auf eine Reaktion zu warten.

Okay, hat er nicht gehört!, dachte sie wenig später erleichtert und machte die paar Schritte zum Fenster. Sie hätte am liebsten laut losgejubelt, denn das Motorrad war verschwunden. Dann mal los, Jana! Anna lag noch schön brav auf der Seite und schien auch wieder besser Luft zu bekommen. Als sie die Haustür erreicht und auf die Klinke gedrückt hatte, wunderte sie sich doch ein bisschen, denn die Tür war nicht verschlossen.

Der Trottel ist sich ja ziemlich sicher, dass Anna und ich keine Chance haben, abzuhauen. Du wirst schön blöd aus der Wäsche gucken, mein Freundchen, wenn ich erst mal jemanden angehalten habe!

Sie war jetzt ein paar Schritte vor das Haus getreten, hielt aber schnell wieder inne, denn ihr stieg Brandgeruch in die Nase. Aus der Wohnung konnte der nicht kommen, da hätte sie ja gerade schon etwas gemerkt. Auch der Blick auf die Straße und das weiter in der Ferne liegende Wäldchen zeigte keine Auffälligkeiten. Als sie auf das Gartentor zuging, das windschief in seinen Angeln hing, fiel ihr Blick auf den Rauch, der von der hinteren Seite des Hauses kommen musste. Jetzt nahm sie auch das harte Schnalzen wahr, das beim Verbrennen von Holz entsteht. Es war der ziemlich nahe am Haus stehende Holzschuppen, der da in Brand geraten war.

Das kann doch nur dieser durchgeknallte Typ veranstaltet haben! Was will der denn mit dieser Scheiße erreichen?

Die Antwort erhielt sie schneller, als ihr lieb war: Der dumpfe Schlag einer Explosion traf Jana mit einer solchen

Wucht, dass sie fast zu Fall gekommen wäre. Zugleich erreichte ihr Gesicht die sengende Hitze des Feuerballs, der aus der Hütte in die Höhe schoss und nur eine Reaktion zuließ: Weg, nichts wie weg!

Als sie wieder die Haustür erreicht hatte, beherrschte sie zunächst ein ungläubiges Staunen. Sie brauchte einige Zeit, um klare Gedanken zu fassen, und wollte schon in Richtung Straße rennen, denn irgendwie musste ja die Feuerwehr alarmiert werden! Aber hatte sie nicht auch das Zerbersten von Fensterscheiben wahrgenommen? Mist, Anna war da doch noch drin! Bis die kommen, brennt doch die ganze Hütte lichterloh!

Die Ahnung bestätigte sich: Als sie den Flur betrat, empfing sie dunkler beißender Rauch, der ihr die Sicht nahm und sich, begleitet von einem stechenden Schmerz, in ihre Lunge drängte. Irgendwo und irgendwann hatte sie das gehört oder gesehen: Runter auf den Boden, da ist weniger Rauch! Langsam robbte sie in Richtung des Badezimmers. Das T-Shirt hatte sie aus der Hose gezogen, um das untere Ende mit einer Hand vor den Mund zu pressen. So drei oder vier Meter hatte sie vor sich, wenn sie ihre Erinnerung nicht täuschte.

Die freie Hand traf auf einen Widerstand. Haare? Noch ein Stücke weiter! Jetzt ertastete sie ein Gesicht: Anna! Lebenszeichen nahm sie nicht wahr. Egal! Die musste jetzt erst mal nach draußen! Die Frau war zwar ein Leichtgewicht, aber so, mit einer freien Hand über den Boden robbend, ging da gar nichts mehr! Sie erhob sich, umfasste Annas Arme und begann sie über den Fußboden zu schleifen. Nun war sie wieder völlig schutzlos diesem ekligen Rauch ausgeliefert, der ihr die Lunge zu zerreißen drohte.

Was ist mit meinen Füßen los? Warum wirst du plötzlich so leicht, Anna? Gleich haben wir's geschafft!

Die beiden Ascher Polizisten passierten mit ihrem Streifenwagen das Wirtshaus von Wernersreuth.

»Du wirst's nicht glauben, Radek, weiter bin ich nie gekommen. Ich hab immer gedacht, dass da oben«, er deutete nach vorne, *»gleich die Grenze nach Deutschland kommt.«*

»Das sind schon noch drei oder vier Kilometer, aber wenn ich mich recht erinnere, gibt's da gerade mal ein paar vereinzelte Häuser. Wir müssen nur den Berg rauf, dann sollten wir ja sehen, ob's da irgendwo brennt!«

Als der Škoda Fabia die Anhöhe erreicht hatte, wandte sich der Beifahrer aufgeregt an seinen Kollegen: »Scheiße, Zdeněk! Gib Gas! Da geht's ja ordentlich zur Sache. Wenn da noch jemand drin ist, dann gute Nacht!«

»Arsch! Ich bin doch nicht blind! Mach lieber Meldung! Dann gehst du auf den Feuerwehrkanal! Sag denen, was hier abgeht, und frag mal, wie lange die noch brauchen!«

»Is ja gut! Bin ja schon dabei!«

Der Streifenwagen erreichte die Abzweigung zu dem brennenden Gebäude und der Fahrer wollte nach links abbiegen.

»Würde ich an deiner Stelle nicht machen, Zdeněk! Du blockierst doch die Zufahrt für die Feuerwehr!«

»Hab ich selbst gemerkt, Klugscheißer!« Der Fahrer stieß ein paar Meter zurück und parkte dann auf der rechten Straßenseite. Die beiden stiegen aus und machten sich zu Fuß auf den Weg zum Haus.

»Wird ganz schön heiß! Ich denke, wir sollten warten, bis die Feuerwehr kommt. Ich hab eigentlich keine Lust, mich grillen zu lassen.«

»Mensch, Zdeněk! Wenn ich das richtig mitgekriegt habe, könnten da noch Leute drin sein! Ich versuch noch ein bisschen näher ranzukommen!«

»Okay! Ich melde mich mal bei der Zentrale.«

Wenig später blickte der Unterleutnant Zdeněk Černý entsetzt auf seinen Kollegen, der sich mit hastigen Schritten der Haustür näherte: *»Radek, spinnst du?«*

»Beweg lieber deinen Arsch und komm her, hier liegen zwei Frauen!«

»Die beiden Kollegen haben das Haus erreicht!«, rief Pospíšil seiner Chefin zu. *»Vollbrand!«*

Hauptmann Kučerová erhob sich und trat an den Funktisch, um in das Gespräch hineinzuhören. *»Und? Warum kommt da nicht mehr, das ist doch kein Lagebericht! Frag mal nach, was da los ist!«*

»Sperber 4 von Adler 1! Bitte um genauen Lagebericht!«

Keine Reaktion! Auch weitere Anrufe wurden nicht beantwortet.

Die Meldung kam dann über den Feuerwehrfunk: *»Einsatzstelle an! Wohnhaus im Vollbrand! Bereiten Brandbekämpfung vor! Zwei Personen von der Polizei in Sicherheit gebracht!«*

17.30 Uhr

»Das war ganz schön eng!«, richtete sich der Einsatzleiter der Feuerwehr an die beiden Polizisten. *»Bei der*

einen schaut's sehr schlecht aus«, er deutete auf den Notarzt und die Sanitäter, die sich gerade um eine der Frauen bemühten, *»wenn ihr da nicht eingegriffen hättet, wäre die wahrscheinlich schon ex! Respekt, Kollegen!«*

Unterleutnant Černý gab sich spaßig: *»Ich glaub, meine Eier haben schon ein bisschen gekocht. Verdammt heiß da am Haus!«*

»Na gut!«, antwortete der Feuerwehrmann. *»Der Brand muss auf der anderen Seite entstanden sein. Da vorne«*, er deutete in Richtung Haustür, *»da ging's ja noch! Aber ihr seht ja selbst, wie schnell sich das Feuer ausbreitet, jetzt ist nicht mal mehr der Innenangriff möglich.«*

»Dann mach mal eine Meldung!«, forderte Černý seinen Kollegen auf.

»Und? Was soll ich ...?«

»Stell dich doch nicht so dämlich an! Erzähl denen einfach, dass wir die Frauen rausgeholt haben!«

Wenig später die erneute Bitte um Hilfe: *»Ich soll denen die beiden Frauen beschreiben!«*

»Lass mich mal ran! Den Idioten werd ich jetzt mal Bescheid stoßen!«

»Adler 1 von Sperber 4! Personenbeschreibung im Moment leider nicht möglich, der Notarzt hat die beiden Frauen in der Mangel!«

Aneta Kučerová lief zu großer Form auf: *»Wenn das nicht das Riesenarschloch Černý war, fress ich einen Besen. Dass der jemand vor dem Feuertod gerettet haben soll, halte ich für ein Gerücht!«* Sie beugte sich über das Mikrofon: *»Hör mal zu, mein lieber Kollege, wenn du Augen im Kopf hast, wirst du uns wohl sagen können, ob folgende Beschreibung auf eine der beiden Frauen* *zutrifft: Alter sechzehn, zierlich, kurze schwarze Haare, wahrscheinlich blaue Jeans, rotes T-Shirt und rote Turnschuhe.«*

»*Passt so weit, T-Shirt allerdings weiß!*«, reagierte der Unterleutnant, jetzt doch etwas verbindlicher. »*Nicht ansprechbar. Notarzt sagt, dass sie ins KH Cheb verbracht wird.*«

»*Na, geht doch! Und die andere?*«

»*Stark abgemagert, Alter schwer zu schätzen, blaue Jeans, weißes T-Shirt! Sieht sehr schlecht aus! Der Doktor hat einen Hubschrauber angefordert.*«

»*Das war's von meiner Seite! Vielen Dank, Herr Kollege!*«

Aneta Kučerová überlegte kurz und holte dann ihr Handy aus der Handtasche. Obwohl sie, was Jana anging, noch keine absolute Sicherheit hatte, mussten zwei Anrufe abgesetzt werden. Die beiden Herren hatten einen Anspruch darauf, zu erfahren, was da in der Nähe von Wernersreuth abgelaufen war.

13

Mittwoch, 7.30 Uhr

Obwohl Kral am nächsten Tag keinen Unterricht hatte, ließ er es sich nicht nehmen, gleich am Morgen, noch vor Unterrichtsbeginn, in der Schule zu erscheinen. Schnell stieß er in der Pausenhalle auf eine Gruppe von Schülern aus der 10 a.

»Sieh mal bitte nach«, richtete er sich an Elena, »ob da noch ein paar Leute aus eurer Klasse rumschwirren! Hol die her! Ich hab euch was Wichtiges zu sagen.«

Die Schüler umringten ihn und aufgeregte Fragen prasselten auf ihn ein. Natürlich ahnten sie, dass es um Jana gehen würde. Kral hatte schließlich ein Grinsen im Gesicht, das auf eine gute Nachricht verwies.

»Gleich, wartet doch noch einen Moment, bis ...« Fast die gesamte Klasse hatte sich versammelt und wartete gespannt auf Krals Botschaft. Der machte es dann doch ein bisschen spannend: »Also, der Oberleutnant Pospíšil, den der Alexander als kompetenten Mann beschrieben hat, ist seinem Ruf gerecht geworden. Er hat das Posting sofort weitergegeben. Noch am gestrigen Nachmittag ist drüben eine Suchaktion angelaufen und dabei konnte Jana befreit werden.« Kral hatte Mühe, den aufkommenden Jubel zu dämpfen, um dann noch darauf hinzuweisen, dass das Mädchen im Moment mit einer Rauchvergiftung im Egerer Krankenhaus liege. »Der Entführer hat nämlich wahrscheinlich, nachdem er das Lösegeld erhalten hat, das Haus in Brand gesetzt. Aber ich habe noch gestern spät am Abend von ihrem Pflegevater die Nachricht erhalten, dass sie über den Berg ist und voraussichtlich schon in ein paar Tagen entlassen wird.«

Die Schüler reagierten jetzt mit spontanem Beifallklatschen. Natürlich war es vor allem Freude, die sich in den Gesichtern zeigte. Aber wenn sich Kral nicht täuschte, war da auch ein gewisser Stolz zu bemerken. Schließlich hatte es die Klasse mit ihrer Aktion geschafft, der tschechischen Polizei auf die Sprünge zu helfen und letztendlich Janas Befreiung zu erreichen.

Jetzt war der Gang ins Direktorat angesagt: Oberstudiendirektor Fürholzer reagierte mit überschwänglicher Freude auf die Nachrichten: »Wahnsinn, dass das so ... Jan, ich weiß gar nicht, wie ich dir danken soll!«

»Nun mal langsam, mein lieber Gisbert!«, reagierte Kral. »Vergiss mir bitte nicht die 10 a. Die hat nämlich erst mich zum Jagen getragen und dann die Tschechen auf die richtige Spur gehetzt.«

»Klar, da müssen wir was machen! Ich meine, so in Richtung Anerkennung!«

»Okay, da fällt dir bestimmt was ein. Aber zunächst musst du sowohl der Klasse als auch mir ein bisschen aus der Patsche helfen.« Er berichtete von seinen Notenproblemen und ging dann auf die Stegreifaufgabe ein: »Ich hab da einen unmöglichen Notenschnitt erreicht.«

»Aber Jan, mach dir mal in dieser Sache keine Sorgen! Und was die Ex angeht, die hat es einfach nicht gegeben! Wir werden doch jetzt die Schüler nicht noch abstrafen!«

»Ich hab mich vielleicht nicht klar genug ausgedrückt: Schnitt: 2,21!«

»Komiker! Natürlich wird die gewertet!«, reagierte der Direktor lachend, um dann noch einmal auf die Befreiung Janas zurückzukommen: »Weiß man denn schon Genaues, ich meine ...«

»Tut mir leid, Gisbert!«, unterbrach ihn Kral. »Ich habe da nur ziemlich vage Informationen. Aber der Herr Brückner hat mir versichert, dass er dir morgen oder übermorgen einen Besuch abstatten und dir einen genauen Bericht erstatten wird. Vielleicht lädst du ja auch den Herrn Innenminister zu dem Gespräch ein, der interessiert sich sicher für den Fall. Außerdem wird er sich sehr freuen, wieder mal mit seinem alten Freund Brückner zusammenzutreffen.«

Freitag, 10.25 Uhr

Natürlich wurde Kral in den nächsten Tagen immer wieder von den Schülern bestürmt, er möge sich erkundigen, wann sie denn Jana im Krankenhaus besuchen könnten. Nachdem er sich mit Brückner in Verbindung gesetzt hatte, trat er am Freitag vor die Klasse: »Tut mir leid, Leute«, ließ er verlauten, »die Ärzte legen Wert darauf, dass Besuche im Moment auf ein Minimum reduziert werden. Mir, als Vertreter der Schule, wurden allerdings zehn Minuten zugestanden und ich werde also morgen mal kurz rüberfahren und natürlich die besten Genesungswünsche von eurer Seite übermitteln. Außerdem bitte ich Folgendes zu beachten: Das Krankenhaus lässt ausrichten, man möge Abstand von Blumengrüßen nehmen, denn, ich sag's mal so, die Schwestern wissen zurzeit gar nicht mehr, wo sie die vielen Sträuße unterbringen sollen.«

Samstag, 15.00 Uhr

Als er in das Krankenzimmer trat, traf er auf Aneta Kučerová, die sich anscheinend gerade verabschiedet hatte. »Du triffst mich in der Cafeteria«, ließ sie ihn wissen, »bis gleich!«

Jana schien sich bester Gesundheit zu erfreuen. »Was habe ich gesagt, als wir uns damals, na, Sie wissen schon, warum, in der Schule getroffen haben?«, begrüßte sie ihn grinsend.

»Eine ganze Menge!«

»Ich weiß. Aber das eine werde ich nicht vergessen. ‚Ich habe gemacht großes Problem', habe ich gesagt.«

»Aber Jana!«, reagierte Kral schulterzuckend. »Du willst mich doch jetzt nicht darauf hinweisen, dass dir dabei ein Fehler im Ausdruck unterlaufen ist!«

»Ein bisschen schon, denn ich habe gleich gemerkt, dass Ihnen das aufgefallen ist. Sie haben ja dann auch tschechisch mit mir gesprochen.«

»Ja, aber doch nicht, weil ...«, er hielt inne, denn das Mädchen schien etwas zu bedrücken.

»Ich habe schon Probleme gemacht«, stellte sie mit leiser Stimme fest und in ihre Augen traten Tränen. »Es tut mir so leid, dass ich den Andreas in Schwierigkeiten gebracht habe. Er ist so ein netter Junge und er wollte mir nur helfen! Der schaut mich doch jetzt nicht mehr an, dabei ...«

»Du magst ihn?«, fragte Kral vorsichtig nach.

Sie nickte und jetzt kullerten die Tränen über ihre Wangen.

Kral griff nach ihrer Hand. Es war nicht einfach für ihn, jetzt die richtigen Worte zu finden. »Jana!«, er versuchte es mit der – vielleicht etwas idealisierten – Wahrheit. »Ich habe ja auch mit dem Andreas gesprochen und, glaube mir, der Junge hat nicht nur eben mal den Helden gespielt, um dir zu imponieren, nein, der steht wie ein Mann zu seiner Tat und trägt dir rein gar nichts nach. Ich hatte sogar das starke Gefühl, dass auch der dich ... na, du weißt schon!«

»Wirklich?«, strahlte sie ihn an, um sich dann kräftig zu schnäuzen und die Tränen vom Gesicht zu wischen. Aber noch drückte sie etwas, denn sie wurde wieder ernst: »Da ist noch mein Onkel«, begann sie zögerlich, »dem habe ich doch auch nichts als Ärger und Kummer bereitet.«

»Mir bekannt!«, lachte Kral. »Mach dir mal keine Sorgen. Ich kenne deinen Onkel nun schon seit ewigen Zeiten. Er macht es den Menschen in seiner Umgebung nicht immer leicht. Besonders dann, wenn er sich in den Kopf gesetzt hat, das Rumpelstilzchen zu spielen, kann er unausstehlich werden. Und du hast ihm eigentlich nur gezeigt, dass du mit dieser Rolle nicht einverstanden bist. Eins kann ich dir versprechen: Er hat inzwischen, was dich betrifft, seine Schlüsse gezogen. Also: Weg mit diesem Grübeln! Dein Onkel platzt inzwischen fast vor Freude über deine Befreiung. Ich bin fest davon überzeugt, dass ihr beide euch in Zukunft richtig gut verstehen werdet.«

Jana schenkte ihm ein dankbares Lächeln: »Danke, Herr Kral, Sie haben mich so richtig aufgebaut, vielen Dank!«

Kral tippte sich an den Kopf. »Ach ja, fast hätte ich's vergessen! Ich soll ja noch die herzlichsten Grüße von der 10 a ...«

»Ich kann mich kaum retten vor Botschaften und Fragen!«, unterbrach sie ihn lachend und griff unter die Bettdecke, um ein Handy hervorzuholen.

»Ist das denn hier erlaubt?«

»,Wer vill frägt, gäiht irr!', hat der Onkel immer gesagt«, verkündete sie mit einer Schlitzohrigkeit, die zeigte, dass sie gewisse Gene mit ihrem Onkel teilte. »Nur, ich ruf ja nicht an und hab auch gepostet, dass das niemand versuchen soll«, fügte sie hinzu.

»Wann können wir wieder mit dir rechnen, also im Gymi?«, fragte Kral zum Abschied.

»Ich denke, am Montag in einer Woche bin ich wieder einsatzbereit. Sie glauben gar nicht, wie ich mich auf diesen Tag freue!«

Kral erhob sich, um sich zu verabschieden, aber Jana bedeutete ihm, dass sie noch etwas auf dem Herzen hatte.

»Herr Kral«, begann sie verhalten, »wissen Sie eigentlich, warum wir uns hier im Krankenhaus treffen können?«

»Jana, ich verstehe nicht so recht ...«

Da bekam er die Geschichte von einer drogensüchtigen Frau zu hören, die, körperlich und mental schwer geschädigt, in einem ihrer wenigen lichten Momente noch die Kraft aufgebracht hatte, sich gegen ihren Peiniger zu stellen. »Ganz gleich, wie man's nimmt«, schloss Jana, »ohne Anna hätte ich das Ganze nicht überlebt.«

15.30 Uhr

Als er Aneta in der Cafeteria gegenübersaß, erfuhr er, dass der mutmaßliche Entführer Vojtěch Novák noch am Tag des Brandes verhaftet worden sei. »Er war dämlich genug«, berichtete die Polizistin grinsend, »ganz in der Nähe bei einem Kumpel Unterschlupf zu suchen. Natürlich hat man den aufgesucht, um ihn zu befragen, ob er irgendwelche Beobachtungen gemacht hat.« Sie blickte auf die Uhr. »Wir wollen ihn heute mit den Ergebnissen der KTU konfrontieren«, wandte sie sich an Kral, »wenn du Zeit und Lust hast, kannst du mich ja ins Präsidium begleiten.«

»Da sag ich nicht nein, ich würde den Typen, von dem ich schon einiges gehört habe, gerne mal selbst in Augenschein nehmen. Aber bevor wir uns auf den Weg machen, habe ich noch eine Frage.«

»Ich höre.«

»Die Jana hat mir gerade etwas von einer Frau erzählt, Anna heißt sie, die ihr nach eigener Einschätzung das Leben gerettet hat. Die hat man angeblich nach Karlsbad gebracht. Weißt du, wie es der geht?«

»Sieht nicht gut aus«, reagierte Aneta mit bedenklicher Miene, »die hat sich zunächst mal eine heftige Rauchvergiftung zugezogen, dann ist sie wegen ihrer Drogensucht in einem erbärmlichen Allgemeinzustand. Sie liegt im Moment im Koma. Schon mal gut, dass da ziemlich schnell ein Notarzt vor Ort war. Aber ob sie durchkommt, steht noch in den Sternen.«

»Und welche Rolle hat diese Anna in der Entführungsgeschichte gespielt?«

»Sie ist oder, besser, war Nováks Lebensgefährtin. Wir hatten sie schon einige Zeit auf dem Schirm, weil wir über sie an den Kerl rankommen wollten. Aber die beiden haben sich ja in dieses verlassene Haus bei Wernersreuth abgeseilt. Vielleicht kann sie uns ja noch sagen, warum sie plötzlich nicht mehr auf ihren Partner gehört hat.«

»Aber du hältst die Jana auf dem Laufenden! Die macht sich große Sorgen um die Frau.«

»Klar, Jan! Hoffen und beten wir, dass sie durchkommt. Sie hat's verdient!«

16.00 Uhr

Auf dem Gang in den Verhörraum teilte ihm Aneta mit, dass der Mann sich bisher „recht geständig" gezeigt habe, aber absolut nichts mit dem Brand zu tun haben wolle.

Natürlich war Kral nicht gestattet, an der Vernehmung teilzunehmen. Er beobachtete das Geschehen von dem Nebenraum aus, der Beobachtern Einblick über eine verspiegelte Scheibe und das Mithören ermöglichte.

Novák wurde in den Raum geführt, wo er auf Pospíšil und dessen Vorgesetzte traf. Er gab sich lässig und das Angebot, einen Rechtsanwalt hinzuzuziehen, lehnte er großspurig ab: *»Spart dem Staat einen Haufen Geld! Und ich hab den Rechtsverdrehern noch nie über den Weg getraut. Ich werde euch schon zeigen, wo der Hammer hängt!«*

»Schön, dann zeigen Sie uns mal das Ding!«, bot ihm Frau Kučerová großzügig an.

»Na, wer hat mich denn in die Scheiße geritten?«, tönte er aggressiv. *»Doch ihr! Ich biete mich als Kronzeuge*

an und ihr lasst mich auf die Schlitzaugen los! Und? Was machen die? Sie schicken mich in die Wüste!«

»Und deshalb haben Sie Jana Hornová entführt?«

»Entführen lassen!«, grinste er spöttisch.

»Das hätte ich dann doch gerne ein bisschen genauer!«, hakte die Polizistin nach.

»Also dann der Reihe nach: Als ihr mich mit dem Stoff auf die Fidschis losgelassen habt, bin ich erst mal nach Haslov gefahren. Das Objekt dort hab ich ja angemietet. Wie hätte ich denn sonst Kontakt mit dem Kartell aufnehmen sollen?«

»Sie wollten über die Entführung sprechen!«

»Immer mit der Ruhe, Gnädige! Kommt noch! Dann habe ich die Schlitzaugen, na ja, sagen wir mal, aktiviert«, lachte er. »Die haben mir ja aus der Hand gefressen, als ich mit dem Stoff aufgetaucht bin.«

»Zur Sache!«

»Dann hab ich denen verklickert, dass sie das Mädchen abgreifen sollen. Sie glauben gar nicht, wie fix die Jungs das durchgezogen haben!«

»Und warum das Ganze? Sie haben ja zunächst nicht einmal ein Lösegeld verlangt.«

»Das wissen Sie doch!«

»Denkzettel für Brückner?«

»Ge-nau!«

»Und dann?«

»Weg!«

»Bitte, etwas genauer, Herr Novák!«

»Die Schlitzaugen haben sich mitsamt dem Stoff verpisst und ich stand da wie der Ochse vor dem Scheunentor. Und dann hab ich eben das Dämchen aufbewahrt.«

»Und haben von Brückner Lösegeld verlangt!«

»Sie wissen doch ganz genau, dass der es war, der mich reingelegt hat!«, giftete Novák zurück. *»Aber dem«*, er klopfte sich lachend auf die Schenkel, *»hab ich gezeigt, was eine Harke ist. Der hat ganz schön dämlich aus der Wäsche geguckt, als ich die Kohle abgegriffen habe!«*

»Wir waren beeindruckt von dieser Heldentat!«, reagierte die Kučerová mit beißender Ironie.

»Dann ist ja alles klar«, stellte der Beschuldigte zufrieden fest, *»ihr merkt doch hoffentlich, dass ich hier Klartext rede und ...«* Die spannungssteigernde Pause gehörte wohl zu seiner Strategie, sich Respekt zu verschaffen. *»... ich euch immer noch helfen kann, die Schlitzaugen aus dem Verkehr zu ziehen. Aber nur«*, er hob demonstrativ den rechten Zeigefinger, *»wenn ich in den Zeugenschutz komme.«* Triumphierend blickte er auf die beiden Vernehmer. Euch werde ich's schon zeigen, mochte er denken.

Jetzt empfing Pospíšil das Signal seiner Vorgesetzten, in Aktion zu treten.

»Wäre vielleicht gegangen«, begann der, *»wenn es da nicht den Mordversuch in zwei Fällen gegeben hätte!«*

Schöne Arbeitsteilung!, dachte Kral. Er soll jetzt wohl den bösen Bullen spielen.

»Hallo! Was geht denn jetzt ab?«, reagierte Novák empört. *»Was kann ich dafür, wenn es in der Bruchbude brennt?«*

»Lassen wir die Fakten sprechen!«, fuhr Pospíšil ungerührt fort: *»Sie waren, nachdem Sie das Lösegeld kassiert haben, noch mal im Haus?«*

»Kann sein!«

»Sie sind dabei auf Jana Hornová und Anna Procházka gestoßen? Die eine war an ein Bett gefesselt

und die andere lag bewusstlos vor dem Badezimmer. Richtig?«

Novák reagierte unwirsch: *»Ich hab das vielleicht mal so nebenbei registriert.«* Aber das Folgende war ihm dann doch sehr wichtig: *»Aber die Handschellen waren doch eh nur Spielzeug. Die kann doch jedes Kind aufmachen! Und die Anna, ich hab halt gedacht, dass die da eingepennt ist.«*

»Kommen wir zu dem PKW der Marke Škoda Favorit, den Sie am Morgen in den Schuppen neben dem Haus verbracht haben«, fuhr der Vernehmer fort.

Jetzt hatte Novák wieder Oberwasser: *»Ja, genau!«,* ereiferte er sich. *»Mit der Karre wollte ich in die Slowakei abhauen und zuvor hätte ich angerufen, damit ihr euch um die beiden Frauen kümmert.«*

»Okay, bleibt die Frage, warum zunächst das Auto und dann das Haus in Brand geraten sind.«

»Keine Ahnung!«

»Dann trage ich Ihnen jetzt mal vor, was die Kriminaltechnik dazu sagt.« Er blätterte in seinen Unterlagen und begann zu lesen: *»,Die Benzinleitung wurde so beschädigt, dass beim Laufen des Motors ständig eine große Menge Kraftstoff in den Motorraum ausgetreten ist und sich auch auf dem Boden des Schuppens verteilt haben muss. Dabei ist ein zündfähiges Gemisch aus Benzin und Sauerstoff entstanden. Als Zündquelle ist ein erhitztes Metallteil des Motorraums anzunehmen. Die dann im Anschluss ausgelöste Explosion, die zum schnellen Übergreifen des Feuers auf das Haus führte, ist auf drei mit Benzin gefüllte Plastikkanister zurückzuführen, die im Kofferraum aufbewahrt waren.'«* Er blickte hoch: *»Die Experten gehen von etwa dreißig Litern aus. Möchten Sie zu diesen Ausführungen Stellung nehmen?«*

»*Logisch!*«, ereiferte sich der Beschuldigte. »*Natürlich hatte ich Sprit im Kofferraum. Ich wollte doch in die Slowakei! Zurzeit sind nun mal die Spritpreise bei uns ziemlich im Keller und da habe ich eben vorgesorgt. Und dann, klar hat da was nicht gepasst: Die Karre hat ständig so geruckelt.*«

»*Aber wir gehen davon aus, dass der Motor auch dann noch gelaufen ist, als Sie den Schuppen schon verlassen haben.*«

»*Für wie blöde haltet ihr mich eigentlich? Ich blas den Sprit doch nicht mal so einfach in die Luft!*«

Kral war sich nicht sicher, was da jetzt vor seinen Augen ablief: War Pospíšil wirklich ratlos und hatte er Novák nichts mehr entgegenzusetzen? Oder begann da jetzt ein abgekartetes Spiel, das nur den Zweck hatte, den Beschuldigten in eine Falle laufen zu lassen? Jedenfalls blätterte er kopfschüttelnd in seinen Unterlagen und zuckte schließlich mit den Schultern.

Aneta schien sichtlich verärgert: »*Was jetzt, Kollege? Bist du mit deinem Latein am Ende?*«

Novák lehnte sich amüsiert zurück: »*Sag ich doch! Nix mehr mit Lateinisch!*«

Jetzt war Kral klar, dass da zwei Schauspieler am Werk waren, denn Aneta fummelte an dem Aufnahmegerät herum. »*Das Band ist voll*«, reagierte sie beiläufig, »*aber ich denke, ein neues können wir uns sparen, für heute sind wir wohl gleich durch!*«

Pospíšil blätterte noch immer verzweifelt in seinen Unterlagen, um sich dann räuspernd in Erinnerung zu bringen: »*Moment mal, ich hab da noch eine Aussage einer der Geschädigten. Hätte ich fast vergessen! Uns ist ja bekannt, dass sich die Hornová schon längst befreit hatte, als Sie noch mal das Haus betraten, und ...«*

»Meine Worte! Hab ich doch gesagt, dass die Handschellen nur Spielzeug waren!«, tönte Novák.

Der Polizist fuhr fort: »*... und sie behauptet, vom Schuppen her einen laufenden Motor gehört zu haben, als Sie schon wieder mit dem Motorrad weggefahren waren.*«

Kral kannte Aneta viel zu gut, um nicht zu bemerken, dass ihr bei diesem Vorhalt nicht wohl war. Als Novák sich wütend von seinem Stuhl erhob und laut brüllte: »*Nichts als Lügen! Die hat euch ganz schön verarscht!*«, griff sie beschwichtigend ein:

»*Okay, beruhigen Sie sich! Das Mädchen kann sich ja verhört haben.*«

»*Will ich doch meinen!*«

»*Dann lassen Sie mich noch einige Fragen stellen!*«

Er nickte gnädig: »*Aber bitte doch, Madam!*«

»*Den Schlüssel haben Sie im Zündschloss stecken lassen?*«

»*Klar, wer sollte die Karre schon klauen?*«

»*Sie haben doch nicht vielleicht mal die Motorhaube geöffnet, um nach der Ursache dieses ... wie haben Sie das noch mal bezeichnet?*«

»*Ruckeln.*«

»*... ja, also nachzusehen?*«

Novák horchte überrascht auf. Jetzt nichts falsch machen, schien er zu denken und presste effektvoll die Luft durch Lippen: »*Keine Ahnung! Kann sein!*« Schon hatte er sich wieder im Griff und gab sich gesprächig: »*Sie müssen wissen, ich hab eigentlich gar keine Ahnung von Autos. Aber wenn es um meine Maschine geht, macht mir keiner was vor, die kenn ich ...*« Dass ihm jetzt die Sprache wegblieb, lag daran, dass ihm die Polizistin einen Seitenschneider unter die Nase schob, der in einer durchsichtigen Plastiktüte steckte.

»*Und? Was soll das?*«, fragte er genervt.

»*Das haben wir in der Satteltasche Ihres Motorrads gefunden.*«

»*Das beweist doch gar nichts!*«

»*Einspruch! Im guten alten Škoda Favorit sind die Spritleitungen nun mal noch aus Metall! Und mit diesem Teil wurde die besagte Leitung beschädigt.*«

Novák wurde kreidebleich und stierte auf die Tischplatte. »*Ich will jetzt einen Anwalt!*«, entschied er sich, um dann seinen Frust hinauszuschreien: »*Ihr Schweine! Ihr habt mich von Anfang an verarscht. Aber das lass ich euch nicht durchgehen, so wahr ich Vojt*ě*ch Novák heiße!*«

Irgendwie hast du Recht, mein Junge!, dachte Kral. Verarscht hat man dich wohl schon immer. Du warst immer der Bauer auf dem Brett, den man rücksichtslos verschoben und geopfert hat. Leider hast du dabei dein Gewissen verloren.

Nachdem der Mann von einem Beamten aus dem Raum geführt worden war, wechselten die beiden Ermittler noch einige Worte, die allerdings von Kral nicht empfangen wurden, denn die Übertragung in den Beobachterraum war bereits deaktiviert. Eigentlich hätte er jetzt zwei freudige Gesichter erwartet, denn der Fall war aufgeklärt und der nächste Schritt konnte schon ein Geständnis sein. Es war jedoch eher ein ernstes Dreinblicken bei den beiden zu bemerken. Wohl war ihnen bewusst, dass auch sie den Mann benutzt hatten: Schließlich hatte er schon einmal versucht, seinen Frieden mit der Polizei zu machen. Aber man hatte ihn für höhere Ziele geopfert.

Der Abend war schon ziemlich weit fortgeschritten, als Kral die Gelegenheit fand, seiner Frau von der Vernehmung zu berichten.

Amüsiert kommentierte Eva das Ergebnis: »Fast ein bisschen wie im Märchen, das Gute hat gesiegt und der Bösewicht sieht seiner gerechten Strafe entgegen.«

»Und das tschechische Aschenbrödel kann voller Zuversicht in die Zukunft sehen«, führte Kral den Gedanken lachend weiter, »fehlt nur noch der deutsche Prinz zum perfekten Glück.«

»Ein bisschen einfach gestrickt, unsere Geschichte! Meinst du nicht auch?«, gab Eva zu bedenken. »Noch haben wir das Ende nicht erreicht, denke an unseren Auftritt in der Sauna!«

»Ach ja, da ist ja noch der Joseph mit seinem Kreuzzug!« Es mochte der Rotwein sein, der seine Fantasie beflügelte. »Der kommt mir fast so vor wie das tapfere Schneiderlein«, bemerkte er grinsend, um dann nachdenklich innezuhalten. »Ich mache mir schon ein bisschen Sorgen um ihn. Das ist doch ein Zeichen maßloser Selbstüberschätzung, wenn er diesen Drogensumpf im Alleingang austrocknen will!«

»Aber Jan, du kennst doch den Josef!«, gab Eva zu bedenken. »Es war die Entführung Janas, die er einfach nicht verkraftet hat. Ich denke schon, dass der jetzt wieder den klaren Blick hat.«

14

Montag, 9.30 Uhr

Am Montag konnte er sich selbst ein Bild von der mentalen Verfassung Brückners machen. Die Zusammenkunft, die im Besprechungszimmer des Gemeinsamen Polizei- und Zollzentrums stattfand, hatte den Deal zum Thema, den Brückner mit dem Chef des Egerer Drogenkartells ausgehandelt hatte.

Die Sitzung mit Abordnungen deutscher und tschechischer Strafverfolgungsbehörden leitete der Chef des GPZ, Polizeioberrat Dienstbier. In seiner Begrüßung sprach er im Blick auf Brückner und Kral von »Privatpersonen«, was von einem Teil der anwesenden Beamten mit deutlich wahrnehmbarer Befremdung quittiert wurde.

Das gefiel nun Aneta Kučerová überhaupt nicht und sie intervenierte mit der ihr eigenen Forschheit: »Ich habe da einen gewissen Unmut bei der Vorstellung der beiden zuletzt genannten Herren bemerkt, der leider nicht verbal zum Ausdruck gekommen ist. Ich führe das darauf zurück, dass man«, ihr strafender Blick traf den Leiter des Zentrums, »Ihnen vorenthalten hat, welche Rolle diese beiden Männer in unserem Fall spielen. Deshalb schlage ich vor, dass uns Major Brückner zunächst einmal den aktuellen Sachstand vorträgt.«

Verwunderte Blicke zeigten, dass die Dame beeindruckt hatte. Das lag wohl an ihrem gepflegten und akzentfreien Deutsch und an ihrem Mut, so unverblümt zur Sache zu kommen. Aber auch das war zu bemerken: Freunde hatte sie sich nicht gemacht, denn man lässt sich nun mal nicht gerne von einer vermutlich korrupten tschechischen Polizistin auf die Füße treten. Dass sie so nebenbei den Oberrat abgestraft hatte, konnte einigen der Zuhörer allerdings nur recht sein, denn die Herren mit den goldenen Sternchen gelten beim mittleren und gehobenen Fußvolk manchmal als Klugscheißer.

Gnädiges Nicken des Gescholtenen zeigte Brückner, dass ihm das Wort erteilt war. Der Major im Ruhestand berichtete von seinen Bemühungen, sich dem Drogenkartell gegenüber glaubhaft als deutscher Drogenhändler zu präsentieren, ohne dabei den Auftritt in der Sauna zu erwähnen. Die Anwesenden erfuhren nur, dass Hauptkommissar Schuster, Oberkommissarin Zieglschmied und Kral die Kontaktaufnahme unterstützt hatten.

»Ich sehe das als ganz große Chance, auch bis in die Spitze des Kartells vorzudringen«, betonte er, »denn ich habe direkt mit dem Vietnamesen verhandelt, der diese Märkte und wahrscheinlich auch einen großen Teil der Drogenküchen im Raum Eger unter Kontrolle hat.« Er fuhr fort: »Der Sachstand stellt sich im Moment so dar: Am kommenden Mittwoch gegen zehn Uhr übernehme ich auf dem Autohof bei Thiersheim zwanzig Kilogramm Crystal-Meth. Mir ist beste Qualität zum Preis von dreihunderttausend Euro zugesichert worden. Die Ware wird auf den Frachtpapieren als Milchpulver deklariert.«

Jetzt meldete sich Hauptmann Orel von der Prager Antidrogenzentrale zu Wort und blickte auf Frau Zieglschmied, die anfangs als Dolmetscherin vorgestellt worden war. Sie schien ziemlich aufgeregt, denn nun war simultanes Übersetzen angesagt, eine Anforderung, an der sie damals in Eger kläglich gescheitert war. Und schon drohte ihr wieder ein Waterloo, denn der tschechische Drogenfahnder bediente sich des Prager Singsangs, den er dazu noch mit einer affenartigen Geschwindigkeit vermittelte.

Das kriegt sie doch nie hin!, dachte Kral. Da kann sie mit dem Pospíšil noch so viel geübt haben.

Es war Aneta Kučerová, die rettend eingriff: »*Prosím, mluvte pomalu, kapitáne!*«, also: »Bitte, sprechen Sie langsam, Hauptmann!«, rief sie dem Kollegen zu.

»*Ich möchte Sie darauf hinweisen*«, begann dieser noch mal von vorne, »*dass wir von der tschechischen Seite, wie Major Brückner schon sagte, ein großes Interesse daran haben, den oder die Drahtzieher des Kartells wegen Drogenherstellung und -handels anzuklagen. Wir empfehlen deshalb, auf einen Zugriff zu verzichten, denn es sollte uns möglich sein, weitere Verhandlungen beziehungsweise Kontakte verdeckt zu begleiten, um so die Beweislage zu festigen.*«

Die Übersetzerin hatte nun kaum Mühe, den Beitrag ins Deutsche zu übertragen. Jetzt war sie es, der Blicke der Bewunderung zufielen, denn von der Beamten-Logik her konnte eine Polizistin, die sich ernsthaft in dieses tschechische Kauderwelsch hineingekniet hatte, mit einer glänzenden Beurteilung rechnen.

»Wir werden Ihren Wunsch in unsere Planungen einfließen lassen«, beschied ihm Dienstbier, »aber ich bitte

Sie, Verständnis dafür zu haben, dass wir uns zunächst mit den vorgesetzten Behörden in Verbindung zu setzen haben. Ich nenne da nur das Polizeipräsidium Bayreuth und das Zollfahndungsamt München.«

Nachdem der Vorsitzende wegen eines dringenden Anrufs eine kurze Pause anberaumt hatte, packte Kral die Gelegenheit beim Schopf, um sich mit dem Hinweis auf – im Moment nicht vorhandene – schulische Angelegenheiten abzuseilen.

»Wir könnten uns ja nach der Sitzung zu einem Kaffee treffen!«, schlug er Brückner vor. »Ich bin doch hier so überflüssig wie ein Kropf. Die ‚Corte' bei der Kirche kennst du ja?«

11.00 Uhr

Kurz nach elf betrat er das Eiscafé. Wochentags waren zu dieser Zeit fast immer die gleichen Gäste anzutreffen, zumeist ältere Menschen, die bereits verrentet waren. Es gab da verschiedene stammtischartige Runden, die irgendwann der Zufall zusammengeführt hatte. Die Gruppierung, der sich Kral zugehörig fühlte, konnte man als lockeren Gesprächskreis bezeichnen, der kaum ein Thema ausließ und dabei fast immer das politische Tagesgeschehen streifte. Querbeet ging es von der Literatur über das Angebot im Fernsehen bis hin zum banalen Kleinstadttratsch.

Ein noch aktiver Lehrer war quasi Sachverständiger für die neuesten Witze und die Dame, die während ihres Arbeitslebens mit tschechischer Keramik gehandelt hatte, berichtete gelegentlich von ihren Abstechern in die Opernhäuser von Dresden, München, Salzburg und Zürich.

Gegen halb zwölf betraten ein paar Leute das Lokal, die, so sah man das an Krals Tisch, hier eigentlich nichts zu suchen hatten. »Koine Selwer!«, stellte Krals Nachbar erstaunt fest. Besonderes Aufsehen erregte natürlich die junge Frau, die in der grünen Uniform der Landespolizei steckte. Jetzt blieb der Runde eigentlich nur die Hoffnung, dass die Gruppe sich platzmäßig nicht zu weit entfernte, denn man hatte schon vor, zu erfahren, wer sich da in die „Corte" verlaufen hatte.

Das Erstaunen war groß, als die Uniformierte auf Kral zusteuerte. »Da sind wir, wie ausgemacht!«, begrüßte sie ihn lachend.

Sein Vorschlag war also angenommen worden und Brückner hatte auch die Damen Zieglschmied und Kučerová sowie Schuster mitgebracht.

Der Tisch, den Kral auswählte, war quasi abhörsicher, aber doch nicht zu weit von der Stammtischrunde entfernt, denn die Herrschaften sollten schon sehen, dass er immer noch ein gefragter Mann war.

Nachdem die Bestellungen abgegeben waren, erging man sich zunächst in Spekulationen darüber, wie die Aktion auf dem Autohof ablaufen würde.

»Ich hätte mir eigentlich gewünscht, dass da schon so etwas wie ein Plan vorhanden ist«, meinte Brückner.

»Hast du doch gehört!«, belehrte ihn Kral lachend, »die brauchen erst den Segen von oben.«

»Sag doch gleich, dass du damit den Wohlfahrt meinst!«, kicherte Schuster.

»Dann ahne ich, wie das ausgeht!«, nickte Brückner nachdenklich. »Und dann haben wir den Salat!«

»Bitte, Klartext, Josef!«, forderte Schuster.

»Wenn die einen Zugriff machen, wie ich vermute, kommen wir doch nie und nimmer an die Bosse ran.«

»Jetzt sei doch nicht so pessimistisch!«, ermahnte der Hofer Kommissar Brückner.

»Du hast gut reden! Ich weiß bis heute nicht, was mich geritten hat, diese blödsinnige Aktion anzuleiern!«

»Aber ich«, bemerkte Aneta trocken, »Frust, resultierend aus der Verrentung und dem Zoff mit Jana. Natürlich hat da auch die Entführung eine gewisse Rolle gespielt.«

»Sehr gut analysiert, Frau Psychologin! Sehe ich rückblickend nicht anders! Vielleicht kannst du mir auch das Muffensausen wegtherapieren, das mich jetzt beherrscht?«

»Welches Sausen?«

»Siehst du, jetzt bist du mit deinem Latein am Ende! Dabei bräuchtest du doch nur zu überlegen, was passiert, wenn die Burschen rauskriegen, wer sie verarscht hat.« Er richtete sich an Carmen Zieglschmied und Kral: »Es tut mir wirklich leid, dass ich euch da mit reingezogen habe.«

Kral brauchte einen Moment, um das Gesagte zu verarbeiten. Dann fuhr ihm der Schreck mit Macht in die Glieder. Nicht Angst war es, die ihn peinigte, es war sein Gewissen, das nicht einmal im Ansatz gewarnt worden war und jetzt mit einem unverzeihlichen Fehler konfrontiert wurde: Er hatte nicht nur sich, sondern auch seine Frau einer großen Gefahr ausgesetzt! »Das heißt doch«, versicherte er sich zaghaft bei Brückner, »dass du die Rache des Drogenkartells fürchtest?«

Das hilflose Schulterzucken konnte nicht der Trost sein, den er erwartet hatte.

Schuster war ganz klar anzusehen, dass ihm das Thema peinlich war, und er wandte sich unvermittelt der Verhaftung Nováks zu. Dabei verwies er auf ein »ziemliches Kuddelmuddel«, das jetzt zu erwarten sei: »Schließlich hat sich der Kerl sowohl bei uns als auch in Tschechien strafbar gemacht: Da ist einmal die Körperverletzung mit Todesfolge in Selb. Und dann die Entführung. Die hat doch auf deutschem Boden ihren Ausgang genommen.«

»Da sollen sich mal die Staatsanwälte einen Kopf machen!«, fertigte ihn Aneta knapp ab, die wie Kral erkannt hatte, dass der Kommissar nur von seiner eigenen Verantwortung ablenken wollte. Schließlich hatte er im Blick auf seine eigenen Ermittlungen Brückner, gelinde gesagt, geradezu ermuntert, in dem Swinger Club aufzutreten.

Kral musste sich entscheiden: Entweder kam es jetzt in der „Corte" zu einem Eklat, indem er Schuster lautstark als Heuchler und Brandstifter beschimpfte, oder er zog sich einfach zurück. Der innere Konflikt war schnell entschieden: Mach nicht alles kaputt! Gib ihm die Chance, das wieder hinzubiegen!

Ihn trafen verwunderte Blicke, als er auf schnelle Bezahlung drängte und sich dann abrupt verabschiedete: »Man sieht sich!«

Donnerstag, 7.30 Uhr

Die Frankenpost verwies bereits auf der ersten Seite in einer kurzen Notiz auf einen großen Erfolg der Drogenfahnder. Im ausführlichen Bericht unter „Bayern und die Region" war dann Folgendes zu lesen:

Auf dem Autohof klickten die Handschellen

Polizei- und Zollfahndern ist im oberfränkischen Selb ein Schlag gegen Drogenhändler gelungen. Bei einer vorgetäuschten Geldübergabe auf dem Parkplatz eines Autohofes konnten zwei tschechische Dealer im Alter von 24 und 43 Jahren festgenommen werden.

Selb – Am gestrigen Mittwoch kurz nach zehn Uhr parkte der weiße Sprinter mit einer Karlsbader Zulassung auf dem Autohof Thiersheim. Zunächst näherten sich zwei verdeckte Ermittler dem Fahrzeug und verhandelten mit den tschechischen Dealern. Nachdem das angelieferte Rauschgift einer Überprüfung unterzogen und eine Summe von 300 000 Euro übergeben worden war, schnappte die Falle zu: Etwa ein Dutzend vermummter und schwer bewaffneter Polizei- und Zollfahnder stürmte auf das Fahrzeug zu und überwältigte die beiden Tschechen, die keinerlei Gegenwehr leisteten.

Bei der Aktion wurden zwanzig Kilogramm Crystal-Meth sichergestellt, das als Milchpulver deklariert war. Gegen das Duo wurde Haftbefehl erlassen. Wie das Zollfahndungsamt München mitteilt, hat das Rauschgift auf dem deutschen Markt einen Wert von mindestens 900 000 Euro.

Der bayerische Innenminister Dr. Wohlfahrt bezeichnete die Aktion als großen Erfolg. Sie zeige, dass nur der in Bayern praktizierte hohe Fahndungsdruck die Möglichkeit erschließe, den Drogenschmuggel aus Tschechien wirksam zu bekämpfen. Er appellierte an die tschechischen Behörden, nun endlich entschiedener gegen die Drogenküchen vorzugehen. »Nur so«, nahm der Minister Stellung, »wird es gelingen, diesen Sumpf vollständig auszu-trocknen.«

Mal sehen, ob das auch von der anderen Seite wahrgenommen worden ist, dachte Kral und setzt sich an seinen Computer. Im Internet wurde er fündig: Die Egerer Tageszeitung „*Chebský deník*" hatte sich ebenfalls mit der Aktion beschäftigt, allerdings bedeutend kürzer und unspektakulärer:

SELB. Deutsche und tschechische Zollfahnder haben gestern bei Selb zwei Bürger aus Cheb festgenommen, die verdeckten Ermittlern 20 Kilogramm Pervitin übergeben wollten. Das Rauschgift hat auf dem deutschen Markt einen Wert von fast 30 Millionen Kronen. Die Prager Antidrogenzentrale kritisiert das Vorgehen der deutschen Behörden: »Sinnvoller wäre es gewesen, auf einen Zugriff zu verzichten, um so eine weitere Verbindung zu dem Kartell aufrechtzuerhalten und letztendlich auch die Hintermänner unter Anklage zu stellen.«

Sein Handy klingelte: Aneta erkundigte sich, ob er schon von der Aktion gehört habe.

»Nur aus der Zeitung. Sichtung gerade abgeschlossen! Schon ein bisschen seltsam: Dasselbe Geschehen, aber doch zwei unterschiedliche Wahrheiten.«

»Sehe ich nicht anders! Aber wir haben's ja geahnt, was da ablaufen wird. Dass wir in eurem Bericht überhaupt nicht erwähnt worden sind, finde ich nicht sonderlich sinnvoll, weil es mit Sicherheit nicht zur Verbesserung der Zusammenarbeit beitragen wird. Du glaubst gar nicht, wie der Orel gegiftet hat, als ich ihm den Bericht der Frankenpost vermittelt habe!«

»Ein Gutes hat das Ganze«, lachte Kral.

»Und?«

»Wir beide bleiben von einer deutsch-tschechischen Pressekonferenz verschont, in der sich ein bestimmter Minister als der Retter des Abendlandes aufspielt.«

Schon ein bisschen seltsam: Aneta reagierte überhaupt nicht auf das Späßchen. Als sie ihn schließlich ansprach, klang sie ziemlich ernst: »Jan, das ist eine Sache, die ich noch gerne ansprechen möchte.«

»Ich höre.«

»Du erinnerst dich doch an deinen hastigen Aufbruch letztens in dem Café. Ich denke, mir ist klar, was da bei dir abgelaufen ist. Ich möchte dir nur sagen, dass du dir keine Sorgen machen musst. Wir, und damit meine ich auch den Orel, sind fest davon überzeugt, dass sich die Schlitzaugen in der nächsten Zeit ganz klein machen werden. Da habt ihr, du und deine Frau, rein gar nichts zu befürchten.«

»Dein Wort in Gottes Ohr, meine liebe Aneta.«

»Ach, noch was! Dem Schuster habe ich meine Meinung gegeigt. Der hat sich ja in dem Café reichlich taktlos benommen.«

Epilog

Bleibt der Blick in die wirkliche Wirklichkeit, die im Roman über einen real existierenden Drogenfahnder und einen Markt vermittelt wird, der dem Besucher auch heute noch all das bietet, was sein Herz begehrt, natürlich auch Drogen, gefälschte Markenartikel und Feuerwerkskörper, die schon mal zum Verlust des einen oder anderen Körperteils führen können. Klein gemacht haben sich die Bosse also nicht gerade, „business as usual" lautet das Motto.

Logischerweise bedürfen dann auch die Ansagen der fiktiven Figuren Aneta Kučerová und Josef Brückner einer kritischen Würdigung: Die Dame wollte auf korrupte Polizisten »niederfahren wie ein Racheengel« und der Herr hatte vor, »das ganze Gesindel, das da hemmungslos Drogen produziert«, in den Knast zu bringen.

Wie man schon ahnt: reichlich vollmundige, aber fast leere Versprechungen! Zwar wurden in der letzten Zeit immer wieder Drogenküchen ausgehoben und das Personal ging tatsächlich in den Knast. Aber wir wissen es schon: Das Geschäftsmodell ist nicht in Gefahr. Zwar kommt es im Nachbarland gelegentlich zur Überführung korrupter Polizisten und Zöllner, aber die standen leider nicht auf den Gehaltslisten der Drogenkartelle.

Falls bei den geneigten Lesern/innen jetzt irgendwelche Vorbehalte gegen die vietnamesischen Händler entstanden sind, sei zu ihrer Beruhigung darauf hingewiesen, dass diese frommen Buddhisten weder Mühen noch Kosten gescheut haben, um auf dem Gelände des Dragon-Marktes in Svatý Kříž bei Eger eine prächtige Pagode zu errichten, wo auch tatsächlich richtig gebetet wird.

Trotzdem erlauben es sich die Autoren, eine Empfehlung auszusprechen: Lassen Sie diese Menschen ungestört ihrer Religion nachgehen, indem Sie einen weiten Bogen um diese Märkte machen. Nur so kann ein Sumpf ausgetrocknet werden, der viele Menschen ins Verderben stürzt.

Wir danken:

Frau Dr. Olga Kupec: Die Unternehmerin aus Franzensbad hat die Autoren bei der Recherche unterstützt, indem sie Kontakte zu den tschechischen Sondereinheiten „Organisiertes Verbrechen" und „Drogenfahndung" hergestellt und begleitet hat.

Den Fahndern dieser Einheiten, die uns aufschlussreiche Einblicke in ihre Arbeit gegeben haben.

Den Beamten der Kontrolleinheit Verkehrswege Selb des Zolls für die wertvollen Tipps in Sachen Recherche.

Herrn Max Schmidt: Der ehemalige Kommandant der Selber Feuerwehr hat uns dabei geholfen, den altbayerischen Dialekt des Sechs-Ämter-Landes in Szene zu setzen.

Frau Marianne Glaßer, Lektorin des Verlags, für ihre äußerst sachkundige Begleitung.